KB232254

블러드 스톰

Blood Storm

블러드 스톰

Blood Storm

블러드 스톰 3

김종휘 판타지 장편 소설

초판 1쇄 찍은 날 § 2003년 2월 4일
초판 1쇄 펴낸 날 § 2003년 2월 14일

지은이 § 김종휘
펴낸이 § 서경석

편집장 § 문혜영
편집 책임 § 이종민
편집 § 장상수 · 권민정
마케팅 § 정필 · 강양원 · 이선구 · 김규진

펴낸곳 § 도서출판 청어람
등록번호 § 제1081-1-89호
등록일자 § 1999. 5. 31
어람번호 § 제1-0347호

주소 § 경기도 부천시 원미구 심곡1동 350-1 남성B/D 3F (우) 420-011
전화 § 032-656-4452　팩스 § 032-656-4453
http://www.chungeoram.com
E-mail § eoram99@chollian.net

ⓒ 김종휘, 2003

값 7,500원

ISBN 89-5505-577-3 (SET)
ISBN 89-5505-580-3 04810

김종휘 판타지 장편 소설

블러드 스톰
Blood Storm

블러드 소드의 비밀을 찾아 **3**

도서출판
청어람

목

차

제11장 레비나와 아기 오크

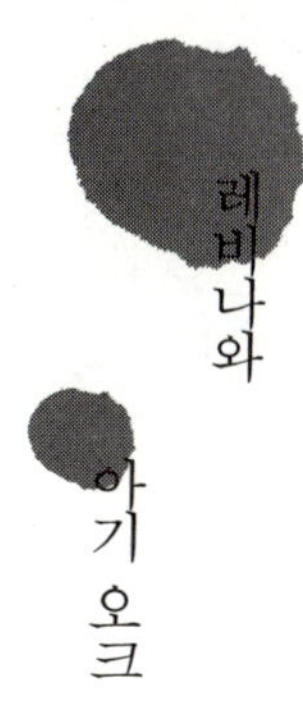

울라인도 섬, 아직 우린 이 섬을 빠져나가지 못했다. 우리가 이 섬으로 들어올 때 타고 들어왔던 배 두 척이 모두 지진의 여파로 해류에 쓸려가 버렸기 때문이다.

단순한 뗏목으로는 강한 해류가 흐르고 있는 섬을 빠져나갈 수 없다는 것을 알고 있었기에 우리들은 섬에 머물러 배를 만들 수밖에 없었다.

하지만 모두들 내륙에서 사는 사람이었기에 배를 만든다는 것은 상당히 어려운 일이라고 할 수 있었다.

"젠장……."

섬의 나무를 잘라 엉기성기 만들어보긴 했지만 배는 바다에 띄우자마자 가라앉기를 몇 번, 이스트는 또다시 가라앉은 배를 보며 짜증 섞인 표정을 짓고 있었다.

"이번에도 실패네요."

"음… 뭐가 잘못된 거지?"

그래도 가장 지식이 풍부하다고 할 수 있는 칼린과 페드로가 힘을 합쳐 설계한 배였지만, 어느 부분에서 엉성했던지 이번마저 가라앉자 두 사람은 자리에 앉아 고심하기 시작했다.

"왜 배가 가라앉는 거지?"

"재목에 문제가 있었던 것이 아닐까요?"

"몇 번이나 시험해 봤던 것이 아닙니까."

"그렇군요."

페드로와 칼린이 바위 위에 앉아 고심하고 있을 때 헤레나는 레비나와 레이드를 데리고 숲으로 들어가고 있었다.

"헤레나, 어디 가는 거지?"

"어차피 나나 이 애들이나 할 일이 없잖아요. 그래서 숲으로 놀러 가려고요."

"소환 마법이 사라지기는 했지만 마물이 없는 것은 아니니 조심해라."

"걱정 말라고."

세 사람이 사라지자 이스트는 나에게 물었다.

"그나저나 이 섬에 마물들을 다 정리해야 하는 거 아닌가?"

이스트의 말대로 섬 곳곳에는 아직도 마법의 잔재물인 마물들이 있었고, 이후에 이곳에 올 사람들이나 현재 우리들의 안전을 생각한다면 마물들을 처리하는 것이 옳은 일일 것이다. 하지만 나는 고개를 저을 뿐이었다. 베론이란 마법사의 말에 의하면 이 땅의 마물들은 모두 죄 없이 희생된 아이들의 영혼이 들어가 있기 때문이다.

*　　　*　　　*

　헤레나, 레이드와 함께 숲으로 들어온 레비나는 심심하기 그지없었다. 그동안 블러드 스톰과 함께 여행을 하면서 힘들기는 했지만 예전에 보지 못했던 일들을 보며 즐거워했던 레비나였다. 하지만 며칠 동안 머물러 있던 울라인도 섬에서는 그리 재밌는 일이 없었다.

　아니, 무엇인가 생각은 나지 않았지만 싫은 기억이 있는 것 같은 이 섬이 상당히 싫었다.

　아저씨들은 모두 이 섬을 빠져나가기 위해 배를 만들고 있었기에 놀아주지도 않았는데 방해가 될 것이라며 헤레나가 숲으로 데려온 것이다.

　"레이드 오빠, 심심해."

　"그게… 음……."

　레비나가 심심하다는 말을 하고 있었지만 워낙 조용한 성격의 레이드는 레비나를 즐겁게 해줄 만한 것을 생각지 못하고는 쩔쩔매고 있었다.

　"수, 술래잡기나 할까?"

　"안 돼. 이 근처에는 아직도 마물이 돌아다니고 있다고."

　간신히 술래잡기를 생각해 낸 레이드가 레비나를 보며 떨리는 목소리로 말을 꺼내자 이번에는 옆에서 지켜보고 있던 헤레나가 마물이 나올 것을 생각하며 반대하고 나서는지라 레이드로선 다시 생각하지 않을 수 없었다.

　실망한 레비나는 근처 바위 위에 앉아 하늘을 쳐다보았다.

구름 한 점 없이 맑은 하늘이 보이며 나무들 사이로 약하게 흐르는 바람은 어린 레비나의 긴 머리를 가볍게 휘날렸다. 헤레나는 그런 그녀의 모습이 귀여운지 어쩔 줄 몰라 하며 달려들어서는 볼을 비벼댔다.

"너무 귀여워!!"

"헤레나 아줌마!! 숨 막혀요!"

"아줌마……."

아줌마란 말에 정신적 충격을 받은 헤레나였다. 하지만 어린 레비나에게 자신은 그저 아줌마밖에 될 수 없는 나이라는 것에 서글픈 마음까지 드는 그녀였다. 아이의 볼을 비비던 손이 어느새 꼬집는 손이 되어버린 것은 어쩔 수 없는 일이었는데, 괴로워하는 레비나의 모습에 미소를 감추지 못하고 있던 그녀는 인상을 찡그리고는 레이드를 보며 말했다.

"저기… 레이드, 잠시만 레비나를 잘 지키고 있으렴."

"예. 근데 어디 가시게요?"

"숙녀에게 그런 것을 꼬치꼬치 물어보는 것이 아니란다."

"예."

레이드의 말에 숙녀의 날카로운 눈매를 살짝 드러낸 헤레나였으니 그제야 무슨 이유인지 안 아이는 고개를 끄덕일 뿐이었다.

헤레나가 숲으로 들어가자 레비나는 때를 만났다는 듯이 레이드에게 달려가서는 그의 옷깃을 흔들며 말했다.

"레이드 오빠, 우리 숲으로 더 들어가 보자."

"안 돼. 헤레나 아줌마가 여기 있으라고 했잖아."

"겁쟁이! 남자가 뭐가 무섭다고 그러는 거야!!"

"그게······."

"오빠가 안 가도 난 갈 거야. 레비나는 여자라도 오빠보단 용감하니까!"

그 말과 함께 레비나가 숲으로 뛰어들어 가자 레이드도 곧 레비나를 쫓아 숲으로 들어갔다.

잠시 후 일을 보고 만족스러운 표정으로 아이들이 있을 장소로 돌아온 헤레나는 그곳에 있어야 할 레이드와 레비나가 없자 당황하지 않을 수 없었다.

"레, 레이드? 레비나?"

막무가내식으로 앞장서고 있는 레비나의 뒤를 쫓아 숲 속 깊이 들어온 레이드는 허리에 호신용으로 차고 있던 단검을 들어 근처의 나무에 표식을 남기기 시작했다. 페드로에게 여행 도중 많은 것을 배우고 있는 레이드로서는 이렇게 무턱대고 숲으로 들어간다는 것이 얼마나 위험한 행동인지 알기 때문이다.

지금이라도 레비나를 데리고 돌아가고 싶었지만, 그의 여린 성격으로 고집스러운 레비나를 감당하는 것은 역부족이었다.

"레비나… 돌아가자."

"싫어!"

"레비나, 숲은 위험하단 말이야."

"흥! 난 하나도 안 무서워!!"

돌아가자는 레이드의 말에 고집을 부리며 이곳까지 오기는 했지만, 솔직히 레비나도 이곳이 무서울 수밖에 없었다. 안으로 들어가면 들어갈수록 나무가 우거져 숲은 마치 저녁이라도 된 것처럼 어둠침침해졌기 때문이다.

레이드의 말에 고집을 부리며 가겠다고는 했지만 점점 무서워지고 있던 레비나는 숲으로 들어가던 걸음을 멈추고 망설이기 시작했는데, 그때 어디에선가 작은 신음 소리 비슷한 것이 들려왔다.

이… 잉… 이… 잉…….

"아!!"

여린 음성이긴 했지만, 어두컴컴한 숲에서 들리는 소리에 놀란 레비나는 뒤에 있던 레이드에게 안겨 떨고 있었는데, 레이드는 그 울음소리가 작은 동물의 새끼가 내는 소리와 비슷했던지라 소리가 들리는 쪽으로 천천히 걸음을 옮겼다.

"레이드 오빠, 무서워……."

"괜찮아. 아무래도 동물의 새끼가 울고 있는 것 같은데?"

"동물의 새끼?"

"응."

동물의 새끼란 말에 레비나는 레이드의 뒤를 쫓아 천천히 울음소리가 들리는 곳으로 걸어갔다. 레이드가 작은 수풀을 헤치며 들어갔을 때, 그곳에는 하나의 작은 생명체가 꿈틀거리며 울고 있는 모습이 보였다.

"와아!!"

"음."

레비나가 그 생명체의 모습을 보며 놀란 얼굴을 하고는 뛰어가 그 새끼를 안아 들자 레이드는 신음 소리를 낼 수밖에 없었는데, 레비나가 안아 든 그 생명체는 바로 오크의 새끼였기 때문이다.

오크는 성장 속도와 번식 속도가 빠른 마물 중의 하나로 보통 어미 오크의 경우에는 일 년에 두 번 정도 출산을 하며, 태어난 새끼는 약 일 년 정도면 번식이 가능한 성체의 크기로 자란다. 레이드가 보고 있는 이 오크 새끼의 경우에는 대략 태어난 지 2, 3주 정도 되는 작은 것이었다.

모든 동물이 그렇듯이 아무리 흉측한 맹수라 해도 그 어릴 적의 모습은 약하고 인간이 보기에 귀여울 뿐이었다. 레비나 역시 그 동물이 무엇인지 알지 못한 채 그저 귀여운 모습에 반해 자신의 가슴에 안고 있는 것이다.

"레, 레비나, 그게 무슨 동물의 새끼인지는 알고 있니?"

"응? 몰라. 그래도 귀엽잖아?"

레비나가 안고 있는 오크 새끼는 약 30센티미터 정도의 크기로 큼직한 눈망울 깜빡이며 돼지같이 생긴 코를 움직이며 레비나의 가슴에서 꼼지락거리고 있었다. 작은 손과 발로 안고 있는 레비나의 손을 꽉 잡고 있는 것이 아마도 레비나를 어미로 착각하고 있는 듯했다.

이… 잉… 이잉…….

품에 안긴 오크 새끼는 가녀린 울음소리를 내며 레비나의 품에서 꿈틀거리고 있는 것이 마치 사람의 아기와 같았기에 레비나에게 모성애를 자극하고 있는 듯했다.

하지만 그렇다고 해서 그 동물의 정체를 말해 주지 않을 수 없던 레이드는 천천히 레비나에게 말했다.

"레비나… 네 품에 안고 있는 건 오크 새끼야."

"오크? 우리가 올 때 아저씨들이 칼로 베던 마물?"

"응."

그 말에 레비나는 품에 안겨 있는 오크를 다시 한 번 쳐다보았다. 돼지같이 생긴 코, 인간과 비슷한 손, 모든 것이 그녀가 보았던 오크와 닮았다. 하지만 일행들이 죽인 성인 오크와는 달리 이 새끼는 연약해 보였고, 거기다가 큰 눈망울에 가슴에서 꼼지락거리는 돼지 코가 귀엽기 그지없었기에 도무지 믿겨지지 않았다.

"설마……."

"오크야."

"……."

레이드의 말에도 레비나는 자신에 품에 안겨 있는 귀여운 새끼가 커서는 사람을 잡아먹는 마물이 된다는 것이 믿어지지 않았다.

한참을 생각에 잠겨 있던 레비나는 무엇을 생각했는지 레이드를 보며 말했다.

"나 이거 키우고 싶어."

"무슨 소리야?!"

사람을 잡아먹는 마물을 키운다는 레비나의 말에 기절할 듯이 놀라는 레이드였다.

"얘가 커서 사람을 잡아먹기는 하지만 내가 못 잡아먹게 잘 키우면 되잖아."

"그런……."

물론 사람들 중에선 호랑이나 사자 같은 맹수들을 키우는 걸 본 적이 없는 것은 아니지만 오크의 경우는 그 상황이 다르다. 맹수의 경우 사람을 잡아먹긴 하지만 그것은 약육강식의 생존을 위한 것이었지 마물처럼 어둠의 기운에 속한 종족으로서의 의무가 아닌 것이다.

"말도 안 돼!! 어떻게 마물을 키운다는 거야!!"

"왜! 사자나 표범을 기르는 사람도 봤는걸!"

"그 녀석은 사자나 표범과 같은 맹수와는 다른 마물이란 말이야! 그
것도 이지를 가진 마물. 마물이란 것은 어둠의 기운을 가지고 있는 생
명체이기 때문에 길들여진다는 것은 불가능하다고! 만약 길들여진다면
왜 인간들 사이에서 마물들을 키우는 사람이 없겠니?"

"음……."

레이드의 말에 레비나는 뭐라고 반박할 말이 없었다. 지금까지 맹수
들이나 동물들을 키우는 사람은 봤어도 마물을 키운다는 사람은 본 적
이 없기 때문이었다.

"그래도… 내가 교육시켜서 잘 키우면 되지 않을까?"

"말도 안 돼! 아무리 고집 부려도 이번만은 절대 안 돼!!"

레이드는 단호하게 레비나의 의견을 꺾으려 했는데, 이런 레이드의
모습이 오히려 레비나의 고집을 더욱 키워놓는 결과를 낳고 말았다.

"흥! 싫어! 레비나는 꼭 이 오크를 키우고 말 거야!!"

"레비나!!"

레이드는 끝까지 고집을 부리며 오크를 놔주지 않는 레비나를 보곤
할 말을 잃었다.

"레비나, 레이드! 말도 없이 사라지면 어떻게 하겠다는 거야!"

"헤레나 아줌마!"

레이드가 중간마다 해놓은 표식을 보며 더듬더듬 찾아온 헤레나였
다. 헤레나는 두 아이를 발견하자마자 화가 난 표정을 지으며 소리쳤
고, 레이드는 미안한 마음에 고개를 숙였다.

"레이드, 너만은 사리분별을 하는 애라고 생각했는데, 참나……."

"죄송해요."

헤레나가 레이드를 다그치자 레비나는 참지 못하고 그녀를 보며 소

리쳤다.

"레이드 오빠는 잘못없었어요! 레비나가 오자고 해서 온 거란 말이에요!"

"잘했다, 잘했어. 5살짜리 꼬마한테도 끌려 다니고 말이야."

레비나의 말에 헤레나는 더욱 레이드를 나무랐고, 레이드로선 뭐라 할 말이 없었다. 그런데 그때 헤레나는 레비나가 이상한 걸 안고 있는 것을 볼 수 있었다.

"레비나, 품에 안고 있는 건 뭐니?"

헤레나의 말에 레비나는 무의식적으로 오크 새끼를 등 뒤로 감추었지만 이미 그녀의 눈에 띈 상태였다. 다가간 헤레나는 레비나의 품에 안긴 물체를 보고는 깜짝 놀라지 않을 수 없었다.

"오, 오크 아니야?!"

순간 헤레나는 허리에 차 있던 검을 뽑아 들고는 주위를 두리번거리기 시작했다. 모든 동물의 새끼는 혼자 돌아다니는 법이 없기에 근처에 오크의 어미가 있을 것이라 짐작한 것이다.

"괜찮은 것 같아요. 10분 정도가 지났는데도 어미는 나타나지 않았는걸요?"

"무슨 소리야!"

확실히 안전하다는 보장이 없다면 헤레나로선 경계를 늦출 수가 없었다.

"참나, 말도 없이 사라지더니 이제는 오크 새끼라니… 어이가 없어서."

헤레나는 검을 한쪽 손에 들고는 레비나에게 다가가 오크를 잡아 들어 올렸다. 헤레나가 오크 새끼를 가져가자 레비나는 그녀의 다리에 붙어 애걸하기 시작했다.

"앙~ 헤레나 아줌마! 돌려줘요!"

"안 돼! 너무 위험해!!"

"아직 애기인걸요?"

"오크는 빠른 성장을 보이는 마물이야. 네가 레이드만큼 크기 전에 아마 이놈이 먼저 커서 너를 잡아먹을걸?"

"사람을 안 잡아먹게 키우면 되잖아요!"

"절대 안 돼! 뭣 하러 위험한 것을 키우겠다는 거야! 레이드, 레비나를 좀 잡고 있으렴."

"예……."

레이드가 자신을 잡자 레비나는 벗어나려 발버둥 쳤지만 열 살 가까이 더 많은 레이드의 손에서 벗어날 순 없었다.

오크의 새끼를 들고 있던 헤레나가 숲으로 들어가더니 잠시 후 다시 레비나가 있는 곳으로 돌아왔다.

"오크 새끼는 다시 숲에 놓아주고 왔으니 이제 돌아가자."

"싫어요!!"

"흥!"

안 가겠다고 고집 부리는 레비나를 어깨에 훌쩍 멘 헤레나가 숲을 빠져나가자 레이드는 고개를 숙인 채 조용히 뒤를 따를 뿐이었다.

잠시 후 일행이 있는 곳으로 돌아온 헤레나가 레비나를 놓아주자 그제야 몸이 자유롭게 된 레비나는 블러드 스톰에게 안겨 울기 시작했다.

"앙~!"

레비나가 자신에게 안겨서는 울음을 터뜨리자 그는 당황하지 않을 수 없었다.

"무슨 일인가?"

블러드 스톰이 헤레나에게 자초지종을 묻자 그녀는 한숨을 내쉬며 말했다.

"나참, 잠시 일이 있어서 자리를 비운 틈에 이 두 녀석이 사라졌잖아요. 그래서 한참을 찾았더니 숲 깊숙이까지 들어가 있더라고요. 뭐, 거기까지는 넘어가겠는데, 어디서 오크 새끼를 주웠는지 안고 있더라구요. 나참, 얼마나 가슴이 철렁했는지……."

"오크 새끼?"

"예. 한 2, 3주 정도 된 새끼였는데, 레비나가 그 녀석을 키우겠다고 하는 것을 간신히 떼어놓고 오는 중이에요."

그녀의 말에 고개를 끄덕이곤 울고 있는 레비나의 등을 토닥거려 주자 아이는 고개를 들어 그를 보며 물었다.

"블러드 아저씨, 나 그 오크 애기 키우면 안 돼요?"

"음……."

레비나의 간절한 얼굴을 보며 블러드가 아무 말도 못하고 있자 옆에 있던 이스트가 단호한 목소리로 말했다.

"절대 안 돼!!"

"왜요! 아직 어리잖아요!!"

아직 어린데 어떠냐는 말에 이스트는 두 손으로 흉측한 얼굴을 만들어서는 레비나 앞에 앉아 말했다.

"한 달만 있어도 이렇게 흉측한 얼굴이 돼서 레비나를 잡아먹을 텐데?"

"엥?"

"키울 수 있는 동물이 있고 키울 수 없는 동물이 있는 거야. 오크가 사람의 손에 키워진다는 말은 들어본 적이 없을 뿐 아니라 나중에 마물의 본성을 길들이지 못하면 레비나같이 작은 아이는 오크가 날름 잡아먹을 거라고."

"사람 안 잡아먹게 키우면 되잖아요."

"그렇게 쉬우면 여지껏 사람들이 왜 오크를 키우지 않았겠니?"

"음."

이스트의 말에 레비나는 더 이상 반박할 말이 없는지 검지손가락을 입에 대고는 아쉬워하는 모습을 보였는데, 이스트는 고민하는 아이를 안아 들고는 말했다.

"나중에 이 섬을 빠져나가면 이 아저씨가 강아지 한 마리 구해줄 테니 이걸로 참도록 해라."

"힝~"

그래도 만족 못했는지 레비나의 얼굴에는 아쉬움이 가득 남아 있었다. 그런 옆에서 아무 말도 못한 채 서 있는 레이드에게 페드로가 다가가서는 말했다.

"레이드."

"예."

"각오는 했겠지?"

"…예."

레이드가 대답한 순간 페드로는 손을 들어서는 따귀를 때렸고, 레이드는 버티지 못하고 땅에 쓰러지고 말았다.

갑자기 페드로가 레이드를 때리자 레비나로서는 크게 놀랄 수밖에 없었고, 급히 뛰어가서는 놀란 얼굴로 소리쳤다.

"페드로 아저씨! 왜 레이드 오빠를 때려요!! 잘못은 레비나가 했는데요!!"

그 말에 페드로는 레비나를 안아서 자신의 무릎에 올리고는 블러드의 얼굴을 쳐다보았다. 무엇을 하려고 하는지 알고 있는 블러드는 고개를 끄덕였다.

두 아이가 아무 생각 없이 저지른 일이라고는 하지만 자칫 잘못해서 마물이나 맹수에게라도 걸렸다면 큰일 날 일이었기에 단호하게 교육을 시킬 필요가 있었다.

블러드의 허락을 받은 페드로는 무릎에 올린 레비나의 엉덩이를 손바닥으로 치기 시작했고, 레비나는 아픈 얼굴로 비명을 질렀다.

헤레나는 그런 두 아이의 모습을 지켜보다 한숨을 쉬고는 모닥불이 있는 곳으로 가 주전자에 있는 커피를 잔에 따라서는 어디론가 사라졌고, 이스트와 나머지 사람들도 자신의 일을 하러 갔다.

한참을 그렇게 페드로에게 매를 맞은 레비나는 바위 위에 앉아 훌쩍거렸고, 레이드는 페드로에게 다시 교육을 받기 위해 한적한 곳으로 향했기에 자리에 남은 것은 레비나와 블러드뿐이었다.

블러드는 훌쩍거리는 레비나에게 가서는 무릎에 앉혀놓고는 조용히 말했다.

"페드로 아저씨가 미워?"

"응."

"하지만 페드로 아저씨는 레비나가 다음부턴 그렇게 위험한 곳에 가지 말라고 때린 거란다."

"알아… 하지만…… 블러드 아저씨…….."

"왜?"

"정말 오크 애기를 키우면 안 돼?"

레비나는 오크 새끼를 키우고 싶은 마음을 아직 버리지 못한 모양이었다. 레아의 죽음 이후로 나이에 비해 어른스러워진 레비나였지만, 아직 어린아이였는지 가지고 싶은 것을 쉽게 떨쳐 내지 못하고 있었다.

"레비나가 키우겠다고 하는 것이 강아지나 고양이였다면 이 아저씨도 쉽게 승낙을 했겠지만, 오크 새끼는 강아지나 고양이와는 다른 마물이란다. 마물은 다른 동물들과는 달라서 사람의 손에 키워진다면 더 이상 마물이 될 수 없는 것이니 죽이지 않을 거면 놓아주는 것이 낫단다."

"그럼 좋잖아. 오크를 인간처럼 살게 하면 되지 않아?"

"레비나, 만약 레비나를 오크가 데리고 가서 사람을 잡아먹으라고 시키면 할 수 있니?"

"응… 그건……."

"그거랑 똑같은 거란다. 오크는 오크처럼 살아야 하는 거고 사람은 사람처럼 살아야 하는 거란다."

블러드는 아이가 자신의 말에 고개를 끄덕이고는 있지만 아직 이해하지 못했다는 것을 잘 알고 있었다. 하지만 어린 나이에 그러한 것을 잘 인식시킨다는 것은 어려운 일이라는 것 또한 알고 있기에 더 이상 아무 말도 해주지 않았다.

그날도 역시 배를 만드는 것을 실패하고 일행들은 종유석 동굴로 가서는 잠을 청했다.

한밤중 모든 이가 잠자고 있는 가운데에 부스럭거리는 소리를 내며 누군가가 자리에서 일어났다. 레비나였다.

조용히 이불을 내려놓고 동굴을 빠져나가는 레비나를 본 블러드는 조심스럽게 따라갔다.

레비나는 다른 사람들에게 들키지 않게 조용히 동굴 밖으로 살금살금 걸어가고 있었지만, 일행 중에서 그녀의 움직임을 눈치 채지 못한 사람은 없었다.

"내가 따라가겠다."

동굴의 입구에서 망을 보고 있던 이스트는 레비나가 살금살금 밖으로 나가려 하자 막으려고 했지만 블러드가 마나를 이용해 한 말을 듣고는 미소를 지으며 제자리로 돌아가 조는 척을 하기 시작했다.

이미 사람들이 자신이 나가려는 걸 다 알고 있다는 것을 모르는 아이는 졸고 있는 이스트의 모습에 안도의 한숨을 쉬고는 양초 하나를 들고 숲 쪽으로 걸음을 옮겼다.

이스트는 천천히 고개를 들어서 아이의 뒤를 쫓아가는 블러드를 보며 나직이 말했다.

"아직도 미련을 버리지 못했나 보네?"

"아직 어린아이이니까."

블러드는 양초를 들고 숲으로 들어가는 레비나의 뒤를 따르며 아이가 위험하지 않게 마나를 사용하여 근처에 있는 맹수나 마물들을 경계했다.

아직 밤의 숲이 얼마나 위험한지 모르는 레비나를 잡고는 싶었지만, 미련을 쉽게 버리지 못하는 레비나가 다음에 또 이런 짓을 할지 모르기 때문에 이번 기회에 단단히 이해시키는 것이 좋을 듯했다. 그래서 일단 레비나의 행동을 그냥 지켜보기로 한 것이다.

오크 새끼를 찾고 있는 레비나는 레이드가 남겨놓은 표식을 따라 숲으로 걸음을 옮겼고, 어느새 목적지에 다 왔는지 숲 여기저기를 뒤지며 무엇인가를 찾기 시작했다.

하지만 한밤중에 작은 오크 새끼를 찾는다는 것은 그리 쉬운 일이
아니었으니…….

그러나 포기하지 않고 계속 찾고 있던 레비나는 이마에 땀을 닦다
실수로 양초를 떨어뜨리고 말았다.

"앙~!"

떨어진 양초를 잡기 위해 레비나는 급히 몸을 숙였지만 이내 불은
꺼지고 숲은 어둠으로 감싸여졌다. 밤하늘을 밝히는 유일한 불빛인 달
조차도 숲의 나무에 의해 아이가 있는 곳까지 닿지 못했으니 레비나는
조금씩 두려움에 젖기 시작했다.

아무것도 보이지 않는 어둠 속에서 두려움에 움직이지도 못하고 쭈
그려 앉아 있던 레비나는 밤의 정적을 깨는 맹수의 소리에 흠칫하더니
이내 훌쩍거리다 울음을 터뜨려 버렸다.

"아앙~ 블러드 아저씨!"

어떻게 할 바를 몰라 울음을 터뜨리던 아이는 무의식적으로 자신을
도와줄 수 있는 사람인 블러드의 이름을 부르고 있었기에 아이를 지켜
보고 있던 블러드 스톰은 한숨을 쉬곤 레비나에게로 걸어갔다.

갑자기 숲에서 부스럭거리는 소리와 함께 무엇인가가 다가오자 크
게 놀란 레비나는 공포에 질려서 반대쪽으로 비명을 지르며 도망치기
시작했다.

"으앙!! 블러드 아저씨!! 아앙!!"

그런 아이 모습을 보며 블러드는 미소를 지을 수밖에 없었으니 이렇
게나 무서움을 타면서도 새끼 오크 때문에 숲에까지 들어온 레비나의
행동이 우스웠기 때문이다.

도망치는 아이를 잡아 가슴에 안았으나 아직 블러드를 알아보지 못

한 레비나는 발버둥 치며 소리쳤다.

"까아악!! 블러드 아저씨 살려줘요!! 까아악!!"

"레비나."

"까아악!! …앙?"

"아저씨란다, 레비나."

"으앙!!"

자신을 안고 있는 것이 블러드라는 것을 확인한 레비나가 가슴에 얼굴을 파묻고는 울음을 터뜨리자 그는 천천히 아이의 등을 토닥여 주었다.

"많이 무서웠니?"

"흑흑… 블러드 아저씨, 너무 무서웠어… 흑흑……."

간신히 눈물을 멈춘 레비나는 훌쩍거리며 절대 떨어지지 않겠다는 듯이 그의 옷을 꼭 잡았다.

어느 정도 시간이 지난 후 조금 안정을 되찾은 아이에게 블러드가 물었다.

"그렇게 오크 새끼가 기르고 싶었니?"

블러드의 말에 아이는 흐르는 눈물을 닦으며 말했다.

"레비나도 엄마가 하늘나라로 가버린 다음 혼자가 된다고 생각돼서 너무 무서웠는데……."

"……."

"애기보다 큰 레비나도 숲에 혼자 있는 게 무지 무서웠는데… 오크 애기는 더 무서울 거야……. 너무 불쌍해……."

눈물을 글썽이며 말하는 레비나를 보며 블러드는 할 말을 잃었다. 어른들의 눈으로는 오크의 새끼는 오크일 뿐이지만 어린아이의 눈에는 작고 가엾은 생명체에 지나지 않기 때문이다.

선입견. 어쩌면 오크의 새끼라 해도 잘만 키운다면 사람을 해치지 않으리라 생각된다. 아니, 어쩜 인간보다 더 인간답게 변할 수도 있으리라 생각되기도 했다.

타락하고 추악한 이 세계에서 오크보다 못한 자를 얼마나 많이 보아 왔는가. 오크는 자신의 생계를 위해 약탈과 살행을 하지만 그들은 자신의 욕심을 위해 수많은 자들의 생명과 재산을 강탈해 간다.

오크, 어쩌면 오크가 인간보다 나을 것이란 생각을 하는 블러드였다.

그는 한참을 조용히 있다 레비나에게 미소를 지어주고는 승낙의 표시로 고개를 끄덕였고 그 순간 레비나는 환한 웃음을 띠며 품에서 떨어져 나왔다.

블러드는 품에서 부싯돌을 꺼내어 양초를 다시 켜서는 레비나와 함께 헤레나가 버렸다는 그 오크 새끼를 찾기 시작했다. 작은 숨소리도 놓치지 않기 위해 마나를 돋워보았지만 오크 새끼는 멀리 사라진 듯 그 낌새조차 느껴지지 않았다.

한 시간 정도를 뒤졌음에도 찾지 못한 그는 레비나를 쳐다보았으나 포기하지 않고 찾고 있는 아이의 모습에 돌아가자는 말을 할 수가 없었다.

그러나 얼마 지나지 않아 블러드는 모든 것을 끝내야 되는 시간이 왔다는 것을 알 수 있었다.

"브, 블러드 아저씨……."

떨리는 목소리로 그를 부른 레비나가 잠시 후 울먹거렸고, 급히 걸음을 옮겨 아이가 있는 곳으로 간 그는 그렇게 찾고 있던 오크의 새끼를 발견할 수 있었다.

하지만 그 발견은 어린 레비나에게 아픈 상처만을 심어주었을 뿐이다. 오크의 어린 새끼는 숲 한구석에서 맹수에게 찢긴 채 흉측한 모습으로 발견되었기 때문이다.

"많이 아팠을까……."

찢어진 오크 새끼를 보며 아이는 중얼거렸다.

마물이 모두 그렇듯이 오크의 몸에는 약간의 독이 포함되어 있다. 맹독이라고는 할 수 없지만 인간이 그것을 먹을 경우 심한 복통을 일으킬 정도의 독이 포함되어 있었다.

아마 맹수는 오크의 새끼를 잡아먹으려고 하다 독이 있다는 것을 뒤늦게 알고는 이렇게 찢어발긴 채 버려두고 사라졌을 것이다.

맹수의 어금니에 찢긴 오크 새끼를 보며 눈물을 흘리는 레비나의 어깨로 블러드가 조심스럽게 손을 가져갔다. 어깨를 잡은 손에서 느껴지는 작은 떨림은 아이의 슬픔이 얼마나 큰지를 말해 주고 있었다.

한참을 그렇게 서서 눈물을 글썽이며 떨고 있던 레비나는 잠시 후 근처에 있는 나뭇가지를 주워서는 땅을 파기 시작했고, 블러드 역시 레비나를 도와 땅을 팠다.

어느 정도 깊이의 구덩이가 만들어지자 아이는 오크 새끼의 시신을 조심히 들고는 구덩이에 내려놓고 조용히 땅을 덮어갔다.

그렇게 작은 무덤이 만들어진 후 나뭇가지를 무덤에 꽂은 레비나는 조용히 기도를 올리기 시작했다.

맹수에게 죽어간 어린 새끼를 위해 신의 은총을 빌고 있는 모습, 그것은 마치 여신이 버림받은 자들을 위해 기도하는 것과 같은 모습이었기에 블러드는 도저히 눈을 뗄 수가 없었다.

　다음날 배를 만드는 작업은 다시 시작되었다. 레비나는 평상시의 모습을 되찾고는 레이드와 함께 놀고 있었다.

　"어이! 블러드 스톰, 어떻게 됐어?"

　이스트는 어젯밤의 일이 궁금한 듯 물었는데 대답은 그가 아닌 페드로에게서 나왔다.

　"아마 오크 새끼는 죽었을 겁니다."

　"응? 무슨 소리야?"

　이스트의 물음에 페드로는 나무를 다듬는 것을 멈추고는 말했다.

　"오크는 한번 새끼를 낳을 때 두세 마리씩 낳습니다. 하지만 지능을 가진 마물이라고 하나 동물과도 같은 적자생존이 남아 있어, 그 새끼들이 모두 살아남는 것은 아닙니다. 먹이 경쟁을 통해 기껏해야 한두 마리만이 살아남고 나머지는 버려지는 것이죠."

　"그래?"

　"예. 아마 레비나가 발견한 오크 새끼는 먹이 경쟁에서 떨어져 버려진 새끼일 겁니다. 그런 새끼들은 맹수들에게 죽거나 혼자 버티지 못하고 굶어 죽는 것이 보통이죠."

　"음… 그렇담 발견했을 때 이미 버려져 죽어가고 있었다는 건가?"

　"예. 아마 이곳으로 데리고 왔다 해도 살아남기는 어려웠을 겁니다."

　"음…….."

　페드로의 설명에 이스트는 새로운 것을 알았다는 듯이 고개를 끄덕이고는 다시 검으로 나무를 다듬어가기 시작했다.

　버려진 것과 남겨진 것, 어쩌면 이 둘의 의미는 상당히 다를 수도 있지만 어떤 의미에서는 비슷하다고도 할 수 있을 것이다. 오크 새끼와 레비나, 이 둘이 혼자가 된 것은 틀림없지만 레비나는 누군가의 도움으로 살아가고 있었다.

어쩌면 헤레나가 단호하게 오크 새끼를 버림으로써 레비나는 더욱 오크 새끼를 도와주고 싶은 마음이 들었을지도 모른다.

"와아!!"

멀리서 레비나의 목소리가 들려와 돌아보자 레이드가 작은 돌멩이 하나를 염력으로 들어 올리는 것을 볼 수 있었다.

"저게 뭐야?"

이스트 역시 그것을 보고 놀란 얼굴로 말하니 뒤에 서 있던 칼린이 레이드의 성공을 기뻐하며 웃음을 터뜨리고는 말했다.

"하하하! 드디어 성공했군요."

"응? 무슨 소리야?"

"이스트란 아이 꽤 자질이 있는 것 같아서 마법의 기초를 말해 준 적이 있었는데, 며칠도 지나지 않아 염력을 성공시키다니… 저 녀석, 마법사로서 꽤 소질이 있는데요?"

"그래? 하하하하, 이러다간 우리 파티에서 마법사가 나오겠구먼."

이스트는 레이드가 마법에 소질이 있다는 말에 마치 자신의 일인 것처럼 좋아했고, 멀리서 나무를 다듬던 페드로 역시 입가에 미소를 드러냈다.

블리드는 레이드와 레비나, 똑같은 아픔을 가진 두 아이에게 더 이상 불행 같은 것이 없었으면 했다.

며칠 후, 몇 번의 실패를 겪은 뒤 만들어진 배는 그동안의 고생을 보답이라도 하듯 바다에 당당히 그 모습을 드러냈다.

"야호!! 성공이다!!"

"와아!!"

페드로와 칼린은 말없이 서로를 보며 기쁨의 악수를 나누었고, 로인은 바닷가에 있는 바위 위에 앉아 멀리 보이는 화산을 바라보았다.

아직도 연기를 뿜고 있는 화산, 그는 사라진 친구 제로스와의 이별 인사를 하고 있는 듯했고, 그런 그를 보며 칼린이 다가가 어깨에 손을 올렸다.

"이젠 가야 할 시간이다."

칼린의 말에 로인은 고개를 끄덕이고는 자리에서 일어나 배를 향해 걸어갔다.

이제 섬을 빠져나갈 수 있다는 생각을 한 레비나는 오크 새끼가 묻힌 곳을 향해 잠시 눈을 감고 조용히 기도를 올렸다.

"나 갈게……."

일행들은 몇 가지 물품을 챙겨서는 배에 올라탔다. 일단은 하루도 걸리지 않는 육지였지만, 만약의 경우를 대비해서 몇 가지 식량을 챙기는 것을 잊지 않은 것이다.

잠시 후 배는 육지로 향하는 바람을 타고 많은 일이 있었던 울라인도 섬을 벗어나고 있었다. 배는 꽤 잘 만들어졌는지 섬의 주위를 흐르는 해류를 순풍을 받으며 벗어나고 있었기에 사람들은 안도의 한숨을 쉴 수 있었다.

하지만 섬을 빠져나가는 사람들은 한결같이 생각하고 있는 것이 있었으니 섬에 살고 있는 마물들에게 스며 있는 희생된 아이들의 영혼, 그 아이들이 다시는 인간의 헛된 야욕에 시달리는 일이 없기를 빌고 있는 것이다.

울라인도 섬을 빠져나온 우리는 로인, 칼린과 헤어지곤 다시 해안을
따라 동쪽으로 이동했다. 그리고 일주일 후 멜라덴 공국에 도착할 수
있었는데, 그곳은 유리아 왕국의 공작이었던 아라센 폰 유크토 밀라덴
공작이 세운 나라였다.

하지만 백 년이란 시간이 지난 후 멜라덴 공국은 유리아 공국의 두
배 이상의 영토를 가진 국가로 변해 있었기에 지금에 와서는 멜라덴
왕국이라는 이름으로 불려도 과언이 아닌 나라였다.

멜라덴 공국의 수도 비트란 시, 남부 해안의 여러 도시와 같이 해상
무역 도시이기는 했지만 이곳은 다른 해안 도시와는 달리 무역에서 별
이득을 얻지 못했는지 그리 풍요로운 도시는 아니었다.

그나마 이 도시에서 보아줄 것이 있다면 시를 지키는 기사단이었다.

레드샤크 나이트라는 이름을 가진 기사단은 타락한 다른 기사단들

과는 달리 주민들에게 꽤 신망을 받고 있고 그들 자신도 절도있는 모습을 보여주고 있었다.

　시의 남문으로 들어서며 보이는 레드샤크 나이트들은 한 치의 흐트러짐도 보이지 않았으니, 그리 번성한 도시는 아니지만 이곳에서의 치안이 꽤 잘 이루어지고 있다는 것을 알 수 있었다.

　"젠장… 이런 도시라면 일거리도 별로 없겠구만."

　치안이 잘된 도시에는 용병이 할 일이라곤 간단한 잡무 정도밖에 없는 것이 보통이었다. 이스트가 투덜거리긴 했지만 일단은 일을 알아보는 것도 나쁘지 않다는 생각에 여관에서 여장을 풀기 전 용병 길드로 향했다.

　워낙 치안이 잘되어 있는 곳인지라 용병 길드는 초라하기 그지없는 모습이었다. 여기저기 금이 가 있는 이층 건물에 지저분한 간판만이 흔들거리고 있었다.

　"쳇."

　찡그리는 얼굴로 이스트는 길드 안으로 들어섰다.

　하지만 길드 안의 벽은 현상금 벽보로 가득 메워져 있었다.

　"뭐야, 이거?"

　생각 외로 많은 현상금 벽보 수에 이스트는 얼굴색이 변하면서 돈이 될 만한 의뢰를 찾기에 여념이 없었다.

　하지만 대부분이 10골드 이하의 현상범뿐이었고, 그들 대부분이 농민 반란군의 블랙리스트였다.

　'농민 반란이라……'

　대륙의 국가에서 농민 반란군이 일어나는 경우는 극히 드물다. 일단

은 봉건 영주의 대부분이 자신의 사유 기사단을 가지고 있을 뿐 아니
라 훈련받지 않은 농민 반란군은 도시를 지키는 경비병보다 못한 전력
이기 때문에 어느 정도의 뒷배경이 있지 않는 한 농민 반란군이 봉건
영주의 세력을 엎고 승리할 가능성은 거의 없었기 때문이다.

　하지만 이 도시의 경우에는 상당히 많은 현상금 포스터들이 붙어 있
는 것으로 보아 아직 농민 반란군에 대한 단서를 잡지 못하고 있는 것
이 분명했으니 농민 반란군을 돕는 인물이 공국의 귀족 중에 존재한다
는 뜻이었다.

　"이런 젠장!"

　한참 벽보를 찾아보던 이스트는 만족할 만한 의뢰가 없다는 것을 알
고는 실망한 얼굴로 길드의 접수원 앞으로 가서는 소리쳤다.

　"어이! 이렇게 자잘한 의뢰밖에 없는 거야?"

　"예?"

　갑작스럽게 소리치는 이스트의 모습에 접수원은 잠시 놀라는 표정
을 짓긴 했지만 이내 얼굴 표정을 감추고는 말했다.

　"1,000골드짜리 의뢰가 있긴 합니다만, 일급 이상 용병 의뢰라서
요."

　"응? 1,000골드?"

　"예. 제국 재정 부담당이신 빈 카트란님의 경호 의뢰입니다. 농민
반란군의 암살자에게 암살 위협을 받고 계시거든요."

　그 말에 이스트는 품에 넣어두었던 일급 용병패를 꺼내 들고서는 소
리쳤다.

　"그 의뢰 내가 맡겠어!"

　"예? 아! 일급용병이시군요."

레드샤크 기사단 때문인지 능력있는 용병이 없던 터였기에 빈 카트란의 경호 의뢰는 그에게 떨어졌다.

얼마 후 헤레나와 두 아이를 여관에 맡겨놓은 우리는 데릴 폰 유텔스 자작을 만나기 위해 안내자를 따라 시내의 북부에 위치한 거대한 저택에 도착할 수 있었다.

유텔스 남작은 경호 대상인 빈 카트란의 죽마고우로 현재 공국을 다스리고 있는 아라센 공작의 최측근으로 알려져 있는 인물이었다. 또한 그는 레드샤크 기사단의 단장을 역임하고 있어 이 도시에서는 상당히 알려져 있는 인물이었다.

그의 저택은 수십의 기사들이 철저히 경비를 서고 있어 그가 상당한 권세를 누리고 있는 인물이라는 것을 말해 주고 있었다.

8층이나 되는 거대한 저택의 맨 위층에 존재하는 그의 사무실은 한 층을 모두 차지하고 있을 정도로 거대하고 화려했기에 이스트는 입을 다물지 못했다.

붉은색의 카펫이 깔려져 있는 끝에 위치한 화려한 장식의 의자에 한 사람의 중년 귀족이 앉아 있었다.

금발의 긴 머리를 붉은색의 머리띠로 정돈을 한 그는 화려한 옷을 입은 채 우리가 도착한 후에도 여유있는 모습으로 차를 음미하고 있다가 천천히 찻잔을 내려놓으며 위엄있는 목소리로 말했다.

"그대들이 나의 의뢰를 맡았다는 용병들인가?"

"예."

이스트의 대답에 데릴 자작은 말없이 고개를 끄덕이고는 한 장의 양피지를 건네주었는데, 군더더기없는 절도있는 모습에서 기사로서 상당히 오랜 시간을 보낸 사람이라는 것을 알 수 있었다.

"길드에서 들어서 알겠지만, 경호 대상은 본인의 죽마고우인 왕국 재정 부담당의 직위에 있는 빈 카트란이란 사람일세. 아무래도 재정을 담당하고 있는 만큼 농민 반란군에게 상당히 미움을 산 것 같으니 잘 부탁하네."

"예."

하지만 뭔가 이상했다. 저택을 경호하는 기사의 숫자는 적어도 오십 명을 넘었는데, 왜 그는 이스트들에게 친구의 경호를 부탁하고 있는 것일까? 또 의뢰를 설명하는 그의 말투에서는 어딘지 모르는 서글픔 같은 것이 담겨 있었다.

그가 정말로 죽마고우로 친한 친구를 보호해 주려 생각한다면 자신이 지휘하고 있는 레드샤크 기사단의 일부를 보내는 것이 나을 것이라는 생각을 하고 있을 때 그런 것을 알기라도 하는 듯이 데릴 자작은 한숨 섞인 목소리로 말했다.

"본래대로라면 기사단의 일부를 그에게 돌려 경호 임무를 맡기는 것이 좋을 것이나 현재의 상황은 그렇지가 못해 자네들에게 맡기는 것이니 잘 부탁하네."

"현재의 상황이라뇨?"

이스트의 물음에 자작은 고개를 끄덕이며 말을 이어갔다.

"자네들은 모르겠지만, 밀라덴 공국은 귀족과 평민의 신분 차가 상당히 높은 국가라네. 공작의 친위 기사단을 재정 부담당관이라 하나 평민의 경호를 위해 돌린다는 것은 공국의 귀족들 반발 때문에 불가능한 노릇이지."

"아!"

그제야 이스트는 왜 자신들이 고용되었는지 이해하는 표정을 지었지만, 그래도 석연치 않은 점은 있었다.

데릴 자작은 공작의 최측근이라 들었다. 빈 카트란이 평민으로 재정 부담당관의 직위에 오를 정도라면 어느 정도 자작의 입김이 작용했을 터, 그렇게 본다면 친위 기사단이라 해도 몇 명을 돌리는 것쯤은 쉬운 일이었다.

평민을 중요 직책에 임명하는 것이 기사 몇 명을 돌리는 것보다는 반발이 심했을 것이 분명했기 때문이다.

잠시 더 이야기를 나눈 후 그들은 자작이 마련해 준 마차를 타고 빈 카트란이란 공국의 재정 부담당관의 저택으로 향했다.

삼십 분 후 재정 부담당관의 저택에 도착한 그들은 조금 놀라지 않을 수 없었다.

아무리 평민이라고는 하지만 공국의 재정을 담당하는 직책은 결코 작은 일이 아님에도 그의 저택은 초라하기 그지없었다. 수십 년은 된 듯한 낡은 저택은 꽤 크기는 했지만 군데군데 금이 간 것이 언제 무너질지도 모르는 허름한 집이었다.

삐걱거리는 문을 열고 들어선 집 안은 낡은 마루 위로 오래된 가구들만이 군데군데 모습을 드러낼 뿐 고위 관리의 집이라고는 생각지 못할 정도였다.

그와 함께 건물 곳곳에는 근래에 생긴 상처가 있었는데, 농민 반란군에게 습격받았다는 것을 알 수 있었지만 그 탓에 낡은 집은 흉가로 오인될 정도였다.

얼마 지나지 않아 계단으로 허름한 복장의 한 남자가 하품을 하며 내려왔는데, 그는 우리들을 안내한 데릴 자작의 집사를 보고는 반갑다는 듯이 손을 흔들며 말했다.

"어! 세이든 씨 아닙니까?"

"빈님, 오랜만입니다."

"예, 오랜만입니다만은 무슨 일로……?"

이스트들을 본 그가 어리둥절한 표정을 지으며 묻자 집사는 그들이 오게 된 자초지종을 이야기했다.

자작의 의뢰로 자신을 경호하기 위해 온 용병들이라는 것을 안 빈은 쑥스럽다는 듯이 뒤통수를 쓰다듬으며 말했다.

"하하하! 데릴 자작께서 괜한 수고를 해주시는군요. 저 같은 평민의 목숨이야……."

"빈님은 주인님의 유일한 친우이기도 하신 분입니다. 이 정도야 당연한 것이지요."

"하하하, 아무튼 감사하다고 전해주십시오."

"예. 그럼……."

집사가 자신의 일이 끝내곤 인사를 한 후 저택을 빠져나가자 우리들의 모습을 보며 난처한 듯한 표정을 짓던 빈은 할 수 없다는 듯이 미소를 지으며 말했다.

"자, 일단은 저를 경호해 주려고 오신 분이니 간단히 차 한잔하면서 소개나 하지요."

암살자에게 목숨의 위협을 받는 사람치고는 밝은 표정의 사나이였다. 자신이 암살 위험을 받고 있는지 모르는 것처럼 말이다.

암살의 위험을 받는 빈과 친구를 보호하기 위해 용병들을 보내준 데릴 자작, 이상하게도 이 두 사람의 표정은 너무 달랐다.

과연 이 둘 사이에 무슨 일이 있는 것일까? 나로서는 혹시 빈이라는 사람을 암살하려는 자가 데릴 자작이 아닐까라는 생각을 해보았다. 하지만 이내 그 생각을 지워 버리고 말았는데, 자작의 권세라면 빈 정도야 아무렇지도 않게 숙청할 수도 있기 때문이다.

빈 카트란은 처음 접했을 때의 털털함과는 달리 시간이 지나면서 상당한 학식과 능력을 소유한 사람이라는 것을 알 수 있었다.

현재 나이 33세로 자작보다는 한 살 밑의 나이인 그는 갈색의 짧은 머리에 호리호리한 몸매를 가지고 있는 사람이었다.

페드로와 이야기를 나눔에도 뒤지지 않고 담담히 자신의 의견을 내세울 정도였으니 평민의 출신으로 높은 직책을 계속 유지할 수 있었던 이유를 알 것만 같았다.

"빈님 계십니까?"

그때 누군가가 찾아온 소리에 빈이 응접실 바깥쪽으로 걸음을 옮겼는데, 거기에는 몇 명의 마을 사람들이 미소를 지으며 서 있었다.

"아, 하벤 씨와 찰리 씨, 게라드 군 아닌가?"

"손님이 계신 것 같군요."

"자작님이 이 못난 놈을 경호하라며 용병들을 보내주셨네."

"아, 그렇습니까? 다행입니다."

"그런데 무슨 일로?"

"예. 저번에 암살자의 습격으로 빈님의 집이 많은 부서진 것 같아서 마을 사람들과 상의해 수리를 도우러 찾아왔습니다."

"아! 하하하하, 이거 고맙군 그래."

"별말씀을요. 저흰 집을 수리하고 있을 테니 손님 분과 계속 말씀하고 계십시오."

그 말에 빈은 손을 내저으며 말했다.

"무슨 소린가. 내 집을 고치는데 주인이 놀고만 있을 수 있는가. 조금만 기다리게. 내 저분들께 양해를 구하고 와서 도울 테니 말이야."

"하하하!"

즐겁게 이야기를 하고 있는 마을 사람들과 빈을 보며 이스트는 고개를 갸웃거리며 말했다.

"뭐야? 꽤 사람들에게 존경을 받는 사람 같은데? 거참, 저런 사람이 왜 농민 반란군에게 암살 위협을 받는 거지? 이해가 안 되는걸."

무엇인가 이상하다는 느낌은 들었지만 그것이 뭔지는 정확하게 집어낼 수가 없었다. 하지만 일단은 경호 임무를 수락한 후였기에 우린 마을 사람들과 함께 저택을 고치는 그의 주변을 맴돌며 임무를 수행할 수밖에 없었다.

몇 가지 토의 끝에 임무를 나눌 수 있었다. 나와 페드로는 번갈아가며 그의 경호를 맡았고, 이스트는 용병 길드로 가서 정보를 수집, 헤레나는 두 아이들을 맡아 빈의 저택으로 와서 마을 사람들 사이에서 그의 평판이나 여러 가지 소문들을 수집하기 시작했다.

왕국의 재정 부담당인 빈 카트란을 호위한 지 삼 일째, 그동안 그의 목숨을 노리는 암살자의 모습은 보이지 않았다. 이상할 정도로 평온하기만 한 그의 주변을 보며 정말 이 사람이 암살의 위협을 받는가 의심이 생길 지경이었다.

하지만 삼 일째의 밤, 무엇인가 알 수 없는 일이 벌어지고 있었다.

빈 카트란의 저택에서 페드로와 임무를 교대한 후 잠을 자고 있던 난 저택의 밖에서 인기척이 있다는 것을 느낄 수 있었다.

'암살자?

그 인기척이 빈을 노리는 암살자일 것이라 생각하며 검을 가지고 천천히 창문으로 빠져나왔다. 그곳에서 복면으로 얼굴을 가린 남자가 조심스럽게 접근하고 있는 것을 볼 수 있었다.

"부우… 우웅… 우… 우웅……."

사방을 둘러보던 복면의 남자는 조심스럽게 손을 모아 부엉이 소리를 내기 시작했다.

'동료들을 부르는 소린가?'

동료들을 부르면 한꺼번에 처리하는 것이 나을 것이란 생각에 빈이 머무르고 있는 곳으로 뛰어드는 순간을 기다리며 지붕에서 몸을 숨기고 있었는데, 그 순간 예상치도 못한 일이 벌어졌다.

부엉이 울음소리가 난 지 오 분 정도가 지나자 저택의 창문 하나가 활짝 열렸기 때문이다.

'빈 카트란의 방?'

창문이 열린 방은 카트란의 침실이었던 것이다.

얼마 지나지 않아 열려진 창문에서 복면의 남자가 낸 것과 같은 부엉이 울음소리가 났고, 그것을 들은 남자는 근처에 있던 돌멩이를 하나 주워 무엇인가를 묶은 후 카트란의 창문을 향해 집어 던졌다.

'편지?'

돌멩이에 묶여 있는 것은 누런색의 양피지였다. 복면의 남자는 빈 카트란에게 비밀 편지를 건네기 위해 온 것이다.

자신의 편지가 카트란에게 전달되었다는 것을 확인한 복면인은 재빨리 몸을 숨기고 있던 나무에서 벗어나 저택의 담장을 넘어 사라졌다. 잠시 후 빈의 침실 창도 소리없이 닫혔다.

무엇인가 비밀스러운 일이 벌어지고 있는 것이다. 하지만 이런 단편적인 정보로는 빈이 꾸미고 있는 일이 무엇인지 알 수 없었다.

　암살자의 위험, 그것은 어쩌면 비밀 편지를 전달하던 자가 성의 병사들에게 들켜 어쩔 수 없이 꾸며낸 계책일 수도 있다.

　그렇다면 데릴 자작이 자신들을 빈에게 보낸 것은 그 행동에 제약을 주고자 하는 일이 분명했다.

　자신에게 속해 있는 기사들보다는 이 사실을 알았을 때 처리하는 것이 더 손쉬울 테고, 빈의 행동에 제재를 가할 수 있는 두 가지 효과를 가진다고 볼 수 있었다.

　그렇게 본다면 빈의 입장에서 가담할 세력은 하나를 미루어 짐작해 볼 수 있었는데 바로 공작의 세력과 대치하고 있는 농민 반란군이다.

　만약 빈이 농민 반란군에 가담한 공작 측의 일원이라면, 데릴의 서글픈 목소리나 지금까지 생각해 온 모든 의문점이 다 해결이 되었다.

　하지만 확실한 증거가 없는 한 나의 이 생각은 가설에 지나지 않는다.

　다음날 아침 콧노래를 부르며 아침을 손수 준비하고 있는 빈 카트란을 볼 수 있었다. 아무 일도 없었다는 듯이 평소와 같은 유쾌함을 보이는 그를 보며 과연 그가 데릴이 생각하고 있는 것을 알기나 할까라는 의문이 들었다.

　오늘 하루의 모든 경호를 페드로에게 맡긴 난 정보를 수집하기 위해 용병 길드로 간 이스트에게 찾아갔다.

　길드의 창고에서 밤이라도 샜는지 초췌한 얼굴의 이스트가 나를 보곤 반갑다는 듯이 손을 흔들며 다가왔다.

　"경호는 잘하고 있는감?"

그의 말에 난 고개를 끄덕이며 말했다.

"그동안 수집한 정보가 있으면 말해 보게."

"뭐 이상한 거라도 발견한 거야?"

이스트의 물음에 고개를 끄덕였지만 더 이상의 말은 하지 않았다. 아직 확실하다고 볼 수 없기 때문이었는데, 이스트는 내가 본 것에 궁금해했지만 내가 말하지 않는 것에는 무슨 이유가 있을 것이라 생각했는지 더 이상을 물어보지 않고 지금까지 모아온 정보를 이야기해 주었다.

"이 용병 길드도 공작의 손길이 닿아 있는 것 같아서 별 이렇다 할 정보는 없었지만, 몇 가지 자료를 가지고 추론을 한 것이 있으니 말해 주지. 첫째, 공작가의 재정을 살펴보면서 알 수 없는 돈이 들어와 있는 것을 발견했지. 해상 밀무역이나 다른 수입원이 있을까 하고 조사해 봤는데 말이야, 공작령의 외곽에서 켄라디아 국과 데라스 국의 내전에서 도망쳐 온 빈민가와 영농 마을에서 알 수 없는 실종 사고가 연이어 발생하고 있는 것을 찾아냈지."

"그렇다면?"

"아무래도 공국 내에서 비밀리에 인신매매가 이루어지는 것 같더군. 해서 몇 가지 의심나는 부분을 조사해 보았더니 붉은 늑대로 의심되는 일단의 무리들이 이 공국에 자리를 잡고 있는 것 같더군."

"음……."

붉은 늑대는 대륙에 거의 모든 중소 국가에서 활동하고 있는 인신매매 집단이었다.

공작의 정체를 알 수 없는 수입은 아마 외곽의 빈민이나 영농 마을에서 납치되어 온 사람들에 의해 들어온 수입일 가능성이 컸다.

　“둘째, 농민 반란군의 멤버들은 공국 외곽의 농민들과 빈민들이 주축을 이루고 있는데, 그들만으로 조직을 이루는 것은 불가능하단 결론이 나왔지. 그렇다면 누군가 막대한 돈을 농민 반란군에게 공급해 주고 있다는 결론이 나오는데… 그 사람이 우리가 경호하고 있는 재정 부담당일 가능성이 있어. 그 외에 돈을 지원해 줄 수 있는 사람은 공작 휘하의 귀족들뿐이니 반란군을 위한 막대한 돈을 마련하기 위해서는 재정을 담당하고 있는 그밖에 없지.”

　“음…….”

　“하지만 아직까진 서류상에 어떠한 하자도 없다는 것이 문제라고. 만약 그가 농민 반란군의 재정을 돕는 인물이라면 진짜 대단한 사람이라고밖에 말하지 못할 정도로 말이야.”

　어젯밤의 일을 생각해 본다면 이스트의 추론은 너무나 잘 부합되고 있었기에 심증을 어느 정도 굳힐 수 있었다.

　“셋째, 데릴 자작이 단장으로 있는 레드샤크 기사단의 움직임 폭이 너무 좁다는 거야. 그들이 약간만 그 범위를 넓혀도 충분히 외곽에 있는 농민 반란군의 세력을 어느 정도 소탕할 수 있을 텐데 이상하게도 이 시를 중심으로 크게 벗어나지 않고 있더군. 공작의 명령이 있거나 아니면 기사단이 벗어날 수 없는 큰 이유가 있다고 볼 수 있지. 예를 들면 시내에 상당수의 농민 반란군이 있어 기사단을 함부로 시에서 벗어나게 할 수 없다는 거지. 뭐, 이 정도뿐이야. 대충 자네가 본 것에 도움이 됐는가?”

　이스트는 자신이 수집한 보고를 자랑스럽다는 듯이 말하고서는 다시 말을 이었다.

　“그나저나 자네가 발견한 게 뭐야?”

그가 내게 말해 준 정보로 어느 정도 확신이 선 난 어젯밤에 있었던 일을 이야기해 주었고, 그 말을 들은 이스트는 고개를 끄덕이며 말했다.

"농민 반란군에게 군자금을 공급하는 인물이 빈 카트란일 확률이 높겠군. 어떻게 할 텐가?"

"어떻게 하다니?"

"이렇게 된 바에야 오성신의 계율에서 벗어나는 인신매매를 행하는 공작가에 반대하여 빈 카트란의 세력을 돕는 것도 나쁘지는 않잖아? 용병 길드에서도 이런 것으로 문책하지는 않을 테니 말이야."

하지만 난 이스트의 말에 고개를 끄덕일 수 없었다. 무엇인가 다른 느낌이 들었기 때문이다. 빈 카트란이란 자를 믿기에는 무엇인가 석연치 않은 느낌, 그것이 정확히 뭐라고 설명할 수는 없었기에 일단은 그의 행동을 지켜보는 것이 나을 것이라 생각된 난 고개를 저으며 말했다.

"일단은 그의 행동을 지켜보도록 하지."

"뭐, 자네가 그렇게 정했다면야 할 수 없지."

"정보를 더 수집해 보게."

"응."

난 이스트에게 정보 수집을 다시 부탁하고는 카트란의 저택으로 향했다. 이 정도의 자료라면 충분히 농민 반란군의 일원이라는 것을 알 수 있었지만…… 왜 그를 돕는 게 꺼려지는 것일까?

곰곰이 생각해 본 난 얼마 지나지 않아 그 이유를 알 수 있었다.

'미소……'

빈 카트란의 미소. 그것이 나로 하여금 그를 돕는 것을 꺼리게 하고 있는 것이다. 수많은 나라를 돌아다니며 만나본 귀족들… 빈의 얼굴에서 느껴지는 미소에는 그런 귀족들에게서 보이던 야망과 탐욕의 느낌이 흘러나오고 있었다.

지방시의 뇌검 유라이가 야망을 감추기 위해 보였던 그 유쾌한 미소처럼 말이다.

그 후 이스트에게서 몇 개의 자료가 더 들어왔다. 그것은 빈 카트란의 개인 정보 자료였다.

그것을 간단히 추려본다면 첫째, 빈 카트란은 현재 33세의 독신으로 소문에 의하면 그의 사촌 여동생이기도 한 에밀리아 테리안을 사랑했다고 하는데, 그녀는 집안의 강요로 한 귀족에게 시집을 갔고 그는 그 일로 독신 생활을 하고 있다는 것이다.

여기서 더 놀라운 것은 사랑했던 여인인 에밀리아 테리안이 시집간 곳은 자작가, 바로 공작의 최측근이자 빈 카트란의 죽마고우인 데릴 자작이라는 것이다.

둘째, 빈 카트란의 암살 미수는 한 달 전에 있었던 일인데, 그전에 빈 카트란은 신상의 문제로 인해 약 10일 정도를 쉰 적이 있다는 것이다.

그의 근무 기록을 보면 그가 신상 문제나 여러 가지 문제로 재정부의 일을 쉰 적은 일 년에 삼 일을 넘지 않았기에 그사이에 무엇인가 다른 일이 있었던 것으로 추정할 수 있었다.

셋째, 처음 암살 미수의 일을 보고한 병사는 데릴 자작이 이끄는 레드샤크 기사단 소속의 병사였다. 그렇다면 제일 먼저 이것에 대한 보고를 받은 사람은 데릴 자작일 확률이 높았는데, 그 병사는 상관에게 제일 처음 보고했을 때 그것을 외부 첩자가 빈 카트란과 밀통하고 있다는 말로 보고를 했다는 것이다.

이것으로 미루어보아 데릴은 확실히 빈의 밀통 사실을 확인한 것이 되는데 왜 암살 미수로 치부한 것일까란 의문이 들었다.

이틀이 지나자 마을 사람들과 함께 고치던 저택은 말끔하게 정돈되었다. 빈 카트란은 자신의 집을 수리해 준 사람들과 함께 주점으로 향했고, 우린 그의 경호를 맡고 있기 때문에 그의 뒤를 향해 주점으로 걸음을 옮겼다.

"자, 마시자고!"

주점 안은 마을의 청년들이 자리를 메우고 있었다. 잔 가득히 따라져 있는 흑맥주를 손에 든 청년들은 간만에 있는 술자리에 만끽하고 있었다.

어느 정도의 시간이 지나자 빈 카트란은 휘청거리는 몸으로 우리들에게 다가와서는 왼손에 들려 있는 붉은색의 술병을 흔들어 보이며 말했다.

"어이, 거기 경호원 양반들, 자네들도 한잔해야 하지 않겠나?"

그 말에 난 고개를 저었다. 한 잔의 술이라고 해도 충분히 주의를 흐트러뜨릴 수 있기 때문이다. 하지만 빈은 포기하지 않고 술잔을 몇 개 가져와서는 우리들 앞에 따라주며 말했다.

"거참, 딱 한 잔이라고, 딱 한 잔. 여긴 마을 사람들이 꽉 차 있어서 암살이 일어나지 않는다니까."

우리들을 안심시키려는 듯 계속 이것저것을 이야기하며 떠나지 않는 빈이었기에 페드로는 할 수 없다는 얼굴로 그가 따라준 잔을 들었다.

"그럼 딱 한 잔만 하겠습니다."

"그렇지, 그렇지. 자, 자네도 같이 한잔하지. 며칠을 같이 지냈으니 건배라도 해야 할 것 아닌가?"

그의 계속되는 말을 들으며 난 어쩔 수 없이 잔을 들었고 빈은 자신의 잔에도 술을 가득 따라서는 앞으로 내밀며 말했다.

"그럼 자네들의 일이 잘되기를 바라며… 응? 그럼 나도 살아 있겠구만. 일석이조로세. 건배!"

술에 취해 소리친 그는 호탕한 웃음소리를 내며 잔에 따른 술을 들이켰고, 페드로와 나 역시 술을 마시려고 잔을 입에 가져갔다. 한데 그 순간 페드로가 내 손에 들어 있는 잔을 손으로 치며 소리쳤다.

"독이다! 술에 독이 들어 있습니다!!"

"독!"

페드로의 말에 장내는 큰 소란이 일기 시작했는데, 그 순간 빈이 갑자기 목을 움켜쥐며 고통스러운 표정으로 땅에 쓰러졌다.

"빈 카트란님!!"

페드로는 고통스러운 표정으로 쓰러진 빈의 입에 손가락을 집어넣어 마신 것을 토하게 했다.

다행히 의식을 잃지 않은 빈은 먹었던 술을 모두 토해냈고, 난 그의 손목을 잡고 몸에 마나를 불어넣어 주었다.

'응?'

하지만… 이상했다. 독극물로 고통스러운 표정을 짓고 꿈틀거리고 있는 빈의 몸은 생각보다 정상이었기 때문이다. 독을 마신 지 별로 시간이 지나지 않아 그런 것일까?

얼마 후 빈은 독극물을 거의 다 토해냈는지 조금은 안정된 모습을 보였다. 하지만 난 의심을 거둘 수가 없었다.

어쩌면 빈의 이 독극물 사건은 거짓일 확률이 높았다. 암살자의 짓이 아닌 그가 스스로 암살자가 된 것은 아닐까?

자신의 행동에 제약을 가하는 우리들을 죽이기 위한 계략. 만약 페드로가 아니었으면 우린 모두 독극물을 마셨을 것이다.

저택으로 옮겨진 빈은 안정된 숨소리를 내며 잠에 빠졌고 페드로와 난 그 사건에 대해서 의논을 해보았다.

"독이 들었는지 어떻게 알았지?"

"빈 카트란님이 가져온 술은 그레드 열매를 숙성시켜 만든 열매주입니다. 숙성시킨 그레드 주는 달콤함과 함께 약간의 쓴맛을 내게 되는데, 이상하게도 술에서 신맛이 느껴지더군요. 음식물을 먹을 때 일단은 독극물 검사를 하는 것이 버릇처럼 됐기 때문에 열매주에서 나는 신맛이 독극물이라 짐작할 수 있었습니다."

"독의 정체는 짐작해 볼 수 있겠는가?"

"아마도 아멘의 독초가 아닐까 생각됩니다. 먹은 사람은 경련과 함께 심장 박동에 문제를 일으켜 죽게 되죠. 보통 아멘의 독초 사용 방법은 술이나 음식물에 첨가되기 때문에 빈 카트란님의 술에서 나온 독은 그것일 확률이 높습니다."

독에 대한 해박한 지식을 가지고 있는 페드로는 맛과 사용된 곳으로 독의 정체를 짐작하고 있었다.

심장 박동에 문제를 일으킨다고 했지만 내가 그의 손목을 잡았을 때 심장에는 전혀 문제가 없었다. 그렇다면 빈의 자작극일 확률을 더욱 배제할 수 없게 된다.

하지만 이것도 추정일 뿐 빈 카트란에게서 확실한 증거도 잡지 못한 나로선 계속 그를 경호할 수밖에 없었다.

  그날 밤도 만약의 경우를 위해 그의 침대 옆에 있는 의자에 앉아 밀착 경호를 하고 있었다. 빈은 그것이 불편한지 나를 보며 말했다.
  "부탁이네만 오늘은 혼자 있고 싶군."
  그의 말에 난 고개를 끄덕이곤 조용히 방을 빠져나왔다. 내 방에서도 충분히 빈의 방으로 접근하는 암살자의 낌새는 알아챌 수 있으리라 생각했기 때문이다.
  그르르륵…….
  침대에 누워 빈의 방에 귀를 집중하고 있던 난 그 순간 이상한 소리를 들을 수 있었다. 무엇인가가 움직이고 있는 소리. 그것이 빈의 방에서 난다는 것을 알고 방으로 뛰어갈까도 생각해 보았지만, 생각을 바꾸고는 조용히 방의 창문으로 빠져나가 빈이 머물고 있는 방의 창문으로 가 그의 모습을 지켜보았다.
  간소한 그의 방에 유일하게 제대로 된 가구라고 볼 수 있는 책장, 그것에 비밀 출구로 가는 장치가 있었다.
  내가 창문으로 그의 모습을 보았을 땐 서서히 서재가 출구를 닫아가고 있는 모습이었다.
  설마 비밀 통로까지 있는 집일 것이라곤 생각하지 못했었는데…….
  '이렇게 되면 빈이 농민 반란군의 일원이라는 증거가 생긴 것일까?'
  이런 식으로 아무도 모르는 비밀 통로를 만들어둘 정도면 어느 정도 증거가 된다고 할 수 있을 것이다. 하지만 이것 또한 확실한 증거는 될 수 없었기에 그의 방으로 들어선 난 책장 반대쪽의 통로에서 인기척이 사라지기를 기다렸다.

어느 정도의 시간이 지나고 통로로 들어간 빈의 발자국 소리가 들리
지 않게 되었을 때 난 서재를 뒤져 보며 비밀 장치를 찾기 시작했다.

"이건가?"

책장에 꽂혀 있는 책 중 유난히 윗부분에 때가 많이 타 있는 부분을
찾은 난 그것이 비밀 장치가 아닐까 생각하여 책을 꺼내었고, 그 순간
책장은 서서히 좌로 움직이기 시작했다.

좁은 통로는 벽과 벽 사이에 약간의 틈으로 이어져 있었고, 그곳을
한참 동안 지나가자 지하로 내려가는 사다리가 보였다.

내가 조용히 사다리를 내려가자 그곳은 감추어진 저택 지하의 다른
곳으로 내려가게 되어 있었다. 지하실은 어둡기 그지없었지만 마나를
사용해 충분히 주위를 관찰할 수 있어 벽의 한쪽에 지하 통로가 있다
는 것을 확인하고는 그곳으로 갔다.

지하 통로의 모습으로 보아 만들어진 지는 길어야 일 년을 넘을 것
같지 않았다.

난 천천히 지하 통로를 향해 걸어갔고, 약 30분 정도를 그렇게 걸었
을 때 서서히 입구가 보였다.

통로의 끝으로 보이는 작은 방에는 횃불이 밝게 비추어져 있었기에
숨어서 그 방의 모습을 확인해 볼 수 있었다.

"음……."

방을 들여다보자 빈 카트란이 어떤 여인을 안고 키스하고 있는 모습
이 보였다. 비싼 옷감으로 만든 외출복을 입고 있는 여인이었다. 난 잠
시 후 그녀의 정체를 알 수 있었다.

"에밀리."

"빈……."

에밀리, 그것은 빈 카트란의 친구이자 자신들에게 경호 의뢰를 한 데릴 자작의 부인이자 그의 사촌 여동생 에밀리아의 이름과 비슷했다.

'에밀리아일까?

한 번도 데릴 자작의 부인인 에밀리아의 얼굴을 본 적이 없었던지라 그녀의 정체를 정확히는 알 수 없었지만, 이스트의 정보에 따르면 빈은 아직도 에밀리아라는 사촌 여동생에 대한 사랑을 버리지 못했다고 알려져 있었기에 그녀일 확률은 높았다.

"이렇게 숨어서 만날 수밖에 없다니… 신이 야속하기만 하구나, 에밀리."

"저 역시 마찬가지랍니다."

둘은 마치 연인처럼 서로를 부둥켜안으며 사랑의 말을 주고받고 있었다. 불륜의 장면, 난 그것을 보며 뭐라 설명할 수 없는 느낌을 받았다.

친구를 위하는 데릴 자작. 하지만 그 친구는 그의 아내와 불륜의 관계였으니 말이다. 어쩌면 데릴도 이 사실을 알고 있지 않을까란 생각을 해보았지만 이내 그것을 지우고 말았다. 아내가 친구와 불륜 사이라는 것을 알았다면 공국에서 막강한 힘을 가지고 있는 그가 빈을 가만히 두지 않았을 것이기 때문이다.

분명 다른 도시로 보낼 것은 당연한 일이었다.

하지만 어쩌면 자작이 직접 암살을 지시했을 확률도 있었다. 두 사람은 어느 누가 보아도 친한 친구의 관계. 어쩌면 데릴은 아내인 에밀리아를 지키기 위해 그를 암살하려는지도 몰랐다.

과연 신의란 무엇일까? 겉으로 두 사람은 죽마고우로 두터운 신의를 가지고 있었지만 숨어 있는 그림자의 부분에선 한 친구가 철저하게 상대를 배신하고 있었던 것이다. 아니, 어쩌면 에밀리아란 여인이 데릴 자작에게로 시집갔을 때부터 배신은 시작되었을지도 모른다.

겉으로의 신의와 속으로의 배신, 이것이 인간이 사는 방법일까란 생각을 하며 난 이 상황에 대해 생각해 보았다.

"빈, 당신의 일은 어떻게 되었나요?"

"아! 반란군의 일 말인가? 지금 잘 진행되고 있고 얼마 안 있으면 거사가 일어날 것 같다. 아마 삼 일 후 정도라고 예상되는데… 에밀리, 그 시간이 되면 내 너에게 편지를 보낼 터이니 몸을 피하도록 하거라. 아마 도시의 귀족들은 모두 숙청될 것이다."

"그럼… 남편은… 어떻게……."

"데릴 역시 죽을 것이다. 공작에게 빌붙어 민중의 고혈을 빠는 주구가 되어버린 그를 용서할 사람을 없을 테니 말이다."

자신의 남편 역시 죽임당할 것이란 말에 에밀리의 안색은 조금 바뀌는 듯했지만 후에 이어진 빈의 말에 그 표정은 곧 미소로 바뀌었다.

"데릴이 죽는다고 해도 걱정 말아라. 네가 외롭게 되는 일은 절대 없을 테니 말이다."

"아! 빈 오빠."

"에밀리……."

그들의 대화를 들어보면 농민 반란군의 거사가 삼 일 후에 있을 것이란 이야기가 되었다. 하지만 레드샤크 기사단이 지키고 있는 성벽을 어떻게 넘을 것인가? 그 문제에 대비가 없는 한 거사는 일어날 수 없기 때문에 어느 정도 그 문제를 해결한 듯했다.

아마 성안에 있을 것이라 예상되는 내부의 농민 반란군 세력이 그 문제를 해결해 주는 듯싶었다.

얼마나 많은 수가 몰려올지는 몰랐지만 빈의 말에는 자신감이 가득
차 있었다.

내가 그 이야기를 데릴에게 해준다면 농민 반란군의 급습은 실패로
돌아갈 확률이 높았지만 난 침묵을 지키기로 결심했다.

물론 빈의 행동 역시 도와주지는 않을 것이다.

데릴과 빈, 난 그 둘 중 어느 한 명도 도와줄 마음이 없었다.

어느 정도의 시간이 지난 후 두 사람이 침대에 누워 서로의 몸을 탐
닉하기 시작하자 난 그들을 뒤로하고 통로를 빠져나왔다.

더 이상의 그들을 관찰할 필요는 없다고 생각했기 때문이다.

방으로 돌아온 난 책장을 다시 원래대로 해놓았다. 빈이 만들어놓은
비밀 통로는 아무래도 농민 반란군과의 연락이 위한 것이 아닌 에밀리
아와 밀회를 하기 위해 파놓은 통로인 듯했다.

우스운 일이었다. 민중을 위해 폭정을 일삼는 공작에게 대항하기 위
해 비밀리에 자금을 보내주는 자의 모습을 하고 있는 그가 한쪽에서는
사랑을 잊지 못해 이미 남의 여자가 된 사람을 만나 밀회를 즐기기 위
해 지하 통로까지 파놓다니……

난 이렇게 이율배반적인 행동을 하며 스스로를 속이는 그의 모습을
이해할 수가 없었다.

도대체 그는 무엇 때문에 농민 반란군을 도와 공작의 세력을 엎으려
고 하는 것일까? 이 공국의 최고위? 아니다. 그는 그렇게 스케일이 큰
사람이 아니었다. 많은 사람들의 사랑을 받고는 있지만 존경받을 사람
역시 아니었다. 마치 이웃의 친척과 같은 사람이 빈이란 자였기 때문
이다.

최고위의 자리를 논할 카리스마를 가진 자라면 그보다는 데릴이 적

합할 것이다. 그의 몸에서 풍겨 나오는 위압감은 결코 누군가의 아래에 있을 사람이 가지고 있는 기운이 아니었다.

이렇게 생각한다면 그가 농민 반란군에 참여해서 공작을 엎으려고 하는 가장 큰 이유는 에밀리아라는 여자 때문일 확률이 높았다.

하지만 그가 한 여자 때문에 죽음을 각오하고 그런 일을 벌이는 것일까?

한 여자 때문이라고 보기에는 동기가 너무 약했다.

과연 그가 노리고 있는 것은 무엇일까? 공국의 최고위 자리일까, 아니면 에밀리아를 차지하기 위한 것일까… 아니면 또 다른 이유가 있는 것일까…….

어차피 우리가 맡은 일은 빈 카트란의 경호였기에 불륜에 관련된 일은 덮어두기로 결심했다. 물론 데릴 자작에게도 알리지 않았다.

데릴 자작에게 그것을 알리게 되면 경호의 임무상 데릴도 우리의 적으로 등장할 수도 있는 일이었기 때문이다.

하지만 고민에 빠질 수밖에 없었다. 구태여 일을 벌이지 않을 생각이어서일까, 아니면 둘 사이의 일에 끼어드는 것을 꺼려서일까?

우정은 사라지고 현실에서는 서로가 가진 것에 대한 욕심만이 남아 있는 모습들.

삼 일 후 새벽, 그날도 빈은 혼자 있고 싶다는 말을 하며 우리의 경호를 거절하고는 자리에 누웠다. 난 그가 무슨 일을 하려고 하는지 알고 있었기에 조용히 방으로 들어간 후 창문을 통해 밖으로 빠져나왔다. 아니나 다를까, 빈 카트란은 책장의 비밀 문을 통하여 저택을 빠져나가고 있었다.

일단은 임무가 끝난 것이 아니었기에 그가 농민 반란군의 일원이라도 경호를 해야 한다고 생각한 난 조용히 그의 뒤를 밟기 시작했다.

에밀리란 여자와 만났던 방에 도착한 그는 그곳에 장식되어 있는 그림을 거두었는데 그 속에서 또 다른 비밀 통로가 드러났다.

비밀 통로를 따라 빠져나온 곳은 성의 지하에 만들어져 있는 지하 수로였다.

이미 통로의 입구에는 많은 사람들이 병장기를 들고는 대기하고 있었는데 빈은 그중에 한 사람을 찾아가 공손히 고개를 숙이며 말했다.

"잘 부탁드립니다. 빈 카트란이라고 합니다."

그는 냉혹한 인상을 가진 중년 남자였다. 빈의 인사를 받은 그는 가볍게 고개를 끄덕이고는 말했다.

"자네의 말은 틀림이 없겠지?"

"예. 이미 수차례에 걸쳐 알려준 계획이기 때문에 성내에 있는 자들도 같이 동참할 것이 분명합니다."

그 말에 그는 고개를 끄덕이며 말했다.

"좋다, 안내해라."

"예."

빈이 앞장서자 그의 뒤로 낡은 옷을 입은 수많은 장정들이 병장기를 들고는 지하 수로를 통해 움직였다.

'농민 반란군?'

분명 에밀리란 여자에게 말한 대로라면 그들은 농민 반란군일 확률이 높았다.

하지만 조금 이상한 감이 있었다. 농민 반란군이라고 하기엔 그들의 몸이 너무 좋았기 때문이다. 귀족들의 가혹한 수탈로 일어선 반란군이라기보다 군 장병에 가까운 이들이었다.

특히 빈의 인사를 받은 그의 얼굴에선 이 일이 상당히 귀찮다는 티가 역력히 드러나고 있었다.

알 수 없는 일이었다. 원래 내가 이곳으로 온 이유는 빈을 경호하기 위함도 있었지만, 어느 정도 농민 반란군에게 힘이 되어주려는 생각도 있었다.

귀족들의 수탈이나 인신매매와 같은 일들은 나에게 상당히 불쾌감을 안겨주었기 때문이다. 하지만 이렇게 농민 반란군이란 자를 만나고 나서는 생각이 변하고 말았다.

확실한 것은 없었지만 무엇인가 내가 짐작하던 일이 아니라는 생각이 들었기 때문이다.

하지만 방금 지나간 자들의 정체가 농민 반란군이 아니라면 무엇이란 말인가?

수백 명이 넘는 그들이 지하 수로를 차례대로 빠져나가는 것을 보며 난 조용히 뒤를 따랐다. 한참을 걸어간 후 그들이 빠져나온 곳은 성의 중앙 광장이었다.

많은 수의 반란군은 그곳에서 전열을 가다듬으며 다른 무리를 기다리고 있는 듯했다. 멀리서 보이는 빈의 얼굴에는 긴장감이 흐르고 있었다.

기다리던 무리들이 나타나지 않아 안절부절못하는 모습이 역력한 그의 옆에는 일단의 반란군들의 수장이라고 생각되는 중년인이 얼굴을 찌푸리고 있었다.

"약속 시간이 틀림없는가?"

중년인의 물음에 빈은 연신 고개를 끄덕이며 말했다.

"분명 이 시간에 중앙 광장으로 모이라고 했는데… 어떻게 된 일인지……."

어쩔 줄을 모르며 중년인의 앞에서 고개를 연신 숙이고 있는 빈의 모습에는 비굴함까지 담겨 있었다. 지금까지 보아왔던 빈의 모습과는 너무나 다른 모습에 그가 과연 농민 반란군을 도와주던 공국의 첩자가 맞는지 의심이 가기 시작했다. 그때 중앙 광장을 둘러싸고 있는 건물의 지붕에서 무엇인가가 움직이고 있는 것을 볼 수 있었다.

'궁병?'

천천히 모습을 드러내고 있는 그들은 공국의 병사들 복장을 한 궁병들의 모습이었다.

'함정인가?'

난 농민 반란군이 무엇인가 함정에 빠졌다는 것을 짐작할 수 있었는데, 그 순간 한 사람의 외침과 함께 사방의 지붕에 올라와 있던 궁병들이 활을 들며 한꺼번에 몸을 일으켰다.

"전 궁병 발사 준비!!"

이 말과 함께 주위로 수십 개의 횃불이 드러나더니 중앙 광장으로 던져지기 시작했고, 얼마 지나지 않아 사방은 횃불로 인해 환하게 밝혀졌다.

"구, 궁병이다!!"

"사방이 포위됐다!!"

중앙 광장에 모인 병사들은 사방 건물의 지붕에서 궁병들이 활을 들고는 모습을 드러내자 당황해 우왕좌왕하기 시작했고, 그것은 일단의 반란군의 수장이나 빈 역시 마찬가지였다.

지금의 사태를 이해하지 못한 두 사람은 사방에서 자신들을 노리고 있는 궁병을 보며 아연실색하고 있었는데, 그런 그들의 앞으로 수백 명의 병사들이 진형을 갖추어 나타났다.

그들의 앞에는 붉은색의 갑옷을 입은 수십 명의 기사들이 말을 타고 일자로 서 있었고, 맨 앞에는 나 역시 알고 있는 인물이 중앙 광장에 모인 반란군을 보고 있었다.

'데릴 자작?'

수백의 병사와 기사들을 몰고 온 인물은 바로 공작의 최측근이라고 알려져 있는 데릴 자작이었다.

자작은 중앙 광장에 모인 그들의 모습을 보며 말에서 내려서는 소리쳤다.

"너희들의 계획은 이미 실패로 끝났다! 여기서 항복한다면 목숨만은 살려주도록 하지!"

데릴 자작의 위엄있는 목소리에 광장에 모여 있는 많은 반란군들은 웅성거리기 시작했고, 빈과 중년인의 얼굴은 심하게 일그러졌다.

"데… 데릴……?"

빈이 계획의 실패를 알리는 데릴을 보며 휘청거리는 몸을 가누지 못하고 있자 그의 옆에 있던 중년인은 분노한 얼굴로 소리쳤다.

"데릴 자작! 네 녀석이!!"

"미안하게 됐군요, 드라이포드 남작."

데릴이 중년인에게 건네는 말을 들은 난 놀라지 않을 수 없었다.

농민 반란군의 수뇌가 귀족이었기 때문이다. 하지만 난 금방 생각을 고칠 수밖에 없었다. 내가 지하 수로에서 본 농민 반란군에게서 느낀 위화감이 떠올라 다른 생각을 하게 만들었기 때문이다.

'혹시… 저들은 농민 반란군이 아니지 않을까? 그렇다면… 공국의 병사?

내가 반란군이라 믿었던 인물들이 반란군이 아니라면, 그것은 공국의 병사일 확률이 높았다. 하지만 데릴 자작이 이끌고 있는 병사들 역시 공국의 병사였기에 지금의 상황은 좀처럼 이해가 가지 않았다.

"자, 자네가 어떻게……."

빈이 데릴이 일단의 병사들을 이끌고 온 것이 믿을 수 없다는 듯 말하자 데릴은 한숨을 내쉬며 말해 주었다.

"자네, 농민 반란군의 수뇌를 만난 적이 있는가?"

"뭐?"

"자네가 많은 돈을 농민 반란군에게 기부하기는 했지만 단 한 번도 그 수뇌를 만나본 적이 없을 것일세. 왜냐하면 그 수뇌는 이미 자네의 정체를 알고 있었으니 말일세."

"설마……."

빈이 무엇인가가 짐작이 됐는지 데릴을 보며 떨리는 목소리로 말하자 그는 고개를 끄덕이며 말했다.

"자네의 짐작대로이네. 바로 내가 농민 반란군을 이끌고 있는 수뇌라네."

"헉!"

데릴 자작의 말에 빈은 숨넘어가는 소리를 하며 그 자리에서 쓰러지고 말았다. 그의 말에서 받은 충격에 모든 힘이 빠져버린 때문이었다.

"네 이놈! 공작님의 총애를 받는 네 녀석이 배신을……!!"

드라이포드 남작은 데릴의 말을 듣고 분노에 몸을 떨며 소리쳤다.

"공작의 총애라… 물론 그 총애를 받긴 했지요."

"그런데 왜 네놈이……!"

"만약 공작 각하께서 진정으로 민중을 위하는 분이셨다면 전 제 생명을 바쳐서라도 그분을 보필했을 겁니다. 하지만 돈을 위해 백성들을 더러운 노예 상인들에게 팔고 있는 그분은 절대로 저의 충성을 받을 수 없습니다."

"뭣이!"

"이미 일곱 개의 귀족 가문이 이번 거사에 참여를 수락했고 당신의 끄나풀로 레드샤크 기사단에 숨어든 여덟 명의 기사는 목을 베었습니다."

"이……!!"

드라이포드 남작은 데릴의 이야기를 들으며 무슨 생각에 잠겨 있는 듯하다가 말했다.

"왕성은 계획대로 농민 반란군이 점령하겠군."

"예. 아마 지금쯤이면 비어 있는 성을 점령하고 공작 각하의 목을 베었으리라 생각됩니다."

"크… 크크크… 크하하하하!"

드라이포드 백작은 데릴의 말에 갑자기 큰 소리를 내며 웃기 시작했다.

"자네란 사람에게 꼼짝없이 당했군. 데릴 자작, 자넨 무서운 자일세."

그 말에도 데릴은 아무 말이 없었다.

"과연 속은 것이 우리일까, 아니면 농민 반란군들일까 걱정이 되는군."

"그럴까요?"

데릴은 더 이상 들을 필요도 없다고 생각했는지 오른손을 들어 올렸고, 그 표식에 지붕 위에 있던 궁병들이 자리에서 일어나 중앙 광장의 병사들을 향해 활을 겨누기 시작했다.

자작의 지시가 떨어지면 궁병들의 공격이 시작될 것이다.

난 그들의 모습을 보며 지금의 사태를 어느 정도 짐작해 볼 수 있었다.

빈은 농민 반란군의 일원이 아닌 공작의 부하였던 것이다. 그리고 데릴은 그가 공작에게 명령을 받고 이 일을 꾸미고 있다는 것을 알고 있었기에 지금의 사태를 만들어낼 수 있었던 것이다.

하지만 만약 그가 그 사실을 알고 있다면 아내의 외도 또한 알고 있을 확률이 높았다. 빈의 행동은 이미 그의 부하들에 의해 철저하게 감시당하고 있었을 테니 말이다.

'무서운 자…….'

난 데릴에게서 빈과 같은 이질감을 느꼈다. 그가 민중들을 위해 일어선 자임에는 분명하지만 그는 그것을 위해 자신의 아내마저 속이고 불륜을 그대로 내버려 두었던 것이다.

친구의 아내를 유혹하여 불륜을 저지르면서 친구를 배신했다고 생각한 빈은 자신도 알지 못하는 사이에 데릴에게서 배신을 당하고 있었던 것이다. 어쩜 그 배신은 데릴에게 조종당한 배신일 수도 있을 것이다.

패배를 느끼고 무릎을 꿇고 있는 빈을 보며 데릴은 지체없이 손을 내렸다.

더 이상 시간을 끄는 것은 불필요하다고 생각한 데릴은 남작의 군대를 모두 척살하기로 결심을 한 것이다.

"끄아악!!"

"공격하라!!"

농민 반란군으로 위장한 덕에 제대로 된 갑옷조차 입지 못한 드라이 포드 남작의 부하들은 어두운 밤에 날아오는 화살에 속수무책으로 쓰러졌다. 선두에 선 남작은 데릴이 데리고 온 병사들을 향해 공격을 지시했지만, 계획의 실패와 궁병의 공격으로 전의를 상실한 그의 부하들은 사방으로 도망가기에 바빴다.

드라이포드 남작이 이끄는 병사들은 데릴 자작의 군대에 의해 한 삼십여 분 만에 남작을 포함한 거의 대부분이 죽임을 당했다.

빈은 모든 것이 실패했다는 것을 깨닫고는 그 자리에서 주저앉은 채 움직이지 못했고, 그런 그의 앞으로 십여 명의 기사들에게 호위를 받은 데릴 자작이 천천히 걸어왔다.

"크크크… 지금까지 자네의 손에서 놀아나고 있었다니……."

빈이 자조 어린 웃음을 짓자 데릴은 아무 말도 않고 상대의 얼굴만을 응시하고 있었다.

"어떻게 내가 첩자인 줄 알았지? 이 사실을 알고 있는 사람은 공작과 드라이포드 남작뿐이었을 텐데?"

빈의 물음에 데릴은 아무 표정도 없이 말했다.

"자넨 공작을 믿었는가?"

"……."

"성내의 모든 반란군을 일소하고 그 죄를 나에게 뒤집어씌우려는 것으로 알고 있었겠지만 그것은 사실과 다르네, 빈. 공작은 자네의 계획을 듣고 나를 불러 그 모든 일을 이야기해 주었다네."

"설마……."

"만약 자네의 계획이 성공했다 하더라도 자넨 공작에 의해 반란군의 잔당으로 몰려 사형을 당했을 것일세."

"그런……."

빈은 데릴의 말을 믿을 수 없다는 듯한 표정을 지었다.

"사실이네. 자넨 공작을 너무 몰라. 그는 평민을 인간 이하로 취급하는 인물이네. 그런 그가 자네의 계획을 이용하려 했던 것은 당연한 일이었네."

그제야 빈은 데릴이 어떻게 자신의 정체를 알게 되었는지 알게 되었다. 그리고 난 그들의 이야기를 들으며 그 상황을 짐작해 볼 수 있었다.

빈은 데릴의 자리와 그의 아내를 자신의 것으로 하기 위하여 공작에게 반란의 무리들을 한꺼번에 없앨 수 있는 계획을 제시했던 것이다. 그것은 공국의 예산을 반란군에게 돌림으로써 환심을 사고 공작을 몰아내는 계획을 만들어 성을 공격하게 하는 것이다. 성내에 숨어 있는 반란군은 공작에게 골칫거리 중 하나였기에 계획에서 성내의 반란군과 성 밖의 반란군이 움직이는 시기를 교묘하게 바꾸어 두 집단을 한 번에 일소한다는 계획인 것이다.

하지만 그런 계획은 평민을 인간 취급도 하지 않는 공작에 의해 그의 최측근인 데릴에게 알려진 것이다.

공작은 이 계획이 성공한다 해도 자신의 측근인 데릴을 몰아낼 생각이 없었기에 반란군 수뇌의 죄를 빈에게 뒤집어씌워 처단할 생각이었다. 그것은 공작의 신임을 받는 데릴 자작이 반란군의 수뇌였다는 이유에서 완전히 들통났고, 데릴은 그것을 이용하여 공작의 세력을 일소하는 한편 드디어 반란군이 기다리고 있던 염원을 이루어낸 것이다.

그는 데릴을 속였다고 생각했지만 진실로 속은 것은 그 자신이었던 것이다.

"모든 것을 알고 있었나?"

빈의 말에 데릴은 고개를 끄덕였다.

"부탁하네. 살려줄 수 없겠나?"

무엇을 살려달라고 하는 것인가? 친구를 몰아내고 아내와 지위를 차지하려던 죄를 지었던 자신의 목숨? 아니었다. 빈은 이미 자신이 이곳에서 살아 돌아가기에는 친구에게 너무나 많은 죄를 지었다는 것을 알고 있었다. 지금 그가 목숨을 구걸하는 대상은 자신이 아닌 사랑하는 연인이자 친구의 아내인 에밀리아였다. 데릴 역시 친구가 부탁하는 사람이 누구인지 알고 있는 듯했다.

하지만 데릴은 빈의 마지막 부탁에 고개를 젓고 있었다.

"그럴 테지. 간통을 한 연인을 살려줄 수는 없을 테지……."

거절하는 데릴을 보며 빈은 당연하다는 듯이 고개를 끄덕이고 있었다. 모든 것을 포기한 자의 얼굴, 그의 표정에는 항상 보이던 웃음이 보이지 않았다.

"검을 한 자루만 줄 수 있겠나?"

빈의 말에 데릴은 근처에 있는 기사에게 지시하여 그의 앞에 단검을 던져 주도록 했다. 한 기사가 품에서 단검을 꺼내어 던지자 빈은 조용히 자신의 앞에 떨어진 단검을 집어 들고는 고개를 숙이며 말했다.

"미, 미안하네……."

그 말과 함께 빈은 자신의 배에 단검을 꽂았다. 시뻘건 피가 땅으로 흘러내렸고 고통스러워하던 그는 천천히 대지에 몸을 맡기며 쓰러져 갔다.

빈의 자결한 모습을 한참 바라보던 데릴 자작의 눈에는 눈물이 흘러내리고 있었다.

과연 그의 눈물은 진실일까, 거짓일까. 서로를 속이던 두 사람 중 한 사람이 그 거짓 속에서 승리를 거두었지만 그것은 기분 좋은 승리가 아니었다.

치욕스러운 승리.

"이제 모습을 보이지 않겠는가?"

빈의 시체를 보고 있던 데릴은 내가 숨어 있는 장소를 보며 소리쳤고, 난 천천히 그의 앞으로 모습을 드러냈다.

"모든 것을 보았겠군."

"그렇소."

"…수고했네. 자네의 일은 여기까지네. 내일 일행들과 나의 저택으로 찾아올 수 있겠나?"

"그렇게 하겠소."

나의 대답을 들은 자작은 조용히 뒤돌아 말을 타고는 공작이 머물고 있는 성으로 말을 몰아갔다. 아마 그는 미리 침투한 농민 반란군과 합류하여 모든 반란을 마무리 짓게 될 것이다. 이젠 이 공국은 데릴 자작의 손에 들어가게 되는 것이다.

난 비밀 통로를 통해 다시 빈의 저택으로 돌아왔다. 주인의 죽음을 알기라도 하는지 저택 안은 공허함만이 풍겨 나오고 있었다.

책장의 비밀 통로 앞에 있는 빈의 책상 위에는 한 통의 편지가 놓여져 있었다. 수신자는 데릴 자작… 과연 그 편지에는 무엇이 쓰여 있을까?

궁금증으로 그의 편지를 뜯어보고 싶었지만 난 이내 고개를 젓고 말았다. 죽은 자의 마지막 남긴 편지에 손을 대고 싶지는 않았기 때문이다.

다음날 공작과 드라이포드 남작의 수급을 포함한 귀족들 몇 명의 수급이 중앙의 광장에 올려졌고, 건물의 벽에는 공국의 새로운 왕인 데릴 자작의 포고문이 여기저기 붙여졌다.

하루 만에 일어난 이 쿠데타를 보며 이스트와 페드로는 영문을 몰라 하고 있었다.

"도대체 무슨 일이 있었던 거지?"

"농민 반란군이 어젯밤에 성안으로 들어와 거사를 성공시킨 것 같군."

"하지만 이 포고문은 공작의 측근이라고 알려져 있던 데릴 자작의 포고문이잖아!"

그들은 이 난데없는 사태를 이해하지 못하는 듯했다.

난 데릴 자작이 말한 대로 일행들과 함께 그의 저택으로 향했다.

반란을 성공한 데릴 자작의 저택에는 평소보다 더 많은 기사와 병사들이 경비를 서고 있었기에 저택 안으로 들어가려던 우리의 앞을 막아섰다. 하지만 얼마 지나지 않아 레드샤크 기사단의 기사 한 명이 나와 정중하게 우리를 안으로 안내했다.

제일 처음 우리가 이곳으로 왔을 때에 공작과 만났던 방에선 데릴 자작이 조용히 그때와 마찬가지로 차를 마시고 있었다.

그때와 다른 점이라면 그의 앞에 한 여인이 창백한 표정으로 앉아 있다는 것뿐이었다.

빈의 비밀 통로와 연결된 방에서 그와 밀회를 즐기던 에밀리아라는 여인이었다.

에밀리아 앞의 탁자에는 한 자루의 단검이 놓여 있는 것을 보아 자작과 무슨 이야기가 있었는지 어느 정도 짐작해 볼 수 있었다.

그녀의 눈에선 눈물이 흘러내리고 있었다. 그것이 죽음에 대한 두려움인지, 아니면 다른 이유인지는 잠시 후 그녀의 말에 의해 밝혀졌다.

"당신은… 잔인한 사람이군요."

그 말과 함께 에밀리아는 조용히 자신의 앞에 있는 단검에 손을 가져갔고, 데릴은 조용히 자리에서 일어나 우리의 앞으로 와서는 말했다.

"다른 곳으로 가겠나?"

자작은 그 말과 함께 방을 벗어났고 우린 그의 뒤를 따라갈 수밖에 없었다. 우리가 방을 나가자 방을 지키는 기사들에 의해 방문은 조용히 닫혔다.

데릴 자작에게 안내된 곳은 저택의 응접실이었다. 그곳에 마련된 소파에 몸을 맡긴 자작은 나를 보며 조용히 물었다.

"빈이 나와 함께 공작을 몰아내려 반란을 일으키다 목숨을 잃기는 했지만, 난 자네들의 잘못은 없다고 생각하네."

그 말에 난 데릴 자작이 자신의 친구인 빈이 공작의 편이었다는 것을 대외적으로는 비밀로 하려 한다는 의도를 알 수 있었다.

옆에 있는 시종에게 손가락으로 지시하자 시종은 두 자루의 가죽 주머니를 가져와서는 우리의 앞에 건네주며 말했다.

"지금까지 있었던 일을 잊어주게."

그는 돈을 건네주며 나에게 그 일에 대한 침묵을 요구하고 있는 것이다. 서로를 배신한 사이이기는 하지만 우정이 남아 있던 때문일까?

그는 친구의 일을 비밀로 남겨두고 싶은 모양이었다.

난 조용히 그의 말에 고개를 끄덕이며 돈주머니를 받아 이스트에게 건네주곤 데릴 자작에게 말했다.

"그럼 우린 이곳을 떠나도록 하지요."

"배웅은 하지 않겠네."

처음 보았을 때와 같은 무표정의 얼굴에는 그때와 같이 침울함이 깔려 있었다.

우린 저택을 빠져나와 후 많은 일이 있었던 비트란 시를 빠져나왔다.

"거참, 무슨 일인지 모르겠네. 뭣 때문에 이렇게 화급하게 빠져나가는 거야?"

이스트가 급하게 시를 떠나는 나를 이상하게 생각하곤 물었지만 그에게 모든 것을 이야기해 줄 필요는 없다고 생각한 난 아무 말도 하지 않았다.

아니, 다른 생각 때문에 그의 말에 대답할 수가 없었다.

에밀리아라는 여인, 그녀는 과연 데릴을 배신하고 빈과 간통을 한 것이었을까 하는 것이었다. 데릴은 빈의 행동을 너무나 정확히 알고 있었다. 마치 근처에 첩자를 두고 있는 것처럼 말이다. 하지만 빈을 호위하고 있는 우리에게 첩자의 낌새는 느껴지지 않았다.

공작의 측근으로 또 많은 귀족들의 시기 어린 감시가 있음에도 그는 어떻게 그 모든 것을 조용히 처리할 수 있었을까?

난 하나의 가정을 생각해 보았다.

만약 그의 부인이 데릴을 배신한 것이 아니었다면 하고 말이다.

그녀가 만약 데릴의 명으로 의도적으로 빈에게 붙었다면, 그가 정확히 빈의 행동을 파악할 수 있었던 것은 어느 정도 가능한 일이었다.

실제로 에밀리아는 빈을 사랑했던 것이 분명했을 것이다. 처음 그녀를 보았을 때 그녀의 눈은 사랑하는 사람을 보는 눈이었기 때문이다.

서로를 사랑하면서도 헤어진 두 사람. 만약 데릴이 그것을 자신을 몰아내기 위해 공작과 힘을 합친 빈을 처리하기 위한 수단으로 이용했다면 진정으로 무서운 것은 데릴이다.

다른 남자를 사랑한다고 한들 자신의 여인임에는 분명함에도 그는 그것을 친구를 배신하기 위해 철저하게 이용한 것이 되기 때문이다.

데릴은 그녀가 그렇게 행동하지 않는다면 빈을 죽이겠다는 협박을 통해 그녀에게 일을 맡겼을 테고, 그렇게 볼 경우 에밀리아는 당연히 죽어야 했다.

그가 마지막으로 친구에게 준 우정이라면, 반란의 일원으로 대중을 속이는 것과 자결을 명한 에밀리아라는 여인을 그의 옆에 묻어주는 것이겠지.

제13장 **사막의 여인들**

유온 족 자치령.

내려오는 이야기에 따르면 과거 북방의 숨겨져 있는 나라라는 소비에르 제국의 영토에서 살고 있던 그들은 500년 전 소비에르가 건국하면서 산맥을 넘어 이곳으로 이주하여 살았다고 한다.

총 17개의 부족으로 이루어진 이곳은 자치령의 거의 대부분이 사막으로, 북방 유온 족은 화전 민족에서 이곳으로 남하하면서 유목 민족으로 변하고 말았다고 한다.

"휴~ 진짜 덥군."

이스트가 가죽 주머니에 담겨 있는 물을 마시며 투덜대고 있자 그런 그를 보던 페드로가 고개를 저으며 말했다.

"물을 아껴라. 사막에서 그렇게 물을 낭비하다간 죽기 십상이다."

"안다고, 알아. 쳇!"

페드로의 지적에 이스트는 물이 든 가죽 주머니를 다시 옆구리에 차고는 지도를 펼쳐 보기 시작했다.

"그나저나 이쯤에서 유온 족 부락이 나와야 되는 것 아니야?"

"글쎄, 유목 민족이니만큼 유온 족들은 한곳에 머물러 있지 않는다고. 지도에는 이곳에 유온 족 그로디안 부족의 부락이 있다고 나왔지만, 실제로 이주해 가는 장소는 수십 일 정도의 거리가 될 수도 있기 때문에 어디라고 확정 지어 말할 수가 없다."

"휴… 죽겠다."

남쪽으로 여행을 계속하며 비트란 시를 빠져나온 지 두 달여 만에 대륙의 동쪽 끝이라고 할 수 있는 유온 족 자치령으로 온 우리들이었다.

물론 유온 족 자치령 같은 사막의 기후를 가진 곳으로 오는 것은 어린아이를 둘이나 데리고 있는 우리로선 해서는 안 되는 일이었지만, 고서점에서 이스트가 발견한 지도가 우리의 목적지를 유온 족 자치령 안의 그로디안 부족이 살고 있는 곳으로 가게 만들었다.

책방에서 이스트가 발견한 지도는 고대 유온 족의 상형 문자가 적혀 있는 지도로 자세한 내용은 알 수 없었지만 고대 마도왕국 때의 지도인 것은 확실했다. 그 지도의 상형 문자의 주인은 그로디안 부족일 가능성이 컸기 때문에 우린 정확한 지도의 위치를 알기 위해 부족을 찾아가고 있는 것이다.

페드로는 유목 민족인 그로디안 부족의 전설 중에 분명 이것과 관련된 전설이 있을 것이라 추측했고, 그것을 들은 이스트가 독단적으로 결정한 행로였다.

하지만 우리 중 사막을 여행한 경험이 있는 사람은 페드로와 나뿐이었기에 여정은 고달프지 않을 수 없었다.

내 옆에서 낙타를 타고 머리를 터번으로 가리며 힘없이 어깨를 늘어뜨리고 있는 레비나는 더 이상 못 버티겠다는 듯 낙타에게 완전히 몸을 맡기고는 쓰러져 있었고, 뒤에 타고 있던 이스트는 레비나가 떨어지지 않게 하기 위해 안간힘을 쓰고 있었다.

"이스트 아저씨 미워."

"응?"

"괜히 이런 데 오자고 해가지고 레비나 힘들어 죽겠잖아."

레비나의 투덜거림에 이스트는 할 말이 없다는 듯이 고개를 숙이고 말았다.

얼마나 많은 시간을 걸었을까? 끝이 없을 것 같은 모래사막을 한참 걸어가자 멀리서 누런색의 메마른 산이 그 모습을 보이기 시작했다.

"필로이드로 계곡인가?"

앞에 보이는 메마른 산을 보며 이스트가 그렇게 말하자 옆에 있던 페드로는 고개를 끄덕였다.

"그런 것 같군. 필로이드로 계곡을 지나가면 유온 족 자치령의 유일한 젖줄이라는 레던 강이 보이겠지."

"휴… 살았다."

지도로 보면 아직 먼 길임에는 틀림이 없지만 확실한 목표가 보였다는 것만으로도 이스트는 상당히 만족하는 듯했는데, 페드로는 그에게 주의를 주는 것을 잊지 않았다.

"하지만 필로이도로 계곡을 지나는 것이 쉬운 게 아니냐. 물론 지형이 험한 것도 있지만, 사막의 칼이라는 도적 집단이 있는 곳이기도 하니까."

“사막의 칼?”

“사막의 칼이라 불리는 벤트 족은 유온 족의 17부족 중 가장 호전적인 부족으로 사막을 건너 레던 강으로 향하는 대상(大商)들을 약탈하는 것을 주업으로 삼고 있지.”

“쳇, 이런 곳에서 무슨 약탈이 되기나 하는 거야?”

이스트는 이 척박한 땅에서 뺏을 게 있다는 게 이해가 안 됐지만, 페드로는 고개를 저으며 말했다.

“그렇지 않다고. 로아냐드를 비롯하여 120개 중소 국가의 양가죽이나 양털은 반 이상이 유온 족에게 유입되지. 물론 길이 멀고 위험스럽기는 하지만 유온 족의 양털은 질이 좋을 뿐만 아니라 가격이 싸기 때문에 대상으로선 쉽게 돈을 벌 수 있는 기회라는 거야. 사막의 칼은 대륙의 다섯 신성교국의 인간이 유온 족의 신앙을 어지럽히는 것을 두려워해 자신들의 땅으로 오는 자들을 막기 위해 대상들을 약탈하는 것이지.”

“음.”

“물론 타 문화에 배타적인 부족은 벤트 족뿐이고 나머지 열여섯 개 부족은 온건한 부족이니 벤트 족의 경계만을 넘는다면 안전하다고 할 수 있고, 또 근래에 와서 벤트 족도 무차별한 살생보다는 대상들에게 통행료를 받는 정도로 끝내는 경우가 많지. 하지만 그렇다고 무시할 만한 녀석들은 아니니 긴장을 늦추는 것은 바보 짓이야.”

페드로는 이미 사막에 들어서기 전에 많은 것을 조사했는지 장황하게 설명을 이어갔다.

산맥을 지나 레던 강으로 가기 위해 다시 걸음을 재촉하려던 우리는 멀리 계곡 쪽에서 모래먼지가 일고 있는 것을 볼 수 있었다.

“뭐지?”

이스트의 말에 페드로는 인상을 찌푸리고는 말했다.

“아무래도 사막의 칼 같군.”

“그럼 도적 떼잖아.”

“준비나 해두자고. 잘못하면 말 붙일 사이도 없이 녀석들의 칼에 죽임을 당할 수도 있으니까.”

모래먼지를 일으키며 말을 몰아오는 사막의 칼을 보며 페드로는 검을 뽑아 들었고, 헤레나와 이스트 역시 싸울 준비를 하기 시작했다.

이스트와 레비나는 낙타가 놀라 날뛸 위험이 있었기에 땅으로 내려서는 헤레나의 뒤로 몸을 숨겼다.

자욱한 모래먼지를 일으키며 우리 쪽으로 말을 타고 달려오는 이들은 벤트 족의 전사로 수십 명이 터번을 두르고 달려와서는 우리의 주위를 돌기 시작했다.

“젠장!”

사막의 모래바닥인지라 움직임에 장애가 있을 수밖에 없기에 우린 그들의 원 안에서 경계를 하며 적의 공격을 대비했는데, 한참 주위를 돌던 그들이 갑자기 멈추어 서서는 그중의 한 전사가 우리들 앞에 나와서 소리쳤다.

“너희들은 마법사들인가?”

그 말에 페드로가 앞으로 나서서 소리쳤다.

“우린 마법사가 아니다!”

“그럼 무엇 때문에 벤트 족의 영토로 들어왔는가?”

“그로디안 부족의 족장을 만나기 위해 왔다!”

그들의 말로 인해 난 그들이 마법사들을 찾고 있다는 것을 알 수 있었다. 하지만 우리 일행 중에는 마법사로 보이는 인물이 없을 뿐더러 마법을 익히기 시작한 레이드 역시 아직 1서클도 마스터하지 못한 상태였고, 그들 역시 어린 이스트를 마법사로 보지 않았는지 페드로의 말을 들으며 고개를 끄덕였다.

"너희들은 우리 벤트 족 전사의 영토에 들어왔다. 통행세를 내겠는가, 아니면 사막 짐승의 먹이가 되겠는가!"

"통행세를 내겠다."

벤트 족의 대장인 듯한 자에게 페드로가 통행세를 낸다고 말하자 그는 우리의 앞에 손가락 다섯 개를 가리키며 소리쳤다.

"너희들은 여섯 명. 그중 아이가 두 명이니 다섯 명 분의 통행세 오십 골드를 받겠다!"

대장의 말에 고개를 끄덕인 페드로는 품에서 돈주머니를 꺼낸 후 그들에게 던져 주었고, 돈주머니를 받은 대장은 그를 향해 소리쳤다.

"너희들은 우리 벤트 족 빌라이드에게 통행세를 냈다! 다른 벤트 족을 본다면 빌라이드의 이름을 말하라!"

"그렇게 하겠소."

페드로의 대답을 들은 그는 다른 이들을 향해 몸짓을 한 후 다시 계곡을 향해 말을 몰아 떠나갔다.

"휴~"

그들이 떠나가자 검을 집어넣으며 안도의 한숨을 쉰 이스트는 페드로를 보며 말했다.

"그건 그렇고 오십 골드라는데 돈주머니를 다 던져 주면 어떻게 하겠다는 거야?"

"미안하지만 저 주머니엔 정확히 오십 골드가 들어 있었다고. 벤트 족은 머리 하나당 10골드를 받고 아직 성인이 되지 않은 어린아이의 경우에는 그 반을 통행세로 받는다는 것은 알고 있었고."

그 말에 이스트는 할 말이 없다는 듯이 손을 내저으며 돌아섰는데, 페드로는 무엇인가를 곰곰이 생각하는 듯하다가 나를 보며 말했다.

"아무래도 벤트 족 내에서 무슨 일이 있었던 것 같습니다."

"일?"

"예. 분명 벤트 족은 필로이드 계곡 내에서 레던 강으로 드나드는 길목을 지키며 통행세를 받고 있지, 사막까지 저런 다수의 인원이 말을 몰아 직접 통행세를 받는 일은 없다고 들었습니다. 그렇다면 저 무리들은 통행세가 아닌 다른 연유로 사람들을 찾아다닌다고 생각해 볼 수 있습니다."

"음… 마법사가 포함된 무리를?"

"예."

무슨 일인지 알 도리가 없어 더 이상 생각지 않고 우린 길을 떠났다. 빌라이드라는 벤트 족의 전사들과 헤어진 후 계속 길을 재촉한 우리들은 그 이후에도 다섯 개 정도의 전사 집단을 더 만날 수 있었다. 물론 빌라이드의 이름을 대자 길을 열어주기는 했지만, 개중에는 이방인인 우리들을 보며 바로 공격을 하려는 이들도 있었기에 심상치 않은 일이 그들의 주위에서 벌어지고 있다는 것을 눈치 챌 수 있었다.

대체 무슨 일이 이곳을 터전으로 삼고 있는 벤트 족의 전사들을 움직이게 하는 것일까? 우리로선 그 이유가 궁금하지 않을 수 없었다. 만약 그들에 의해 일이 잘못될 경우에는 이 사막의 땅에서 수많은 전사들의 공격을 받아야 되는 위기를 겪을 수도 있기 때문이었다.

계곡을 가로질러 삼 일이란 시간이 지났을 때 우린 목적했던 레던 강에 도착할 수 있었다. 지금까지 보아왔던 모래사장이나 메마른 바위 산과는 달리 레던 강의 주위에는 초원이 펼쳐져 있었기에 이곳이 과연 사막에 위치한 땅일까 의심이 들 정도였다.

초원의 여기저기에선 많은 동물들이 풀을 뜯고 있는 모습이 평화롭기 그지없는 풍경을 만들어내고 있었다.

"지도에 의하면 동북쪽으로 10킬로미터 정도를 더 지나면 아마 카일라드 부족의 부락이 있을 겁니다. 카일라드 부족은 유온 족 중에서 거의 유일하게 한곳에서 정착하는 부락이니 여관이 있겠지요."

페드로의 말에 헤레나는 다행이라는 듯이 안도의 한숨을 내쉬었다. 그도 그럴 것이 일행 중에서 가장 깔끔 떠는 헤레나가 벌써 이 주일이 넘도록 몸을 씻지 못했으니 당연한 노릇이었다.

"그나저나 그로디안 부족은 언제쯤에나 만나는 거야?"

"글쎄. 초원을 따라 움직이는 부족이니 어쩌면 이곳에 있을 수도 있겠지. 또 없다고 해도 대상이 밀집한 카일라드 부족의 부락에서는 그로디안 부족이 있는 곳을 수소문할 수 있을 테니 너무 걱정 말라고."

카일라드 부족의 부락.

유일하게 유온 족 자치령에서 타국 상인의 상 행위가 가능한 지역으로 레던 강의 상류에 약 30만 정도의 인구가 상주하고 있는 도시다.

거대한 황톳빛의 흙으로 만들어진 성곽 안에는 역시 흙으로 만들어진 집들이 밀집하고 있었다. 성곽의 곳곳에는 상당한 수의 병사들이 외부를 경계하며 근무를 서고 있는 것이 보였기에 난 이상하다고 생각할 수밖에 없었다.

대륙의 중소 국가는 물론 로아냐드 제국의 곳곳이 내전과 영토 분쟁

으로 시끄러워진 이때에 이교도 탄압의 군대가 오지 않음에도 성의 방
위가 생각보다 두터웠기 때문이다. 과거 그가 이곳으로 왔을 때는 성
의 병사들의 모습은 지금의 절반도 채 되지 않았었다.

"역시 무슨 일이 있었나 보군."

"그렇습니다."

페드로 역시 많은 수의 병사가 경계를 서고 있는 모습에 고개를 끄
덕이며 수긍했다.

우리가 카일라드 부족의 성으로 들어서기 위해 성곽의 남문으로 걸
어가자 터번을 둘러쓴 여덟 명의 병사들이 우리들의 앞을 막으며 소리
쳤다.

"멈춰라!"

대상이 자주 드나드는 성인지라 통행중 검사 같은 것은 별로 없다고
알려져 있었는데 그들은 우리들의 진로를 막으며 소리친 것이다.

"신분증을 보여주시오!"

"신분증?"

"그렇소."

유온 족 자치령은 대륙의 다른 나라와는 달리 이교도로 이루어진 나
라였다. 이런 이유로 많은 수의 범죄자들이 유온 족으로 도망쳐 오곤
했다.

유목민인 유온 족들에게 신분증 같은 것은 존재하지 않았다. 그래서
당연히 관문의 신분 검사 같은 것은 존재하지 않았기에 이상하게 생각
되었다.

하지만 일단은 이들이 성을 지키는 병사였기에 우린 가지고 있던 용
병패를 그들에게 보여주었다.

“트, 특급용병?”

“그렇소.”

나의 용병패를 받아 든 병사들은 놀라는 표정을 지었다. 병사들 중 우두머리로 보이는 이는 다른 병사들과 무슨 이야기를 하고는 급히 성 안으로 뛰어들어 갔고, 그와 함께 이야기를 나눈 병사는 우리에게 용병 패를 돌려주며 말했다.

“실례했습니다.”

“지나가도 되겠는가?”

나의 말에 그는 조금 안절부절못한 모습을 취하더니 말했다.

“다른 분들은 지나가서도 됩니다만 특급용병님께선 잠시 남아주십 시오.”

“이유는?”

“저희 부족장님을 만나셨으면 해서입니다.”

“부족장?”

유온 족은 다른 국가와는 다른 17개 부족으로 나누어져 있기에 각 부족들은 부족장에 의해 다스려지고 있다. 즉 부족장은 이곳의 왕이라 고 할 수 있는 존재인 것이다.

난 병사의 말에 고개를 끄덕이고는 페드로를 향해 말했다.

“페드로, 너는 다른 사람들과 함께 여관을 잡아라. 난 카일라드 부족 의 부족장을 뵙고 갈 테니.”

“예.”

나의 명령에 페드로는 고개를 끄덕이고는 다른 사람들과 함께 성안 으로 들어갔고, 난 성으로 들어간 병사가 소식을 전해올 때까지 근처에 있는 계단에 앉아 그를 기다렸다.

약 20분 정도가 지나자 성안으로 급히 뛰어들어 갔던 병사가 십여 명의 부족 전사들을 거느린 한 중년 남자와 함께 내가 있는 곳으로 몰려왔다.

중년 남자는 나에게 다가와서 고개를 숙이곤 말했다.

"전 카일라드 부족을 관리하고 있는 관리 책임자 밴테르스트입니다. 특급용병이라 하셨는데 맞습니까?"

그의 말에 내가 고개를 끄덕이자 벤테르스트는 크게 기뻐하는 표정을 지었다.

"부족장님께서 기다리고 계십니다. 저를 따라오시겠습니까?"

일단은 무슨 일인지 알고 싶었지만 관리 책임자라는 자가 너무나도 정중했기에 나쁜 일은 없을 것이라 생각하고는 고개를 끄덕이고 그를 따라 성안으로 들어갔다.

또한 그가 거느리고 있는 부족의 전사들은 하나같이 만만치 않은 기도를 품고 있는 것으로 보아 상당한 실력의 소유자라는 것도 알 수 있었다.

이런 전사들을 소유하고 있는 성의 관리라면 특급용병도 우습게 보일 만도 한데 왜 그가 나에게 이렇게 정중하게 구는지 알 수 없었다. 하지만 막연한 느낌으로 이것이 벤트 족이 바쁘게 움직이는 것과 관련이 있다는 생각이 들었다.

과연 유온 족 자치령에 무슨 일이 있는 것일까? 또 그들이 찾고 있는 마법사들은 누구일까?

이런저런 생각을 하고 있을 때 어느새 목적지에 도착했다. 부락의 족장이 머무르고 있는 곳답게 이곳의 건물은 다른 곳과는 조금 다른 면이 있었다. 어떻게 운반했는지 모를 대리석으로 만들어진 건물이 웅장하게 서 있었기 때문이다.

건물로 들어서는 입구의 주변에는 십여 개의 석상이 서 있었는데, 하나같이 용맹한 유온 족 전사의 모습을 하고 있는 것으로 보아 카일라드 부족의 유명한 전사들을 조각해 놓은 것이라는 것을 어느 정도 짐작해 볼 수 있었다.

건물 안으로 들어서자 그곳에는 대륙의 여러 나라에서 수입해 온 듯한 예술품들이 곳곳에 장식되어 있어 카일라드 부족의 상업이 꽤 발전되어 있다는 것을 알 수 있었다.

벤테르스트를 호위하고 있는 전사들은 입구에서 정중하게 그에게 인사를 하고는 다른 곳으로 향했고, 난 전사의 인사를 대충 받고는 안으로 급하게 걸어가는 그를 따라 건물의 이층으로 올라갔다.

바닥은 나선 모양의 대리석 바닥이 깔려 있었고 복도에는 대륙 최고의 수준이라 알려져 있는 유온 족의 특산품인 양털로 만든 양탄자가 보라색과 붉은색, 노란색 등의 화려한 색을 가진 문양을 자랑하며 깔려 있었다.

건물의 3층에 들어선 벤테르스트는 유온 족 특유의 독특한 문양인 원형의 나선이 조각되어 있는 문을 열고는 나를 보며 말했다.

"여기가 카일라드 부족의 부족장이신 샤리아나티드님의 집무실입니다. 안으로 드십시오."

그의 말에 고개를 끄덕이며 안으로 들어서자, 그곳에는 두 명의 여인에게 거조의 깃털로 만든 부채의 바람을 받으며 화려한 의자에 앉아 있는 젊은 청년의 모습이 보였다.

그의 주위에는 12명의 부족 전사들이 시미타를 옆에 차고는 무표정으로 2열로 서서 부족장의 목숨을 노리는 자를 대비하며 철저한 경비

를 서고 있었다. '

22살 정도로 보이는 유온 족 특유의 보라색 머리카락의 청년이 미소를 띤 채 나를 보곤 자리에서 일어났다.

"어서 오시오, 대륙의 특급용병이여."

그의 말에 난 조용히 그의 앞에 다가가서 정중하게 고개를 숙여 인사를 하고는 말했다.

"대륙 용병 길드의 특급용병 블러드 스톰, 카일라드 부족의 부족장이신 샤리아나티드님께 인사를 드립니다."

나의 인사를 받은 부족장인 청년은 의외라는 표정을 짓고는 부드러운 표정을 지으며 말했다.

"대륙 용병 길드의 특급용병 직위는 웬만한 왕국의 귀족보다 높다고 들었는데 겸손하기도 하군. 자, 자리에 앉으시오."

부족장의 말이 끝나자 면사로 얼굴을 가리고 투명한 나삼을 걸친 시녀들이 들어와서는 방석과 함께 간단한 음료와 과일을 마련해 준 후 급히 고개를 숙이며 물러갔다. 난 그녀들이 마련해 준 방석에 앉았다.

"블러드 스톰이라 했는가?"

"예."

"그렇다면 알라도다르드를 알고 있겠군."

"예. 전에 카일라드 부족의 부락으로 여행을 왔을 때 뵌 적이 있습니다."

"오! 카일라드의 대전사 알라도다르드와 일면식이 있다니, 본 부족장으로서는 다행이라 할 수 있겠군."

무슨 일인지 모르지만 부족장은 무엇인가 일이 있어서 나를 부른 것 같기에 물어보지 않을 수 없었다.

"카일라드의 대부족장께선 무슨 일로 저를 부르셨습니까?"

나의 말을 들은 부족장은 조금 당황하는 표정을 짓다가 할 수 없다는 듯이 한숨을 쉬며 나를 보며 말했다.

"본 부족장이 자네를 부른 것은 한 가지 의뢰를 하고자 함이네."

"의뢰라면?"

부족장이 옆에 있는 사람들에게 눈짓을 주자 주위에 있던 시녀들과 경비를 서던 전사들이 밖으로 나갔고, 방에는 나와 부족장, 관리 책임자 이렇게 세 명만이 남았다.

한참을 망설이고 있던 부족장은 나를 보며 조용히 말했다.

"특급용병 블러드 스톰이여, 지금부터 내가 하는 말을 자네만이 아는 비밀로 간직해 줄 수 있겠는가?"

"예, 그렇게 하겠습니다."

나의 말에 부족장은 안심하는 듯한 표정을 짓고는 천천히 나의 앞으로 걸어와서 한 발자국 정도의 앞에 앉고는 조용히 말했다.

"블러드 스톰이여, 우리 유온 족의 희망을 찾아주게."

"희망이라면?"

갑작스런 말에 의문의 말을 건네자 그는 한숨을 쉬고는 말했다.

"우리 유온 족에게는 대대로 이어지는 하나의 혈통이 있네. 바로 드라피라의 성녀의 혈통이지."

그 말에 난 그제야 왜 유온 족 전체가 화급히 전사들을 사방으로 보내어 사람들을 찾고 있는지 알 수 있었다.

"설마?"

"휴, 자네의 짐작대로이네. 현재 드라피라의 성녀께서 실종 중이시네."

드라피라의 성녀. 유온 족은 오성신의 성교를 믿지 않고 자신들의 토속 신앙을 믿고 있다. 그 덕에 마법사는 물론 이곳에는 사제들도 존재하고 있지만 그들만의 계급이 하나 더 있었는데, 그것이 바로 주술사였다.

이들 유온 족의 주술사들은 마법사의 마법이나 사제들의 신성력 같은 것은 없었지만 그들 나름대로의 주술을 가지고 있었다. 한데 이 주술은 각 주술사마다 여러 가지 힘을 가지고 있었다. 주술사들은 각기 다른 혈통을 지니고 있었기에 불을 다스리는 주술사, 바람을 다스리는 주술사 등 혈통마다 그 힘이 다르게 이어져 내려온다.

하지만 이들 주술사 중에서도 다른 존재가 하나 있었는데, 그것이 바로 드라피라 성녀의 혈통이다.

드라피라 성녀의 혈통은 다른 주술사와 같이 공격 능력은 없었지만 사막에서 반드시 필요한 능력을 가지고 있었다. 바로 물을 찾아내며 그 힘을 이용하는 능력.

사막의 민족인 유온 족에게 물이란 것은 황금이나 보석보다 더 중요한 것이었다. 황금이나 보석은 없어도 살아갈 수 있지만, 이런 곳에서 물이 없다면 살아간다는 것은 거의 불가능하기 때문이다.

그 때문에 드라피라의 성녀는 유온 족 전체의 단 하나밖에 없는 혈통이라 할 수 있으며, 17개 부족의 족장은 성녀를 거의 신에 버금갈 정도로 숭상하고 있었다.

드라피라 성녀는 일 년에 두 번씩 각 부족들 사이를 돌아다니며 부족이 단시간 정착할 수 있는 물이 있는 곳을 점지해 주었고, 부족은 성녀가 정해준 곳에서 유목을 하며 살아가고 있는 것이다.

"벤트 족이 찾고 있는 마법사들과 관련이 있습니까?"

“자네도 벤트 족을 만난 게로군. 그렇다네. 드라피라의 성녀께선 물의 위치를 점지해 주시기 위해 오루드 족의 부락으로 100명의 전사들과 함께 가셨는데, 시간이 지나도 도착하지 않는 것을 이상하게 여긴 오루드 족의 부족장이 전사들과 함께 땅을 거슬러 가보니 성녀님을 보호하던 100명의 전사들이 모두 마법에 당해 죽어 있고 성녀님의 모습은 보이지 않으셨네. 이 때문에 성녀께서 마법사들에게 납치되었다고 생각하고 유온 족의 전 부족들이 자치령을 샅샅이 수색하고 있네.”

“이해할 수 없군요. 자치령 내에서 수많은 부족들이 찾고 있는데 왜 저를 부르셨습니까?”

그 말에 부족장은 손가락 하나를 들며 말했다.

“전 부족이 힘을 합친다면 자치령을 샅샅이 뒤지는 것은 문제가 아니네만, 단 한 군데만은 우리가 들어갈 수가 없다네.”

“한군데라면?”

“바로 도반다의 성지이네.”

그제야 그가 왜 나를 불렀는지 알 수 있었다. 도반다의 성지는 유온 족 자치령의 중앙에 위치한 곳으로 과거 고대 마도왕국 때부터 존재해 온 마계의 마신 중 한 명인 죽음의 마신 시드라의 성지였다.

북방에서 이 척박한 땅으로 이주해 온 유온 족들은 당시 이 사막의 땅을 차지하고 있는 고위 마족들에게 시드라의 성지를 유온 족이 존재하는 한 영원히 보호한다는 조건을 받고 이 땅을 차지한 것이다.

이 때문에 시드라의 성지는 유온 족의 피를 이은 자라면 절대 들어가서는 안 되며 그 주위를 지날 때는 이 땅의 거주를 허락한 시드라에게 감사의 뜻으로 고개를 숙이고 지나야 했다.

“그들이 우리 유온 족의 그런 전설을 알고 있다면 분명 도반다의 성

지에 몸을 숨길 것은 자명한 일이네. 그렇게 되면 아무리 많은 전사들
이 있다 해도 성녀를 되찾아오는 것은 불가능한 일이지.”

“그렇군요.”

“부탁하네, 블러드 스톰. 이것은 전 유온 족의 생사가 달린 일이네.”

그렇게 말한 부족장이 나의 앞에 무릎을 꿇고는 머리를 박고 절을
하자 난 그 모습에 놀라지 않을 수 없었다.

부족장이 하는 절은 바로 세 부류에게만 하게 되는 절대의 예였기
때문이다. 바로 부족의 영웅과 성녀, 그리고 부족의 대은인에게 하는
절이었고, 그 사람이 부족장이라면 그것은 엄청난 일인 것이다.

관리 책임자 역시 부족장의 그 모습에 놀라 소리칠 수밖에 없었다.

“부족장님!!”

“닥치게! 지금 자네는 명예가 중요한가, 아니면 유온 족 전체의 생사
가 중요한가!”

“그건……!”

“위에 서 있는 자가 고개를 숙이지 않는다면 그 어느 것도 볼 수 없
다는 말을 모르는가!”

젊기는 했지만 카일라드 족의 부족장은 현명하기 그지없는 자였다.
그가 나에게 보이는 예를 보았음에도 거절한다는 것은 도리가 아니었
기에 난 방석에서 일어나 정중하게 똑같은 예의를 취하면서 말했다.

“부족장님의 지나친 예의가 송구스럽습니다. 모자란 힘이기는 하지
만 블러드 스톰은 유온 족의 한 팔이 되겠습니다.”

“고맙소!”

나의 말에 부족장은 기쁜 표정을 지으며 나의 손을 잡았다.

카일라드의 부족장 샤리아나티드의 부탁으로 드라피라의 성녀를 되찾기 위하여 도반다에 위치한 마신 시드라의 성지로 가게 된 우리에게 부족민들은 최고의 대우를 해주었다.

일단은 우리의 일을 알고 있는 사람은 성의 관리 책임자인 벤테르스트와 부족장뿐이었다. 하지만 부족장의 지시에 의해 우리를 환대하는 것이기에 어떠한 사람도 의문을 제기하지 않았다.

유온 족의 계급을 살펴보면 제일 위에 존재하는 이가 바로 드라피라의 성녀다. 성녀의 일은 부족의 생사를 좌지우지할 만큼 거대한 것이기 때문이다. 두 번째가 부족장이다. 부족장은 17개의 부족마다 각각 한 명씩 피로 전승되고 있다. 세 번째가 바로 부족의 주술사들로 그들의 숫자는 그렇게 많지 않았지만, 주술사들은 부족장조차 함부로 대하지 못할 만큼 그 권위가 높다고 할 수 있다. 네 번째 계급은 사막 전사들의 가문으로 이들은 가브토, 기아르, 단티스의 세 가지 계급으로 나누어져 있다.

내가 과거 이곳에서 만난 전사인 알라도다르드는 가브토 중에서도 최고 가문의 전사로 유온 족 사이에선 이름난 전사였다.

잠시 그가 대륙을 여행하고 있을 때 만났는데, 그의 실력은 오버러의 수준은 아니었지만 그에 근접할 정도로 뛰어났다는 것을 기억하고 있었다.

다섯 번째 계급은 일반의 유온 족 평민들을 말한다.

다른 곳과는 달리 유온 족들은 평민 이하의 계급이 없으며 또한 다섯 가지 계급으로 나뉘어지기는 했지만 실제로 이들과의 차이는 그렇게 크지 않다.

최고위층인 드라피라 혈통을 제외하고는 네 계급의 결혼이 허락되며 평민들도 그 능력이 입증된다면 전사의 계급은 가브토까지 오르는 것도 문제가 아니었고, 가브토의 계급 또한 그 능력이 떨어진다면 일반 평민이 되는 수도 있었다.

이런 철저한 능력제의 계급은 다른 국가에게 상당한 반감을 가지게 하고 있지만 이들은 이것을 자신들만의 자랑으로 삼고 있었다.

드라피라의 혈통은 단 한 명의 여성으로 이루어지며, 그녀는 17개의 부족 중 부족장의 혈통과만 결혼할 수 있다.

카일라드의 부족장인 샤리아나티드가 고개를 숙이면서까지 나에게 부탁하는 것을 보면 이번 트라피라의 성녀와 결혼할 사람은 샤리아나티드일 확률이 컸다.

그는 성녀이자 자신의 약혼자를 구하기 위해 외지의 이방인에게 고개를 숙였을 것이다.

위에 선 자가 고개를 숙이는 것은 상당한 용기가 없다면 불가능한 것이기에 난 샤리아나티드에게 상당한 호감을 느꼈다.

부족장의 배려로 그가 머무르고 있는 건물의 한편에 묵게 된 일행들은 갑작스러운 환대에 어안이 벙벙한 얼굴을 하고 있었다.

한 사람마다 두세 명의 시녀들이 붙어서 직접 시중을 들어주고 있기 때문에 행동이 거북해 보일 정도였다.

페드로의 경우에는 이런 경험을 꽤 했는지 별문제는 없어 보였지만, 이스트의 경우에는 답답한 모양이었고, 시녀들의 옷차림이 속이 들여다보이는 투명한 것이라 그의 얼굴마저 빨갛게 만들고 있었다.

"이스트 아저씨 얼굴이 빨갛다."

레비나는 폭신한 침상에 누워 앞에 놓여 있는 포도를 먹으며 이스트를 보고 말했다.

"무, 무슨 소리… 원래 빨간 거야…… 헉……!"

그때 한 시녀가 그에게 가까이 다가와서는 천으로 그의 이마에 흐르는 땀을 닦아주었는데, 너무나 가깝게 붙었던지 이스트는 당황하여 말도 제대로 못하고 있었다.

"그런데 무슨 일입니까? 카일라드의 부족장께서 아무런 이유 없이 우리에게 이런 환대를 해주실 리 없을 텐데 말입니다."

페드로는 이 환대가 이상하다고 생각하며 나에게 물었고, 난 조용히 손을 들어 시녀들을 물러가게 했다.

나의 손짓을 알아들은 시녀들은 조용히 고개를 숙이고는 방을 빠져나갔고, 난 페드로를 향해 이번 일에 대해 이야기를 해주었다.

"부족장과의 약속 때문에 자세한 것은 이야기해 줄 수 없지만, 간략하게 이야기를 해주지. 우리가 해야 할 일은 한 여인을 찾는 일이다. 상당히 고귀한 신분의 여인으로 외지에서 온 이방인들에게 납치되었을 확률이 높다."

"…벤트 족이 찾던 마법사 일행이 범인입니까?"

난 그의 말에 고개를 끄덕였는데, 페드로는 나의 말에서 무엇인가를 짐작한 듯 고개를 끄덕이고는 말했다.

"전 유온 족이 찾고 있는 여인이라면 한 분밖에 없겠군요."

역시 유온 족 자치령을 여행한 적이 있었던 페드로였는지라 나의 말에서 정확하게 그 대상을 유추해 냈고, 난 그런 그에게 고개를 끄덕여주었다.

"우린 그 여인을 찾기 위해 도반다에 위치한 마신 시드라의 성지로 가야 한다."

"그렇군요. 시드라라면 아무리 뛰어난 유온 족의 전사라도 출입이 불가능한 곳, 블러드 스톰님의 힘이 반드시 필요했겠지요."

페드로는 이제 지금의 상황을 완전히 이해한 듯했지만 그렇게 밝은 표정은 아니었다.

"뭔지는 모르겠지만, 도반다에 가서 마법사들 집단에게 납치된 여자를 되찾아오면 되는 거지?"

"그게 그렇게 쉬운 일이 아닙니다."

"뭐가?"

"도반다의 마신 시드라의 성지는 던전과 함께 상당한 마법 트랩이 설치되어 있다고 알려져 있습니다. 수준있는 마법사들이 없다면 살아 돌아온다는 것은 거의 불가능합니다."

"음……."

그제야 이스트는 페드로가 왜 고민하는지 알 수 있었다. 하지만 내 생각은 달랐다. 카일라드 부족의 부족장이라면 시드라의 성지가 어떤 곳인지 우리보다 잘 알고 있을 것은 분명할 터, 아무런 대책 없이 우리만을 보낼 리는 없으리라 생각했기 때문이다.

물론 우둔한 부족장이라면 모르겠지만, 내가 본 젊은 부족장은 그런 사소한 실수를 저지를 인물이 아니었다.

얼마 지나지 않아 관리 책임자인 벤테르스트가 로브를 입고 있는 한 명의 마법사와 함께 우리가 머물고 있는 방으로 찾아왔다. 난 그가 우리와 함께 시드라의 성지로 갈 마법사라는 것을 알 수 있었다.

"피로가 많이 풀리셨는지 모르겠습니다."

"칼리아드 부족의 배려에 감사드립니다."

"별말씀을 다 하십니다. 오히려 그 말은 저희가 해야겠지요. 아, 여러분들과 함께 동행할 분을 모셔왔습니다."

　그 말과 함께 벤테르스트는 옆에 있는 마법사를 정중하게 가리키며
말했다.
　"이분은 저희들의 일을 알고 도움이 되시고자 온 대륙의 유명한 마
법사 길드에서 오신 루드그레인이란 분입니다."
　"반갑습니다. 루드그레인 아시오스라 합니다."
　벤테르스트가 소개해 준 마법사는 초록색 머리를 가진 젊은 마법사
로 흰색의 로브를 입고 있었는데, 페드로는 그가 입고 있는 로브의 가
슴에 수놓아져 있는 표식을 보고는 크게 놀라며 말했다.
　"칠인회?!"
　"뭐? 칠인회라고?!"
　페드로의 말에 이스트 역시 크게 놀라며 소리쳤는데, 이들이 놀라는
것도 어느 정도 이해가 되는 일이었다.
　칠인회는 대륙 마법 길드와 함께 쌍벽을 이루고 있는 마법 길드였지
만, 그 대부분의 회원들이 철저하게 모습을 감추고 있었기 때문에 칠인
회의 회원으로 그 모습을 보인 자는 극히 소수에 지나지 않았다.
　하지만 그 극소수의 인원이 상당한 고서클의 소유자인지라 아무도
칠인회의 저력에 대해서 정확하게 파악하고 있지 못하는 형편이었다.
　"칠인회의 마법사와 동행이라니 이거 영광인걸?"
　"하하하! 별말씀을 다 하십니다. 뭐, 칠인회의 소속이라고는 하지만
겨우 6서클을 마스터했을 뿐인데요 뭘."
　"6서클!!"
　별거 아닌 투로 이야기하는 숫자였지만, 6서클이라면 상당한 수준의
마도사라고 할 수 있었다. 과거 울라인도 섬에서 우리와 동행했던 칼
린 역시 상당히 뛰어난 수준의 마도사였는데, 그의 서클이 6서클 익스

퍼트였기 때문이다.

자신을 자랑하고 있는 건지, 아니면 진짜 6서클이 별거 아니라고 생각하는지는 잘 모르겠지만 우리의 앞에 있는 루드그레인이란 자가 상당히 뛰어난 마도사임에는 틀림이 없었다.

그는 만면에 미소를 띠며 우리를 보곤 인사하다가 레비나와 레이드를 보고는 깜짝 놀라 다가와서 떨리는 목소리로 말했다.

"이럴 수가… 이렇게 어린 나이에 벌써 용병이 되었다니… 불쌍하기도 하지……."

루드그레인이 레비나를 보며 안타깝다는 듯이 말하고는 다가와서 자신의 가슴에 안았고, 헤레나와 이스트는 그의 행동에 어이가 없다는 듯한 표정을 짓고 있었다.

"아! 답답해요! 이것 좀 놔요!!"

"아, 그렇구나."

레비나의 비명에 그는 깜짝 놀란 듯 뒤로 물러섰다 미소를 지어주곤 레비나의 옆에 있는 레이드를 보고는 혀를 차며 말했다.

"그 나이에 아직 염력밖에 못 쓰다니… 도대체 스승이 누구냐?"

"예?"

"내가 네 나이었을 땐 3서클을 떼고 4서클에 도전하고 있었다. 자질은 뛰어나 보이는데, 공부를 안 하나 보지?"

그 말에 이스트는 얼굴을 붉히고는 고개를 숙이고 말았다. 페드로는 그런 이스트의 모습을 보고는 조금 인상을 찌푸리며 말했다.

"그 아이에게 마법을 가르쳐 주는 스승은 없고 염력도 자기 스스로 공부해서 얻은 것이오."

"아! 정말입니까? 그렇다면 상당한 소질이라고 할 수 있겠군요. 마

나를 느낀 후 입문 공부인 염력을 아무런 도움도 없이 익혔다니 말입
니다."

아까와는 정반대의 표정을 짓고 있는 그를 보며 황당할 수밖에 없었
다. 하지만 아직 제대로 자라지 못한 레이드의 마법 수준을 단 한 번에
알아맞히는 걸 보니 6서클이 거짓말은 아닌 듯 보였기에 새삼 성지의
던전에서 많은 도움이 되리라 생각되었다.

우린 새로 일행에 들어온 마법사 루드그레인과 인사를 한 후 시드라
의 성지로 가는 일에 대해서 간단하게 벤테르스트가 가져온 자료를 통
해 알아볼 수 있었다.

"도반다는 저희 카일라드 부족의 부락에서 동북쪽으로 약 120킬로
미터 떨어진 곳에 위치해 있습니다. 호반 사막의 한가운데 위치해 있
는 터라 도반다는 사방 50킬로미터가 모두 뜨거운 열기를 뿜는 사막이
고, 돌풍이 자주 일어나는 곳이기 때문에 부족민들조차 근처로 다니는
것을 꺼려하고 있는 곳입니다. 돌풍이 일어나는 시간을 잘 파악해야
하기 때문에 한번 사막에 들어서면 쉬지 않고 도반다 안으로 빠르게
들어가야 합니다."

사막의 돌풍은 상당히 위험하다고 할 수 있었다. 일단 그 안으로 들
어가면 돌풍에 의해 지형이 수시로 바뀌게 되기 때문에 방향을 제대로
감지하지 못한다면 그 안에서 헤매다가 죽을 수도 있었다.

또 아주 강력한 바람이기에 자칫 잘못하면 돌풍에 휘말려 사막의 모
래에 묻혀 버릴 위험도 있기 때문에 그의 말대로 돌풍과 돌풍 사이의
시간을 제대로 맞추지 못하면 도반다에 들어가기도 전에 목숨을 잃을
수도 있었다.

"일단 도반다 안은 낙타가 들어갈 수 없기 때문에 모든 짐을 각자가

짊어지셔야 합니다. 마신 시드라님의 성지는 도반다의 바위산 꼭대기에 위치해 있기 때문에 약 400미터의 산을 오르셔야 하니 여러 가지 준비를 하시는 것이 좋을 겁니다. 시드라님의 성지에 오르셨다 해도 모두 끝난 것은 아닙니다. 성지 안으로 들어서면 다시 지하로 통하는 삼만 개의 계단이 있고, 그 계단의 아래에는 진정한 성지의 던전이 나타납니다."

그의 말에 이스트의 얼굴은 점점 일그러지고 있었다. 생각보다 성지 안으로 들어서는 길이 복잡하고 힘든 일로 여겨졌기 때문일 것이다.

길이 이렇다면 도반다의 성지로는 루드그레인이란 마법사와 나, 이스트, 페드로밖에 갈 수가 없었다. 헤레나나 레비나, 레이드가 따라가기에는 너무나 위험하기 때문이다.

그 후로 벤테르스트의 설명은 계속 이어졌다. 하지만 던전 안에서부터는 전설 속에서만 내려오는 이야기들을 말하고 있었기에 진실성은 조금 떨어진다고 할 수 있었다.

과연 이 의뢰를 성공할 수 있을까?

다음날 우린 도반다로 길을 떠났다. 레비나와 레이드는 헤레나와 함께 이곳에 남을 수밖에 없었기에 레비나는 좀처럼 나를 잡고 놓아주려 하지 않았지만 레이드가 말없이 레비나를 잡고는 조용히 귀에 대고 무슨 이야기를 해주자 안심하고 나의 손을 놔주었다.

"블러드 아저씨, 꼭 돌아와야 해요."

그녀의 울음 섞인 목소리에 고개를 끄덕여 준 후 난 세 사람과 함께 성녀를 구하기 위한 여행을 시작했다.

카일라드 부족의 부락을 떠나온 지 한 시간 정도 지나자 우리의 앞에는 사막이 펼쳐졌다. 루드그레인이란 자는 간략하게 만든 지도에 나침반을 들고는 방향을 맞춰보고 있었다.

"이쪽으로 가면 되겠군요."

마법사들은 상당히 체력이 약한 자들이라 들었는데, 우리의 눈앞에 보이는 루드그레인은 전사인 이스트가 힘들어하고 있는 것과는 달리 멀쩡한 모습이었다. 이 더위에 땀 한 방울도 흘리지 않고 걸어가는 것이 상당히 이상했지만, 그 의문은 옆에 있던 페드로가 풀어주었다.

"루드그레인 씨의 로브에 아이스 계열의 마법이 걸려 있나 보군요."

"예. 사막을 여행하는 데 필요하다고 생각돼서 들고 나왔죠. 아! 그리고 보니 좀 미안하군요."

"미안할 것까지야 없지요."

그는 아이스 마법이 걸린 로브로 열기를 차단할 수 있었기에 멀쩡한 모습을 보이고 있었던 것이다. 땀을 뻘뻘 흘리고 있던 이스트가 부럽다는 표정으로 그를 쳐다보자 루드그레인은 미소를 짓고는 낙타에 차여 있는 작은 가죽 물 주머니 하나를 던져 주며 말했다.

"아이스 마법이 걸려 있는 물 주머니입니다. 뭐, 마실 수 있는 물은 그렇게 많지 않지만 얼굴에 대고 있으면 열기를 충분히 식힐 수 있을 겁니다. 아! 다른 분들에게도 하나씩 드리지요."

그렇게 말한 루드그레인은 다시 페드로와 나에게 가죽 주머니를 던져 주었다. 그의 말대로 가죽 주머니는 아이스 마법이 걸려 있는지 나의 손에 차가운 느낌을 전해주었다. 물론 마나에 의해 이 정도의 열기는 쉽게 참아낼 수 있는 나였지만, 사막의 열기에 익숙한 것은 아니었기에 그의 주머니는 상당히 도움이 될 수 있었다.

도반다. 이것은 유온 족의 고대 문자로 죽음이란 단어다.

죽음을 관장하는 마신 시드라의 성지만큼이나 그 대지는 죽음의 위협으로 가득 찬 곳이었다.

멀리서 보이는 사막의 회오리바람은 우리가 있는 곳에서 약 1킬로미터 떨어진 지점에서 빠른 속도로 다가오고 있었기에 지쳐 있기는 했지만 지체할 만한 시간은 없었다. 빨리 이 돌풍의 지대를 벗어나지 않으면 사막의 모래에 묻혀 목숨을 부지할 수 없기 때문이다.

짐을 실은 낙타를 몰아 빠른 속도로 길을 재촉하는 일행의 표정에는 위기감이 서려 있었지만, 이상하게도 루드그레인이란 마법사는 마치 휴가 여행이라도 온 것처럼 여유있기 그지없었다.

"쳇! 저놈의 마법사는 긴장감도 없구만. 마법사라는 족속은 다 그런 건가?"

이스트는 위급한 상황에서도 미소를 지우지 않는 그를 보며 투덜거리고 있었는데, 루드그레인은 그의 혼잣말을 들었는지 이스트를 보며 말했다.

"물론 모든 마법사가 그렇지는 않습니다."

"……"

이스트는 자신의 말에 여유있게 답하는 그를 보며 할 말을 잃은 듯 고개를 돌리고는 낙타를 몰아 도반다의 성지로 걸음을 재촉해 갔다.

한 시간여 정도 돌풍과 돌풍 사이를 헤집고 들어선 우리는 성지가 있는 거대한 바위산에 도착할 수 있었다.

바위산에 길이 없는 것은 아니지만 상당히 좁은 길이었기에 벤테르스트의 말대로 낙타를 데리고 갈 수 없다고 판단한 우린 간단하게 들고 갈 짐을 배낭에 챙겨서는 바위산 근처에 낙타를 매어두고는 도보로 산길을 오르기 시작했다.

한 사람이 걸어가기에도 위태스러운 길이었기에 우린 조심스럽게 걸음을 옮기며 산을 올라갔다.

성지의 산을 휘돌아 감는 강한 바람은 작은 덩치의 사람은 날려 버릴 정도로 강했기에 몸을 강하게 지탱하지 않으면 한 발자국도 걸어가기 어려웠다.

난 이 바람에 체력이 약한 루드그레인이란 마법사가 걱정되어 뒤를 돌아보았는데, 생각 외로 그는 체력이 있었는지 여유있게 바람을 견디며 산길을 따라 오르고 있었다.

오히려 이스트나 페드로가 그보다 더 지쳐 있는 듯한 얼굴을 하고 있었다.

선두에 서서 길을 오르던 난 바위산의 길에 작은 공간이 있는 것을 보고는 뒤에 있는 사람들에게 말했다.

"잠시 휴식을 하도록 하지."

그 말에 일행의 얼굴에는 다행이라는 표정이 가득했다. 루드그레인이란 마법사는 공간에 도착한 후 고개를 들어 바위산의 꼭대기를 한참을 바라보더니 안 좋다는 표정을 지으며 말했다.

"아무래도 하피가 있는 것 같군요."

"하피?"

페드로는 마법사의 말에 놀라 되물었다. 하피는 하급 마물 중의 하나로 아름다운 미녀의 얼굴을 하고 있지만 독수리의 날개와 발톱을 가지고 있어 지나가는 행인들을 공격하는 마물이었다. 또 힘이 약하기는 하지만 하늘을 날아 공격하는 마물이기에 활이 없다면 상대하기 조금 귀찮은 종류였다.

하지만 하피는 이런 사막 지역에선 보이지 않는 마물이었다. 보통

바다의 섬이나 대륙의 높은 산에서 서식하는 마물이기 때문이다.

"하피가 사막에 살고 있을 리가 없지 않습니까?"

"예. 하지만 이글아이로 보니 산꼭대기에 수십 마리의 하피가 맴돌고 있는 것이 보이더군요. 아무래도 마법사들 중에 소환사도 있는 것 같습니다."

소환사는 마물들을 소환하여 싸우는 마법사의 일종이었다. 그들은 능력에 따라 소환할 수 있는 마물들이 한정되어 있는데, 고대의 마도왕국 소환사는 드래곤을 소환할 정도의 능력을 가졌다고 전해지고 있다.

하지만 소환사는 소환한 마물과 강한 영적 공감이 이루어져 있어서 소환한 마물을 죽이면 정신적 데미지를 받기 때문에 대륙에서는 소환술을 익힌 자가 극히 드물었다.

"아마 산 위로 오르는 이들을 감시하고 공격하는 임무를 맡았을 겁니다."

"그렇겠군요."

하피쯤이야 쉽게 막을 수 있는 마물이긴 하지만, 만약 산의 꼭대기에서 우리를 발견하고 돌을 떨어뜨리기라도 한다면 이런 바위산에선 쉽게 산사태가 일어날 수 있었기에 하피의 눈을 피해 낙석의 위험이 없는 곳까지 올라야 하는 일이 문제였다.

"자, 이걸 허리에 매시지요."

"밧줄?"

루드그레인은 우리에게 밧줄을 건네주었다. 산을 오르면서 서로의 몸에 밧줄을 매는 것이 으레 있는 일이긴 하지만 이 산은 오르지 못할 정도는 아니었고, 용병들은 산을 오르면서 실수로 발을 헛디뎠을 때 자칫 일행까지 끌어들일 수 있기 때문에 밧줄 같은 것은 매지 않는 것이 보통이었다.

하지만 루드그레인이란 마법사가 그런 것을 모를 리는 없을 것이기에 난 그가 시키는 대로 밧줄을 허리에 묶었다.

"이제부터 제가 할 마법은 하이 림피디니스라고 하는 대단위 투명 마법입니다. 서로의 모습을 확인할 수 없기 때문에 이렇게 밧줄로 어느 정도의 간격을 유지시키는 것이죠."

그제야 그가 왜 우리에게 밧줄을 건네주며 서로를 묶으라고 하는지 알 수 있었다. 투명 주문으로 서로 간의 모습을 확인할 수 없을 것이기에 밧줄을 통해 산을 오르는 일행의 위치를 파악하기 위함이었다. 각자의 허리에 밧줄을 모두 묶었을 때 루드그레인은 조용히 눈을 감고 마법의 주문을 외우기 시작했다.

"위대한 마나의 힘으로 바라나니 빛이여, 우리를 통과하소서! 하이 림피디니스!"

루드그레인의 주문이 시전되자 강렬한 마나의 푸른 빛이 우리들의 모습을 감싸더니 순식간에 나의 눈에서 일행의 모습이 사라졌다.

"우와! 굉장한데!"

이스트의 목소리가 밧줄로 연결된 한쪽에서 들려오고 있었다. 지금 나의 눈에 보이는 것은 우리의 몸을 묶고 있는 밧줄뿐이었기 때문이다.

"가자."

어느 정도 투명 마법이 익숙해질 때를 기다린 나는 일행들을 향해 말한 후 다시 바위산의 길을 올라가기 시작했다.

한 시간여 정도 바위산을 오르자 하늘 위에서 맴돌고 있는 십여 마리 하피의 모습이 눈에 들어왔다.

바위산의 꼭대기에는 고대의 양식으로 만들어져 있는 신전이 자리

잡고 있었다. 사각형 건물의 신전 앞에는 검은색의 바위 문에 해골의 모습이 양각되어 있었기에 난 그곳이 문이라 생각하며 다가갔다.

"잠시만 기다려 주십시오."

그때 루드그레인의 목소리가 들리더니 밧줄을 잡아당겼다.

"트랩인가?"

"예. 원래 만들어져 있는 트랩은 아닌 것 같고 이곳으로 온 마법사들이 만들어놓은 것 같군요."

루드그레인이 있을 것이라 생각되는 곳의 밧줄이 움직이면서 나의 앞에 얼마 떨어져 있지 않은 바윗덩어리 쪽으로 향했다.

"이곳을 지나다 실을 건드리면 화살이 날아오게 만들어져 있군요."

내가 걸어가려던 길에는 미세한 실이 바위 뒤의 활과 연결되어 있는 간단한 트랩이었다.

마법 트랩이라면 잔존 마나의 흔적으로 눈치 챌 수 있었겠지만 이런 부비 트랩의 경우에는 찾아내는 게 힘들었기에 루드그레인의 주의력이 상당하다는 것을 느낄 수 있었다.

바위 뒤에서 무엇인가를 조작하는 듯한 소리가 들려오더니 잠시 후 그의 목소리가 들려왔다.

"됐습니다. 일종의 알람 장치도 같이 달려 있어 해체하는 데 조금 시간이 걸렸군요. 블러드 스톰 씨, 이제 안으로 들어가시죠."

그의 말에 난 천천히 걸음을 옮겨 신전의 문으로 다가섰다. 검은색의 해골로 양각되어 있는 신전의 문은 두 개의 문고리가 달려 있었다.

회백색의 돌로 만들어져 있는 링 모양의 문고리에는 약간의 잔존 마나가 묻어 있었다.

"아무래도 마법 트랩인 것 같군."

나의 말에 루드그레인이 있는 곳의 밧줄이 문으로 다가오기 시작했다.

"그렇군요. 포이즌 매직 트랩입니다."

그 말과 함께 문고리에서 푸른색의 빛이 흐르더니 잠시 후 마나의 흐름이 사라졌고 천천히 신전의 문이 열리기 시작했다.

어둠 속에서 서서히 드러나는 신전은 돌로 만든 제단을 빼고는 이렇다 할 장식조차 없는 초라한 모습이었다.

루드그레인은 일행들이 모두 신전으로 들어오자 신전의 문을 닫고는 주문을 외웠다.

"마나여, 이제 자신의 길로 돌아가라."

그의 주문이 끝나자 서서히 우리들의 모습이 드러나기 시작했다.

투명 마법의 주문이 해제되자 그는 가볍게 손가락을 튕겼는데, 그 순간 밝은 빛을 띠는 광구가 만들어지면서 어둠으로 가득 찼던 신전 안을 환하게 밝혔다.

"라이트 마법이군요."

"예. 간단한 마법은 미리 메모라이즈를 해놓은 후 이렇게 손짓으로 시동시키곤 하죠."

페드로의 질문에 미소를 지으며 설명한 그는 신전의 내부를 살피기 시작했다. 지하로 내려가는 비밀 장치를 찾기 위해서였기에 나 역시 신전의 주변을 돌아다니며 살펴보았다.

오 분 정도가 지나자 비밀 장치를 찾은 듯한 페드로의 목소리가 들렸다.

"여기 같군요."

페드로가 찾은 곳은 신전의 제단 옆에 있는 벽의 한 부분이었는데,

그곳의 바닥이 조금 깎여 있는 듯했다.

"벽이 움직이는 듯합니다. 그렇다면 분명 이 근처에 장치가 있을 텐데……."

계단으로 가는 입구라는 것을 확신한 루드그레인은 근처에 있는 벽들을 계속 짚어보기 시작했고, 잠시 후 벽이 천천히 옆으로 움직이기 시작했다.

"자, 내려가시죠."

성지의 던전으로 향하는 삼만 개의 계단은 세 사람 정도가 지날 수 있는 넓이였다. 또한 계단의 문으로 들어서는 신전의 내부가 아무런 장식도 없는 것과는 달리 계단의 양쪽에는 마계 마족들의 석상이 장식되어 있었다.

이스트가 마족의 석상을 만져 보려 하자 루드그레인이 그의 손목을 잡으며 말했다.

"함부로 건드리지 마십시오."

"왜? 어차피 석상일 뿐이잖아?"

그 말에 그는 고개를 저으며 말했다.

"이것은 보통 석상이 아닙니다."

"보통 석상이 아니라니?"

"삼만 계단으로 내려서는 신전에 있는 마족들의 석상들은 모두 죽음의 마신인 시드라를 모시던 마족들이 석화된 모습입니다. 즉 이들은 한때는 살아 있는 마족들이었다는 것이죠."

"석화?"

"예, 무슨 이유인지는 모르겠지만 말입니다. 만약 잘못 건드려서 이들의 석화 마법이 풀리기라도 한다면 상당히 골치 아플 수 있으니 아무거나 함부로 만져서는 안 됩니다."

루드그레인의 말에 이스트는 고개를 끄덕였다. 실제로 보통 사람들이 마족을 보는 것은 극히 드문 일이라고 할 수 있었다. 그 탓에 오랜 시간 동안 지상계에 모습을 잘 드러내지 않는 마족들에 관한 와전된 이야기가 많이 전해지고 있었다.

사람을 잡아먹는다거나 인간의 혼을 얻는 대신 소원을 들어준다는 등의 설화 같은 이야기들이 바로 그것이다. 이런 이야기들로 사람들은 마족에 대한 두려움을 가지고 있었는데, 이스트 역시 그러한 소문들을 들어서인지 조금 두려워하는 것 같았다.

난 실제로 고위 마족 한 사람과 일 년 정도를 여행해 본 적이 있었기에 그러한 소문들이 모두 허황된 소문이라는 것을 알고 있었지만, 마족이 인간과는 다른 강한 힘을 소유하고 있는 것은 사실이었기에 구태여 이스트에게 그 사실을 말해 줄 필요는 없다고 생각하고는 계속 계단을 내려갔다.

마치 마신이 살고 있는 마계로 내려가는 것 같은 착각을 일으킬 정도로 삼만 개의 계단은 끝이 보이지 않을 지경이었다.

만약 이 신전이 인간의 힘으로 만들어졌다면 인간의 힘에 경탄을 보낼 정도로 긴 거리를 내려섰을 때야 우린 던전으로 가는 문에 다다를 수 있었다.

루드그레인은 역시 신전의 입구와 같은 모양과 돌로 된 던전의 문을 잠시 훑어보고는 말했다.

"마법 트랩의 흔적은 없습니다."

그의 말에 난 고개를 끄덕이며 천천히 던전의 문을 열었다.

문을 열자 뜨거운 바람이 우리의 곁을 스쳐 빠져나가기 시작했다.

"굉장한 열기군요."

페드로는 문을 열자 밀려오는 뜨거운 열기를 보며 말했다. 라이트의 불빛으로 보이는 던전은 지하의 암석을 깎아 만든 동굴이 길게 이어져 있었다.

난 동굴의 입구로 들어서기 위해 발을 내디뎠는데 순간 땅이 내려앉는 느낌과 함께 몸이 밑으로 추락하는 것을 느낄 수 있었다.

"블러드 스톰님!!"

페드로는 나의 이름을 소리치며 급히 팔을 내밀었고, 그의 손을 잡은 난 간신히 추락하는 것을 멈추고는 몸의 중심을 잡을 수 있었다.

문의 바로 앞에는 생각지도 못한 함정이 존재하고 있었던 것이다.

"처음 들어서는 걸음부터 함정이라니 재밌군요."

내가 추락할 뻔한 바닥은 아무것도 없는 바닥처럼 보였지만 난 그것이 무엇인지 알 수 있었다. 문의 바로 앞에 일루션 마법으로 보통의 동굴 바닥처럼 보이게 만들어놨던 것이다.

루드그레인이 일루션의 해체 마법을 시동하자 바닥은 그 끝도 보이지 않는 깊은 구덩이를 드러냈다.

"휴!"

이스트는 자기가 빠질 뻔한 것처럼 안도의 한숨을 내쉬었고 나 역시 등줄기에서 식은땀이 흐르는 것을 느꼈다.

하지만 이 정도의 일로 멈출 수는 없었기에 난 다시 앞으로 나가 함정의 옆길로 비켜 가려고 했는데, 그 순간 누군가 나의 팔을 잡으며 가는 것을 막았다.

"잠시만요, 블러드 스톰 씨. 또 함정이 있는 것 같군요."

루드그레인이었다. 그는 내가 밟으려고 했던 곳에 근처에 있던 돌을 주위 던졌는데, 그 순간 함정의 옆길은 모래처럼 흩어져 구덩이로 떨어져 내려갔다.

"2차 함정입니다."

또다시 함정에 빠질 뻔한 것이다. 용병으로서 몇 번 고대 왕국의 던전에 들어선 적은 있었지만, 선두를 맡아본 적은 한 번도 없었기에 일반적인 부비 트랩이라면 모를까 고대의 던전에서 볼 수 있는 함정에는 익숙하지 못한 나였다.

던전으로 들어서는 모험가들의 선두는 함정의 설치와 해체의 능력이 뛰어난 도둑 출신이 맡지 검사들이 맡는 일은 극히 드물었기 때문이다.

하지만 현재 우리에겐 도둑 출신이 없었고 그나마 트랩에 대해서 박식한 루드그레인이란 자는 마법사이기 때문에 선두에 서서는 안 되기에 내가 앞장을 서고 있었는데, 입구의 주변에 얼마나 많은 함정이 설치되어 있는지 모르는지라 난 함부로 앞으로 나서지 못하고 루드그레인이란 마법사를 쳐다볼 수밖에 없었다.

"마족들이야 날개가 있으니 이런 함정 정도는 쉽게 피해서 문을 열 수 있었겠지요. 아무래도 저 끝까지 점프를 해야겠는데 누가 먼저 뛰시겠습니까?"

그의 말에 난 천천히 앞으로 걸어갔다. 이스트와 페드로에게 시키기에는 조금 위험스러운 일이었기 때문이다.

"하압!!"

함정의 지름이 이 미터 정도라 생각하곤 삼 미터 정도 점프해서 착지하자 그 순간 양쪽의 바위벽에서 화살이 쏟아져 나왔다.

"차앗!!"

착지의 반동으로 다시 앞으로 몸을 굴린 난 간신히 화살을 피할 수는 있었지만 또다시 위험이 찾아왔다. 밑으로 꺼지는 듯한 느낌과 함께 내 몸이 다시 추락하고 있다는 것을 깨달았기 때문이다. 급히 착지한 곳의 땅을 짚고 검을 빼 든 난 몸을 날려 화살이 날아온 벽을 마나를 주입한 검으로 강타했고, 폭음과 함께 바위가 부서지며 그 안의 기계 장치가 드러났다.

바위가 부서져 나가는 반동으로 다시 반대쪽의 벽을 부수고는 땅에 착지했는데, 다행히 바위가 부서지며 기계 장치 또한 부서졌는지 더 이상 화살이 날아오지 않았다.

"굉장해요!!"

함정을 파괴했다고 생각하며 자리에서 일어났을 때 루드그레인의 목소리가 들려왔다. 그는 일련의 나의 행동을 보고 놀란 표정을 지으며 박수를 치면서 환호하고 있는 것이다.

"일단 여기까지의 함정이 처리된 것 같군요."

나의 말에 고개를 끄덕인 그는 마법을 사용하여 몸을 날리고는 나의 근처에 와서는 다시 일루션의 해체 마법을 써 숨겨져 있는 구덩이를 다시 드러낸 후 나의 얼굴을 쳐다보았고, 난 고개를 끄덕이고는 다시 구덩이를 넘어 반대쪽으로 몸을 날렸다.

다행히 아까와 같은 화살 트랩은 없었기에 조심스럽게 앞으로 몇 발자국을 걸어간 후 뒤에 있는 사람에게 손짓을 했다.

성지의 트랩은 상상을 불허할 정도였다.

우리가 맨 처음 겪었던 일루션 함정과 화살 트랩은 더 이상 나타나지 않았지만, 갑자기 천장이 무너진다거나 거대한 돌이 굴러 들어오는 함정은 물론 공간과 공간을 왜곡시켜 한곳을 계속 맴돌게 하는 마법 트랩과 거대한 도끼가 떨어지는 등 생전 보지도 못한 함정의 투성이였기에 당연히 우리의 진행 속도는 느릴 수밖에 없었다.

도대체 이런 던전을 어떻게 인간이 지나갈 수 있는지 의심이 들 정도로 많은 함정으로 만들어진 길이었기에 이상한 생각이 들 수밖에 없었다.

"이상하군. 그들은 어떻게 이 길을 지나간 거지?"

"글쎄요… 분명 우리와 같이 통과하지는 않았다고 생각되는데 어떻게 이런 길을 빠져나갔는지 이해가 되지 않는군요."

루드그레인 역시 나와 같은 의문을 느끼고 있었는지 고개를 갸웃거리며 말했다. 도대체 어떻게 이런 길을 걸어간 것일까?

난 우리가 지나는 길로 그들이 가지 않았다는 생각이 들었다. 그렇다면 또 다른 길이 있다는 뜻일 텐데, 계단을 지나 던전으로 들어서는 동안 단 한 번도 다른 길의 흔적은 본 적이 없었기에 앞으로 가야 할지 뒤로 돌아가야 할지 고심하지 않을 수 없었다.

"그래도 일단은 한번 이 길을 가보도록 하지요. 유온 족의 전설에 따르면 분명 그들의 선조들이 이 던전을 지나간 것은 확실하니 말입니다."

벤테르스트의 성지에 관한 설명 중 삼만 개의 계단을 지난 후 던전으로 들어설 것이란 이야기를 들었기 때문에 고개를 끄덕일 수밖에 없었다.

다행히 그 후로는 십여 개의 트랩만이 발견되었을 뿐 더 이상의 트랩은 보이지 않았다. 하지만 우리 앞에는 지금까지와는 다른 난관이 드러나고 있었다.

이젠 함정이 아닌 미로와 같은 길이 펼쳐졌다. 확실한 미로의 지도가 없었기에 우린 일반적인 방법으로 벽을 체크한 후 오른쪽이나 왼쪽의 길만을 따라가 차례차례 길을 더듬어가는 방법을 선택했다.

하지만 이 방법은 길을 헤매지는 않았지만 상당한 시간을 요구하는 방법이었기에 우린 상당한 시간을 미로 안에서 허비할 수밖에 없었다.

던젼으로 들어선 지 삼 일째, 마침내 우린 그 길었던 미로가 이제 완전히 끝났다는 것을 알 수 있었다.

"문이군요."

계단을 내려와 던젼으로 들어설 때 보였던 검은 돌로 만든 문이 다시 우리들의 눈앞에 그 모습을 드러냈기 때문이다. 하지만 이제부턴 유온 족의 전설 역시 확실히 밝혀진 게 없었기에 우린 조심할 수밖에 없었다.

"'길고 긴 던젼을 지나 또다시 보이는 어둠의 문을 열었을 때 거대한 생물의 눈이 우리를 바라보고 있는 것을 느꼈다. 우리를 안내하던 마족은 그들을 가리켜 진정한 신전으로 가는 문을 지키는 문지기 가루드의 눈이라 말하며 거대한 눈을 향해 어둠의 표식을 보였고, 그 순간 눈은 서서히 사라져 갔다'. 이것이 유온 족의 전설에 나오는 던젼의 문을 지난 후의 광경입니다. 가루드의 눈이 무엇인지는 알 수 없지만 일종의 마물이 이 문의 반대쪽에서 문지기의 역할을 하고 있는 것은 사실인 것 같군요."

"일단 무엇인지 알려면 들어가 봐야 한다는 말이군요."

"네. 여기서 계속 시간만 지체할 수는 없는 노릇이니까요."

가루드의 눈, 그것이 말하는 것은 무엇일까? 난 문을 열자마자 모습을 드러낼 마물을 경계하며 오른손에 검을 들고는 진정한 신전의 입구로 가는 문을 열었다.

하지만 전설과는 달리 문이 열리면서 드러나는 공간에서는 아무것도 보이지 않았다. 그 끝을 알 수 없는 어둠만이 우리들의 눈에 드러났을 뿐 유온 족의 선조들이 말하는 가루드의 눈은 보이지 않았다.

"아! 이것이 가루드의 눈이었군요."

하지만 루드그레인은 가루드의 눈을 발견하고는 문 안쪽의 거대한 바위로 뛰어갔다.

"아!"

루드그레인이 가루드의 눈이라고 말하며 다가선 거대한 바위는 바위가 아니었다. 엄청나게 거대한 생물체의 두개골이었던 것이다.

서서히 루드그레인의 라이트 마법에 의해 그 뼈의 모습이 드러나자 페드로와 이스트 역시 그 정체를 알아채고는 놀란 표정으로 소리쳤다.

"드래곤?"

우리들의 눈앞에 드러난 거대한 생명체의 몸, 그것은 바로 드래곤의 뼈였던 것이다. 하지만 이야기로만 들었던 드래곤의 덩치에 비해 몇십 배나 큰 뼈였기에 처음 이것을 봤을 때 바위로 착각을 했던 것이다.

루드그레인은 드래곤의 뼈를 보며 크게 감탄을 하고는 우리를 향해 말했다.

"에이션트 다크 드래곤의 뼈입니다. 굉장하군요 마신에게 더 큰 힘을 얻었다고 해도 보통 에이션트 급의 다섯 배도 넘는 덩치라니……."

한참을 드래곤의 유골을 살펴본 그는 두개골을 따라 플라이 마법을 사용하여 내려가기 시작했고 우린 그를 따라 뛰었다.

어느 정도의 거리를 날아간 그는 거대한 뼈의 한 부분에서 높이가 삼 미터 정도는 될 법한 구슬을 찾아내고는 크게 기뻐하며 주문을 외워 구슬에 마법을 시전하기 시작했다.

푸른색의 마나의 빛이 거대한 구슬을 감싸고는 사라져 갔는데, 그 후 루드그레인은 다소 실망한 듯한 표정을 짓고는 드래곤의 뼈에서 내려왔다.

"애석하게 드래곤 하트의 마나가 모두 흩어진 것 같군요."

"드래곤 하트라면… 드래곤의 마법의 원천이라고 하는 마나의 덩어리라는 심장 아닙니까?"

"예. 이 정도의 드래곤이라면 엄청나게 거대한 드래곤 하트를 가지고 있을 것이라 생각하고 찾아봤는데, 역시 오랜 시간이 흘렀는지 마나는 모두 흩어지고 드래곤 하트는 껍데기만 남았군요."

드래곤 하트는 마법사들 사이에서 같은 양의 어떠한 귀금속보다 수십, 수백 배는 비싼 물건이었기에 이스트는 조금 아쉬운 표정을 짓고 있었다.

드래곤의 유골이 있는 곳은 중간 크기의 도시와 같은 크기의 넓은 광장이었다. 우린 전설에 따라 문을 지나 북서쪽으로 약 4킬로미터 정도를 지난 후에야 다음 전설의 장소에 도착할 수 있었다.

거인족의 병사가 지키고 있는 긴 복도, 하지만 이곳에서 거인의 흔적은 볼 수 없었다. 오랜 시간이 지나 거인족도 신전의 문지기인 드래곤과 함께 생의 시간을 버린 듯했다.

유온 족이 믿었던 신화의 문지기와 거인들은 이제 전설과 함께 잊혀져 가고 있는 것이다. 우린 거인족이 있었다는 거대한 복도를 따라 걸어가고 있었는데, 그때 이곳의 다른 기운과는 조금 이질적인 마나가 느껴져 왔다.

으르르릉.

늑대의 울음소리. 이런 신전에 늑대가 있을 턱이 없었기에 난 드디어 만나고자 했던 자들이 모습을 드러내고 있다는 것을 알 수 있었다.

어둠 속에서 드러나는 푸른색 눈동자의 숫자가 점점 늘어나면서 루드그레인의 라이트에 늑대들이 모습을 드러내기 시작했다.

"여기까지 오신 것을 축하드립니다."

우리를 보며 어금니를 드러내고 있는 늑대들 사이로 한 신형이 드러났다.

그는 초록색 머리에 뾰족한 귀가 양쪽으로 뻗은 미남자의 모습을 하고 있었기에 우린 그가 인간이 아니라는 것을 알 수 있었다.

"엘프?"

우리를 기다리고 있던 소환사의 정체는 바로 엘프였던 것이다.

그의 하얀 피부로 보아 다크 엘프가 아니라는 것은 알 수 있었지만, 보통의 엘프가 인간의 마법사와 손을 잡은 예는 극히 드물었기 때문에 이상하게 생각될 수밖에 없었다.

전쟁만 일삼는 인간들에게 스스로 고귀한 종족이라 생각하는 엘프는 거의 대부분이 자신들의 부락에서 모습을 드러내고 있지 않았기 때문이다.

"고귀한 엘프가 파렴치한 납치범의 일행이 되다니 그 고귀함이 많이 타락한 것 같군."

루드그레인은 우리들의 눈앞에 모습을 드러낸 엘프를 향해 비아냥거렸는데, 엘프는 그런 비아냥에도 아랑곳하지 않고 대꾸했다.

"물론 저희 엘프 종족이 더러운 인간들에게 협조하는 것은 조금 마음에 안 들기는 하지만, 좋은 조건을 제시한다면야 손을 약간 더럽히는 것도 문제는 없다고 생각하지요."

"좋은 조건?"

“예. 물론 좋은 조건이라고 해봤자 인간들에 의해 더럽혀진 것을 되돌려받는 것밖에 되지는 않지만 말입니다.”

그 말과 함께 엘프의 손이 움직이자 으르렁거리던 늑대들이 우리의 주위로 흩어지며 원을 만들어서는 당장이라도 공격할 기미를 보이고 있었다.

보통 늑대에 비해 몇 배는 더 큰 듯한 은빛의 늑대들은 한 마리 한 마리가 호랑이만한 크기였기에 만만치 않다는 것을 알 수 있었다.

“북부산맥에서 적은 수만이 남아 있는 실버 울프로군요. 조심하십시오. 보통의 검으로는 쉽게 베어지지 않을 뿐 아니라, 실버 울프 한 마리의 힘은 호랑이와 필적한다고 하니 말입니다.”

호랑이와 필적하는 힘을 지닌 실버 울프의 숫자는 20마리 정도였다. 야생의 맹수들은 본능이라는 것이 있기 때문에 차라리 같은 힘의 인간을 상대하는 것이 더 쉬웠기에 우리들은 긴장할 수밖에 없었다.

페드로와 이스트는 근접전에 약한 마법사인 루드그레인을 양쪽에서 보호하고 있었기에 난 소환사인 엘프를 베기 위해 앞으로 나섰다.

크아앙!

내가 앞으로 나선 순간 실버 울프들은 동시에 일행을 향해 덮치기 시작했다.

“파이어 애로우!!”

루드그레인의 시동어에 수십 개의 파이어 애로우가 사방으로 날아가 실버 울프들을 공격했지만, 늑대들은 손쉽게 그의 마법을 피하고는 다시 공격해 들어왔다.

“차앗!!”

“하압!!”

이스트와 페드로는 루드그레인의 주위에서 덮쳐들어 오는 실버 울프를 검을 휘둘러 베며 막아서고 있었지만, 그들의 보통 검으로는 늑대들의 가죽을 뚫지 못했기에 단순히 쇠몽둥이로 치는 정도밖에 되지 못했다.

"검에 마나를 주입해서 베야 합니다."

루드그레인의 말에 두 사람은 마나를 검에 집중시킨 후 늑대들을 막아섰고, 그제야 녀석들은 상처를 입었지만 소드 마스터 급이 아닌 이상 검기를 제대로 다루는 것은 불가능했기에 빠른 스피드로 주위를 맴돌다 공격하는 늑대들에게 작은 상처밖에 주지 못했다.

"블러드 애로우!!"

엘프를 향해 몸을 날린 난 나의 앞을 막아서고 있는 실버 울프의 몸을 블러드 애로우로 뚫어버리고는 엘프 소환사의 앞에 도착할 수 있었다.

"오호, 상당한 강자시군요."

늑대를 죽였을 때의 정신적 충격으로 미간을 찌푸린 엘프였지만 상당히 오랜 시간 동안 소환술을 단련했는지 그 충격을 가볍게 넘기고 있었다.

난 그가 소환수를 움직일 기회도 주지 않기 위해 그를 향해 검기를 날렸지만, 그는 엘프답게 빠른 속도로 피하고는 근처에 있던 실버 울프로 하여금 나를 공격하게 하고는 급히 뒤로 피했다.

"하압!!"

나의 앞을 막아선 늑대를 벤 후 난 뒤로 물러선 엘프를 향해 뛰어갔는데, 그때 그의 앞에서 마법의 문자로 이루어진 원형의 마법진이 빛을 뿜으면서 하나의 거대한 마물이 모습을 드러내기 시작했다.

"웨어 울프?"

웨어 울프는 마물의 일종으로 늑대의 모습을 한 반인반마의 괴물이었다. 신장은 보통 2, 3미터 정도로 강철을 자를 수 있는 날카로운 손톱과 함께 무기를 사용할 수 있는 지성도 가지고 있는 존재였기에 상대하기에 까다로운 존재라고 할 수 있었다.

엘프의 소환 마법에 의해 소환된 웨어 울프의 수는 세 마리. 오버러의 실력을 가지고 있는 나라면 충분히 처리할 수 있는 수였지만, 이들을 없앤다고 해도 소환사가 다시 다른 마물을 소환하지 않으리라는 법은 없었다.

거기다가 실버 울프를 상대하며 루드그레인을 보호하고 있는 두 사람의 상황 역시 좋은 것이 아니었기에 난 이들을 최대한 빨리 처리하고 소환사를 죽여야 한다는 것을 알 수 있었다.

꾸와아아!!

나의 앞으로 쇄도해 들어온 웨어 울프는 손에 들고 있던 나무 몽둥이를 휘둘렀고, 난 검을 들어 녀석을 몽둥이와 함께 베어버렸다.

"큭!!"

웨어 울프가 쓰러지자 조금 충격을 받았는지 엘프는 입에서 피를 흘리며 말했다.

"소드 마스터 급이 아니군요!!"

그제야 나의 실력이 소드 마스터라고 보기에는 너무나 강하다는 것을 느낀 엘프는 급히 또 다른 소환수를 소환하는 주문을 외우기 시작했다. 난 시간을 지체할 수가 없었다.

빠른 속도로 주문을 외우고 있던 엘프에게 쇄도해 들어가며 나를 막아서려던 두 마리의 웨어 울프를 베어버린 후 그의 머리에 검을 꽂았다.

"끄아악!"

정수리에 검이 꽂힌 그는 비명과 함께 땅으로 쓰러졌고, 우리들을 공격하던 소환수들의 바닥에서 마법진이 만들어지더니 소환수가 사라져 가기 시작했다.

소환수들이 모두 사라지자 이스트와 페드로는 꽤 힘들었는지 검과 함께 자리에서 쓰러져 버렸다. 아직 소드 마스터의 수준에 이르지 못한 그들에게 있어 검에 마나를 돋워 실버 울프를 베는 것은 상당한 정신력과 체력을 요구했기 때문이다.

루드그레인이 천천히 앞으로 걸어와서는 정수리에 피를 흘리며 쓰러져 있는 엘프의 눈을 감겨주고는 말했다.

"엘프의 종족이 녀석들에게 힘을 주고 있다니 놀라운 일이군요. 과연 그들이 엘프들에게 약속한 조건은 무엇일까요?"

물론 아무도 그 조건에 대해서 알지는 못했다. 우린 소환사인 엘프의 시체를 뒤로하고 다시 신전의 안으로 걸음을 옮겼다.

거대한 복도를 한참 동안 걸어가자 우리들의 눈앞에는 거대한 마신의 동상이 눈에 들어오기 시작했고, 그 앞에는 로브를 입은 몇 명의 마법사와 함께 흰색의 화려한 복장을 하고 있는 여인과 그녀의 시녀인 듯한 세 여자의 모습이 보였다.

마법사들은 우리들이 들어오는 것을 보고는 놀라 손을 들고 공격 마법을 실행한 준비를 했는데, 그들의 대장인 듯한 마법사가 손을 올려 막아서고는 앞으로 걸어나오며 말했다.

"이곳에 들어선 자들이 있다는 것은 알고는 있었지만, 엘프 소환사인 엘리안을 이렇게 빠른 시간 안에 처리하다니 상당한 실력을 지닌 분인 것 같군요."

라이트 마법이 사방에 몇 개 빛을 뿌리고 있었지만 후드를 뒤집어쓴 그들의 얼굴은 보이지 않고 있어 정확한 얼굴 생김새를 알아볼 수가 없었다.

난 그들의 대장인 듯한 남자를 향해 말했다.

"너희들이 왜 이 신전 안으로 들어섰는지 모르겠지만, 우리의 목적은 당신들에게 납치당한 드라피라의 성녀뿐이다. 성녀를 돌려주시지."

나의 말에 그들은 모두 크게 놀라는 듯하더니 자신들과 함께 있는 성녀를 쳐다보고 있었다.

성녀는 그들의 의외의 눈초리를 보고는 고개를 돌려 나를 보며 소리쳤다.

"당신들이 누군지는 모르겠지만 난 부족에게 돌아갈 생각이 없으니 돌아가세요!"

"무슨 소리를?!"

페드로는 그녀의 외침에 이해하지 못하고 소리칠 수밖에 없었다.

"난 이분들과 함께 유온의 땅을 떠나 대륙으로 갈 거예요!"

"말도 안 됩니다. 당신은 자신의 신분을 생각하지 않으시는군요!"

"홍! 그 따위 신분, 내가 버리겠다는데 무슨 상관이에요!"

루드그레인의 말에 그녀는 화가 난 목소리로 소리쳤다. 이 상황을 보니 그녀가 납치된 것이 아니라 스스로의 결정으로 마법사들에게 붙었다는 것을 알 수 있었다.

나의 생각을 알기라도 한 듯 마법사들의 대장인 듯한 자는 우리를 보며 말했다.

"유온 족 전사들에게 쫓기는 분을 도와준 것인데, 그 유명한 드라피라의 성녀라니 당황스럽군요. 왜 유온 족의 전 부족들이 우리를 필사적으로 찾는지 알 것 같군요.”

“그것을 안다면 성녀를 우리에게 넘기시오!”

하지만 페드로의 외침에 그는 고개를 저으며 말했다.

“미안하지만 그것은 할 수가 없소이다. 이 여자가 드라피라의 성녀라면 우리 역시 이곳을 빠져나가는 데 반드시 필요한 존재니까 말입니다.”

“그녀를 인질로 유온의 땅에서 벗어날 생각이군요.”

“예. 아무리 우리라고 해도 유온의 땅에서 전사들의 눈에 띄지 않고 벗어날 수는 없으니까요.”

이렇게 된다면 함부로 마법사들을 공격할 수는 없는 노릇이었다. 녀석들이 드라피라의 성녀를 방패로 해서 우리를 막는다면 녀석들을 공격할 수 없기 때문이다.

그때 루드그레인이 앞으로 나서서는 그들의 대장을 보며 말했다.

“불사의 염원의 마법사인가?”

“오호! 이런 외진 곳에서 우리의 정체를 알고 계신 분이 있다니 놀랍군요.”

불사의 염원의 마법사란 말에 녀석은 상당히 놀라는 듯한 모습을 보이더니 말했다.

“불사의 염원이라니?”

이스트의 질문에 루드그레인은 그들의 조직에 대해서 설명해 주었다.

“불사의 염원이란 조직은 몇백 년 전부터 일부의 마법사들이 불사의 꿈을 이룩하기 위해 만든 조직입니다. 암암리에 대륙의 각 지방에서 인간으로는 해서는 안 되는 생체 실험을 자행하는 자들이지요.”

"설마……."

이스트는 그제야 그들의 존재에 대해서 어느 정도 눈치를 챈 듯했다.

울라인도 섬에서 죽어간 아이들이나 그리픈 시에서 생체 실험에 사용된 수많은 여인들을 어둠으로 몰아간 추악한 마법사들의 조직, 그들이 바로 불사의 염원이란 조직에 속한 마법사들이었던 것이다.

그들의 정체를 알게 된 이스트가 분노를 느끼는 듯 그의 몸에서 살기가 풍겨 나오고 있었다.

"네 녀석들… 울라인도 섬이나 그리픈 시를 알고 있는가!"

이스트의 말에 마법사는 고개를 끄덕이며 말했다.

"물론이지요. 저희 조직의 지부가 있었던 장소이니까요. 오호, 그러고 보니 들은 적이 있습니다."

그는 나를 보며 손가락으로 가리키고는 말했다.

"상당한 마나를 소유하고 있으신 분이라 조금 놀랐는데, 당신이 바로 블러드 스톰이라는 특급용병이시군요."

그의 말에 대답해 줄 기분이 나지 않았기에 난 침묵을 지켰고 그는 그 침묵을 긍정으로 생각했는지 말했다.

"이거… 조직의 상부에서 사사건건 우리의 일을 방해하고 있는 당신에 대해 척살령을 내리는 것에 대해 왜 고민하고 있는지가 이해되는 군요. 이방의 땅인 이곳까지 와서 저희 조직의 일을 방해하시니 말입니다."

"그나저나 왜 이곳까지 온 거지?"

루드그레인은 그를 보며 소리쳤다. 나 역시 자신들의 근거지를 벗어나 사막의 땅인 유온으로 온 것이 궁금할 수밖에 없었기에 그의 대답을 기다렸다.

"하하하! 그것을 물어보는 당신은 답을 알고 있으리라 생각되는데. 안 그런가, 칠인회 양반?"

마법사들의 대장이 크게 웃으며 반문하자 루드그레인은 고개를 끄덕이며 말했다.

"태초에 유일하게 인간에게 불사와 불로의 힘을 줄 수 있었던 인물은 단 세 명, 창조주와 천신 레이뮤, 궁극의 마신 크레이져뿐이었다. 하지만 그 외에 단 한 명의 신은 불로는 아니어도 불사의 힘을 가능하게 할 수 있었지."

"그것이 마신 시드라?"

페드로의 말에 루드그레인은 고개를 끄덕이며 계속 설명을 이어갔다.

"죽음을 담당하는 신인 마신 시드라는 불사의 힘에 관여할 수 있었고 실제 그와의 계약에 의해 불사의 힘을 얻은 자가 고대 마도왕국에는 있었다."

"불사왕 매드 가리스로군요."

"그래, 불사왕 매드 가리스는 마도왕국이 멸망한 후에도 홀로 살아남을 수 있는 존재가 되어 있었지. 그는 죽음을 염원하며 이곳 마신 시드라의 성지에서 100년에 걸친 싸움을 했지만 끝내 그의 염원인 죽음을 얻을 순 없었지. 또다시 대륙을 헤매며 죽음을 찾던 매드 가리스는 죽음에는 이르지 못했지만 영원한 봉인의 방법을 찾고는 스스로를 봉인했다. 불사의 염원이란 조직은 매드 가리스가 대륙을 헤매면서 영원한 봉인의 힘을 찾기 위해 모은 열두 명의 마법사에 의해 조직된 단체, 그들은 영원한 불사의 존재인 매드 가리스의 부활과 함께 그와 같은 불사의 힘을 얻고자 하지."

"하지만 오랜 시간이 지났는데 왜 지금에서야 이곳으로 찾아온 것이죠?"

페드로는 불사의 힘을 준 마신 시드라의 성지를 불사의 염원이란 조직이 왜 지금에서야 찾아왔는지 이상하게 생각되어 그에게 물었다.

"불사왕 매드 가리스는 또다시 자신과 같은 불행을 가진 자가 없기를 바라며 시드라의 성지로 가는 지도와 좌표를 한 거대한 존재에게 맡겼다."

"거대한 존재요?"

"그래. 지상 최강의 종족, 바로 드래곤이지."

"드래곤……."

"하지만 드래곤 역시 유한의 생을 가진 생명체. 시드라의 성지에 관한 지도와 좌표를 가진 드래곤인 에이션트 드래곤 프로란스는 몇 년 전에 정령의 문으로 사라졌고, 이들은 프로란스의 레어에서 지도와 좌표를 훔쳐 드디어 그들 조직의 시작이라 할 수 있는 시드라의 성지에 온 것이지."

도저히 믿을 수 없는 말들이 이어지고 있었다. 불사왕 매드 가리스나 마신 시드라는 인간들에게는 전설과도 같은 인물들이었기 때문이다.

하지만 놀라움은 그들이 더 큰 것 같았다.

루드그레인의 설명을 들은 마법사들의 대장은 떨리는 목소리로 물었다.

"도대체… 넌 누구지……? 칠인회라고 해도 비밀리에 이루어진 에이션트 드래곤에 관련된 일을 알 수는 없었을 텐데?"

"흥! 칠인회의 정체조차 파악하지 못한 네 녀석들이 어떻게 우리를 다 안다고 할 수 있지?"

대륙 전체를 장악하고 있는 대륙 마도 길드와 쌍벽을 이루고 있는 마법 조직인 칠인회. 나에게 그들의 저력은 무서울 정도로 다가오고 있었다. 마치 대륙의 모든 일을 알고 있는 듯한 그들이었기 때문이다.

"크크크… 과연 칠인회라는 건가."

마법사는 루드그레인의 말에 웃음을 짓더니 천천히 드라피라의 성녀에게 가서는 그녀의 팔을 꺾어서는 자신의 앞으로 내밀었다.

"꺄악! 왜 그래요, 도리스!"

"미안하지만 당신의 소원은 들어줄 수 없을 것 같군."

"도리스!!"

드라피라의 성녀는 갑작스런 그의 행동에 놀란 표정을 지었다.

"당신들의 목적이 이 여자라면 어쩔 수 없이 이 여자를 이용할 수밖에 없군요."

"치졸하군. 마신의 인장을 얻기 위해 지금까지 너희들을 믿어왔던 여인을 이용할 셈인가?"

루드그레인은 도리스란 마법사에게 이를 갈면서 말했다.

"예. 솔직히 지금 우리의 전력으론 특급용병과 당신을 이길 수 없다고 판단되니까요."

도리스는 천천히 팔을 꺾은 드라피라의 성녀를 끌고 거대한 마신의 석상 밑에 위치한 제단으로 몸을 옮기기 시작했다.

제단의 한가운데에는 청동으로 만든 상자가 놓여져 있었는데, 그곳에 이들이 말하는 마신의 인장이라는 것이 들어 있는 듯했다. 루드그레인은 그것을 보곤 놀라서 소리쳤다.

"미친 짓이다! 삼만의 계단에 잠들어 있는 마족들을 깨울 셈인가?!"

루드웨어의 외침에 다른 이들 역시 놀라지 않을 수 없었는데, 계단에서 잠들어 있는 수많은 마족들이 깨어난다면 유온령은 한순간에 지옥으로 변할 수도 있기 때문이다.

"유온의 땅이야 어찌 되든 우리에겐 상관이 없는 일이니까요. 아니, 오성신의 사제들은 크게 반기겠군요. 그들이 눈엣가시처럼 느끼던 대륙의 이방인들을 손도 안 대고 쓸어버릴 수 있으니까 말입니다."

"도리스, 무슨 말을……!"

성녀는 그의 말에 크게 놀라 소리쳤지만 도리스는 음흉한 웃음을 지으며 반문했다.

"성녀께선 무엇을 그리 놀라십니까? 어차피 성녀가 사라지면 유온족이 물을 찾지 못하여 이 땅에서 사라질 것은 예견된 일이 아니었습니까?"

"하지만……."

"웃기는군요. 물이 없는 사막의 땅에서 고통스럽게 죽는 것보다야 차라리 마족에 의해 한순간에 전멸당하는 편이 더 인간적이지 않습니까?"

도리스의 말에 성녀는 떨리는 목소리로 말했다.

"하지만… 난… 난 유온 족 여인들의 삶을 살고 싶지 않았을 뿐이란 말이야."

유온 족의 여인들. 드라피라의 성녀가 유온의 17개 부족의 모든 계급에서 최고의 위치를 차지하고 있다고는 하지만 부족의 부족장과 결혼하고 다시 새로운 성녀가 탄생하면 그 삶은 보통의 여인으로 바뀌고 만다.

전통적인 부계 사회인 유온 족의 여인들은 일부다처제의 사회에서 아무런 발언권이나 자유도 없이 노예처럼 살아가야 하는 운명, 그것은 최고의 계급인 드라피라의 성녀에게는 어쩌면 두려움으로 다가왔으리라.

가진 자가 자신이 지니고 있는 것을 빼앗겼을 때의 공허함에 그녀는 두려워하며 대륙으로 도망치려 했던 것이다.

"크크크, 자신을 가두려는 속박에서 벗어나고자 수많은 동족의 목숨을 아랑곳하지 않는다라… 생각보다 당신은 우리의 조직과 비슷한 생각을 가지고 있었군요."

"제발… 도리스."

"미안하군요. 전 저의 일을 포기할 생각은 없습니다."

그 말과 함께 도리스는 청동의 상자를 제단에서 들어 올렸고, 그 순간 엄청난 어둠의 기운이 제단에서 빠져나오기 시작했다.

"젠장! 마족의 봉인이 풀렸다!"

루드그레인은 도리스란 자가 청동의 상자를 들어 올리자 소리쳤다. 제단에서 빠져나온 어둠의 기운은 빠른 속도로 신전에 퍼져 나가기 시작했고, 우리가 지나왔던 길 쪽으로 퍼져 나가면서 이상한 소리가 들려오기 시작했다.

우… 우… 우…….

마치 통곡의 울음소리와도 같은 그 소리는 어둠의 기운이 퍼져 나감에 따라 점점 커져 갔고, 얼마 지나지 않아 마물의 괴성 소리가 신전 내부를 뒤흔들기 시작했다.

크아악!!

우어어억!!

서서히 밀려드는 괴성은 이제 얼마 지나지 않으면 우리가 있는 마신 시드라의 제단에 이르게 될 것이다.

"도리스!"

루드그레인이 더 이상 참지 못하고 몸을 날려 도리스란 마법사에게 뛰어가고 나 역시 검을 뽑아 쇄도해 들어갔다.

"파이어 볼!!"

그 순간 앞에 있던 마법사들은 우리를 향해 일제히 마법을 시전했고, 일곱 개의 파이어 볼이 나와 루드그레인을 향해 날아왔다.

"실드!"

"하압!"

루드그레인은 실드 마법을 사용하여 네 개의 파이어 볼을 튕겨냈고, 난 검을 휘둘러 나를 향해 날아오던 세 개의 파이어 볼을 잘라낸 뒤 우리를 공격했던 마법사들을 공격해 갔다.

마법사들은 주문 영창 시에 시간이 있기 때문에 근접전이 불가능했고, 빠른 시동을 위해 메모라이즈가 있다고는 하지만 저급의 스펠만이 가능했기에 높은 서클의 마법사가 아니라면 근접 전투는 상당히 약한 부류였다.

난 빠르게 몸을 날려 나에게 파이어 볼을 사용한 마법사들을 베며 성녀를 잡고 있는 도리스란 마법사를 향해 몸을 날리면서 루드그레인을 잠시 살펴봤는데, 높은 서클의 마법사인 그는 쉽게 자신을 막는 마법사들을 처리하고는 나의 옆에서 뛰어오고 있었다.

나와 루드그레인이 한순간에 쓰러뜨린 마법사의 숫자는 네 명. 나머지 세 명은 우리의 등을 향해 마법을 사용하려고 했지만 페드로와 이스트 역시 가만히 있지 않았기에 등 뒤의 공격에서 벗어날 수 있었다.

"마나의 힘이여, 그 거대한 힘을 들어 대지를 가르라! 어스퀘이크!!"

이미 우리가 쇄도해 들어오는 것을 보며 주문을 외우고 있던 도리스는 마지막 스펠을 외치며 어스퀘이크 마법을 시전했고, 그 순간 엄청난 지진이 신전 내부를 뒤흔들기 시작했다.

"현자급 마도사!!"

각 마법사들은 그 서클에 따라 급수가 달라진다. 1에서 3서클은 초급에서 상급, 4에서 5서클은 지자급, 6에서 7서클은 현자급으로 분류된다. 도리스란 남자가 시동한 어스퀘이크란 마법은 현자급의 마도사 중 7서클 마스터에 해당하는 자만이 사용할 수 있는 마법이었기에 그는 상당한 실력의 소유자라고 할 수 있었다.

크게 흔들리는 대지에 의해 오랜 시간 동안 유온 족의 대지에 서 있던 신전이 부서져 가기 시작했다. 천장이 갈라져 우리의 주위로 돌이 떨어지고 있었기에 루드그레인과 난 쇄도해 가는 것을 멈출 수밖에 없었다.

"여기에 있는 모두를 죽일 셈인가!!"

"하하하! 마신 시드라의 인장을 얻었으니 그 제물이 있어야 하지 않겠습니까!!"

그 말과 함께 도리스는 우리를 향해 성녀를 집어 던졌다.

"꺄아악!!"

성녀가 외마디 비명과 함께 제단에서 떨어지자 난 몸을 날려 간신히 떨어지는 성녀를 받을 수 있었다. 하지만 그 시간에 이미 도리스는 플라이 마법을 사용하여 마신의 인장을 가지고 도망치고 있었다.

"페드로!! 성녀를 부탁한다!!"

"젠장! 블러드 스톰님! 지금 녀석들을 쫓을 때가 아닌 것 같습니다!"

나의 말에 페드로는 무엇인가에 놀라 우리를 향해 뛰어오고 있었는데, 싸움을 멈춘 마법사와 페드로들의 뒤로 무엇인가가 빠른 속도로 밀려들어 오고 있었다.

[쿠아악!!]

[크아앙!!]

복도를 시끄럽게 울리던 괴성의 주인들이 드디어 우리가 있는 곳까지 다다른 것이다.

"라이트 볼!!"

루드그레인은 복도를 향해 라이트 볼을 집어 던졌고, 그 빛과 함께 복도를 가득 메우고 있는 수천의 마족과 마물들의 모습이 드러났다.

하지만 우리를 더욱 놀라게 한 것은 그들이 아니었다. 라이트 볼이 멀리 날아가면서 우리들의 눈앞에 엄청난 존재가 그 모습을 드러냈기 때문이다.

"데쓰 드래곤?"

신전의 문지기였던 엄청난 몸집의 드래곤, 유온 족의 선조들이 말하던 가루드의 눈이라는 존재가 데쓰 드래곤이 되어 눈을 뜨게 된 것이다.

아마 마신의 인장을 도리스가 들어 올림으로써 가루드의 눈까지 부활시킨 것 같았다.

"까아악!!"

데쓰 드래곤의 모습이 드러나자 성녀의 시중을 들던 시녀들은 비명을 지르며 패닉 상태에 빠졌기에 난 도리스를 추적하는 것을 멈출 수밖에 없었다.

"페드로! 이스트! 시녀들을 업고 도망쳐라!!"

"젠장! 이런 판에… 알았다구!!"

"예."

페드로와 이스트는 어깨에 세 명의 시녀들을 재빨리 들쳐 업고는 도리스가 도망친 방향으로 도망쳤고, 나 역시 도리스에게 밀려 떨어지면서 정신을 잃은 성녀를 업고는 뛰기 시작했다.

[끄아악!!]

[으악!!]

어느새 잠에서 깨어난 마족들은 우리들의 눈앞까지 닥쳐왔고, 체력이 약한 마법사들은 뒤처지다가 수많은 마족들의 공격에 비명을 지르며 죽어가고 있었다.

[쿠오오오!!]

그때 엄청난 마나의 열풍이 우리를 향해 밀려오며 마법사들을 죽이고 있는 마족들을 쓸어버리며 밀려오기 시작했다. 데쓰 드래곤의 브레스가 터진 것이다.

"우악!!"

"메가 실드!!"

이스트와 페드로는 그 엄청난 브레스에 뛰던 것을 멈추고 말았는데, 그때 마법의 시동어가 외쳐지며 우리들의 주위에 푸른색의 막이 덮어씌워졌다.

쿠구구궁!!

거대한 복도를 꽉 채우면서 밀려 들어온 브레스가 우리를 덮쳤지만 다행히 실드는 브레스의 열기에서 우리를 보호해 줬다.

"브레스로 인해 복도의 공기가 모두 소실됐을 겁니다. 아마 도리스란 자 역시 살아남지 못했겠지요."

루드그레인은 우리들의 곁으로 다가와서 말했다.

얼마 지나지 않아 엄청난 화염의 브레스는 사라지고 일대는 브레스로 인해 검게 그슬려져 있었다.

"마나의 힘이여, 그대의 힘으로 차원의 길을 열어라! 텔레포테이션 게이트!!"

루드그레인의 시동어가 터지자 메가 실드 안의 가운데에 푸른색의 빛이 형성되면서 사람 한 명이 빠져나갈 정도의 크기로 커져 갔다.

"이미 신전에는 모든 공기가 사라졌기에 텔레포테이션 게이트로 도망갈 수밖에 없습니다. 자, 빨리 안으로 들어가십시오."

루드그레인의 말에 페드로와 이스트는 게이트 안으로 몸을 날렸는데, 난 또다시 루드그레인이 주문을 외우는 것을 보며 그가 무슨 일을 하려 한다는 것을 깨닫고는 기다렸다.

[쿠오오!!]

데쓰 드래곤은 이제 백 미터 정도의 앞으로 다가서고 있었지만, 루드그레인은 그런 것에는 아랑곳하지 않고 정신을 집중해서 주문을 외우고 있었는지라 난 마검에 마나를 집중하기 시작했다.

그의 주문이 언제 끝날지도 모르기에 그에게 접근하는 마족들을 막을 사람은 나밖에 없기 때문이다.

하지만 다행히도 그의 주문은 마족과 데쓰 드래곤이 우리를 덮치기 전에 끝나 그의 두 손에는 푸른색의 엄청난 마나가 모여 있었다.

"블러드 스톰 씨, 아직 게이트로 들어가시지 않았군요."

"당신이 무엇을 할지 모르니까."

나의 말에 루드그레인은 미소를 짓더니 말했다.

"이거, 그럼 저를 지켜주시려고 남았던 겁니까? 하하, 영광인데요."

“무엇을 하려는 거지?”

나의 말에 그는 우리에게 다가오는 마족들과 데쓰 드래곤을 두 손으로 가리키며 말했다.

“저들이 이 신전을 빠져나간다면 무슨 일이 벌어질지 잘 아는데 그냥 나갈 수는 없지 않습니까. 증폭!”

그의 오른손에서 빛나고 있던 푸른색의 빛은 시동어가 울려 퍼지자 눈부실 정도로 밝게 빛을 내며 왼손에서 다시 생성된 빛을 감싸고는 엄청난 힘으로 요동 치고 있었다. 난 그의 실력에 대해서 의심이 들 수밖에 없었다.

“당신 정말 6서클의 마도사인가?”

“글쎄요. 6서클일까요?”

나의 질문에 오히려 반문한 그는 다가서는 마물들을 향해 마지막 시동어를 외쳤다.

“디스트레이션 어스퀘이크!!”

그의 시동어와 함께 사방에서 아까 도리스라는 마법사가 사용했던 어스퀘이크와는 차원이 다른 지진이 일어나기 시작했고, 난 그 엄청난 흔들림에 중심을 잡지 못하고 자리에서 쓰러지고 말았다.

[쿠아악!!]

[우어억!!]

대지는 마치 멸망의 시간의 대변동과 같았다. 사방의 벽이 뒤흔들리고 부서지며, 또 땅이 갈라지면서 시뻘건 용암의 물결 속으로 마물들을 집어삼키기 시작했다.

엄청난 크기의 데쓰 드래곤마저 갈라진 땅의 틈새로 빠져 괴성과 함께 용암으로 사라져 갔고, 거대한 물체가 떨어지자 용암은 크게 치솟아

올라 사방으로 분출되기 시작했다.

수십 년의 시간 동안 대륙을 돌아다니며 현자급의 마도사들을 꽤 만나보았던 나지만, 나의 옆에 있는 루드그레인과 같은 마법을 사용한 자는 본 적이 없었다.

과연 이것이 인간이 사용한 마법일까 하는 의심이 들 정도로 엄청난 마법에 우리를 덮치던 마족들은 용암 속에서 고통의 괴성을 지르며 사라져 갔다.

"뭐 하십니까! 빨리 게이트로 들어가십시오! 이제 이곳은 대륙의 지도에서 완전히 모습을 감출 겁니다!!"

대지의 변동은 이제 마족들과 데쓰 드래곤을 지나 우리들을 집어삼키기 위해 밀려오고 있었기에 루드그레인은 다급하게 소리쳤고, 난 엄청난 지진 속에서 간신히 몸을 지탱하고 게이트 안으로 몸을 날렸다.

푸른색의 긴 차원 속으로 나의 몸이 빠져들어 가는 것을 느꼈고, 나의 뒤로는 엄청난 용암의 물결이 밀어닥쳐 오고 있었다.

"디스펠 매직!!"

차원의 흐름 속에서 중심을 잡지 못하는 나와는 반대로 그는 능숙하게 몸을 움직이더니 디스펠 매직의 시동어를 외치며 게이트를 닫아 텔레포테이션 게이트로 밀려오는 용암을 완전히 차단했다.

하지만 이미 차원의 흐름 속으로 들어온 용암이 상당수였기에 이렇게 가다간 흘러들어 온 용암에 의해 게이트를 나가자마자 불에 타 죽을 것은 확실했는데, 그는 그것도 예상했는지 다음 주문을 급하게 외우기 시작했다.

게이트의 반대 편으로 도착할 시간이 얼마 남지 않아 지체할 시간이 없었기 때문이다.

"아이스 볼!!"

시동어를 소리치자 그의 손에서 얼음의 마법공이 터져 나오면서 밀려들어 오는 용암을 얼려 버렸고, 순식간에 용암은 검은색의 돌이 되어 버렸다.

"게이트의 끝입니다!"

루드그레인의 목소리와 함께 눈앞으로 들어올 때와 같은 푸른색의 빛이 보이자 나는 빛 속으로 몸을 날렸다.

"하압!!"

게이트에서 빠져나온 난 떨어지는 와중에서도 몸의 중심을 잡아 착지했고, 이어 떨어지는 루드그레인의 몸을 잡고는 방향을 잡아 몸을 날렸다.

쿠구궁!!

게이트 속에서 드디어 아이스 볼로 얼어버린 용암이 돌이 되어 떨어졌고, 엄청난 굉음과 함께 거대한 돌이 우리를 향해 밀려왔다.

"진동검!!"

하지만 우리가 있는 곳은 사방이 막혀져 있는 방이었기에 더 이상 피할 곳이 없다고 생각한 난 검을 뽑아 우리에게 밀려오는 돌을 향해 소드 브레이커 기술의 하나인 진동검을 사용해 베어냈다.

콰과광!

진동검에 부딪친 검은색의 돌은 사방으로 굉음을 내며 산산조각나고 있었지만, 게이트에서 밀려오고 있는 거대한 검은색의 바위는 끝을 보이지 않고 있었다.

그만큼 게이트로 밀려온 용암의 양이 엄청났기 때문이다.

난 루드그레인을 집어 던지고 두 손을 사용하여 온몸의 마나를 돋워 밀려들어 오는 검은색의 바위를 향해 진동검을 계속 휘둘렀고, 돌은 사방으로 파괴되어 날아가기 시작했다.

그러기를 일 분여… 엄청난 크기의 검은색 바위가 이제 끝을 보이며 게이트를 빠져나왔다.

쿠구궁!

게이트에서 빠져나온 바위는 굉음과 함께 고막을 찢어뜨릴 정도의 굉음과 함께 바닥으로 떨어졌고, 난 그제야 진동검을 멈출 수가 있었다.

게이트 내의 모든 것이 빠져나오자 서서히 게이트의 문이 닫혔고 방은 어둠으로 채워졌다.

잠시 후 손가락을 마주치며 내는 소리가 들리자 방 안은 라이트 마법이 켜지면서 밝아졌다.

"페드로! 이스트!"

난 혹시 우리를 기다리다가 이 바위에 두 사람이 다치지는 않았을까 걱정되어 소리쳤는데, 바위의 한편이 열리면서 시녀들, 그리고 한 명의 마법사와 함께 나타났다.

"여깁니다, 블러드 스톰님."

"다행이군."

난 그들이 안전한 것을 보고 나서야 마음을 안정시킬 수 있었다. 나와 함께 게이트에서 빠져나온 루드그레인은 로브에 묻은 돌의 파편들을 치우고는 말했다.

"굉장하군요. 과연 소드 오버러네요."

루드그레인이 자리에서 일어나자 황급히 페드로들과 같이 있던 마법사가 뛰어와서는 얼굴을 일그러뜨리며 말했다.

"총회주, 도대체 이게 무슨 일입니까?"

"총회주!!"

페드로와 이스트는 그 마법사의 말에 놀라는 표정을 지었고, 나 역시 놀라움을 감출 수가 없었다. 루드그레인은 대륙에서 쌍벽을 이루는 마법 조직의 하나인 칠인회의 총회주였던 것이다.

루드그레인의 마법 실력을 보며 그가 단순한 마법사가 아니라는 것은 알았지만, 설마 칠인회의 총회주일 것이라고는 생각지도 못하고 있었다.

"어쩌다 보니 일이 이렇게 됐군. 그나저나 출발지의 이 바위들을 치울 것이 문제로군."

"뭐가 문젭니까. 총회주께서 만드신 일이니 알아서 다 치워야지요."

"엥? 말이 그렇게 되는 건가?"

루드그레인은 그 마법사의 말에 놀랐는지 머리가 아프다는 듯한 표정을 지었고, 루드그레인의 모습을 보며 마법사는 고소하단 표정을 짓고 있었다.

"젠장! 어떻게 이걸 다 치운다지? 드리드! 2회주는?"

"라디안님은 소식을 받고 이곳으로 오고 계십니다."

"음……."

한참을 무엇인가 생각하고 있던 루드그레인은 나를 보며 말했다.

"일단은 이곳에서 잠시 머물도록 하시지요."

"여긴 어딥니까?"

"칠인회의 제1출발지입니다. 급하게 텔레포테이션 게이트를 잡을 좌표가 여기밖에 생각나지 않더군요."

그가 말하는 제1출발지가 무엇인지는 모르겠지만 이곳이 칠인회의 건물이라고 생각할 수밖에 없었다.

"이분들은 제4접견실로 모시도록 하게."

"예, 총회주."

루드그레인의 말에 우린 드리드란 마법사의 안내를 받으며 제4접견실로 향했다. 괴이하게도 건물 안의 몇 개의 텔레포트 마법진을 더 지나서야 우린 제4접견실이란 곳에 도착할 수 있었다.

난 왜 한 건물 안에 텔레포트 마법진을 이렇게 많이 설치했는지 그 이유를 알 수 없었지만, 일단은 그런 것들이 다 칠인회의 비밀이라고 생각하면서 물어볼 수가 없었다.

우리가 도착한 접견실 안에는 한 명의 젊은 마법사가 조용히 차를 마시며 앉아 있었는데, 드리드란 자는 그 청년 마법사에게 공손하게 인사를 하고는 다른 곳으로 사라졌다.

"자, 이리로 앉으시지요."

청년 마법사는 자리에서 일어나 공손하게 우리에게 말했고, 난 그의 지시대로 접견실의 소파에 앉았다. 얼마 지나지 않아 여자 마법사가 차를 우리들에게 가져다 주었기에 어느 정도 신전 안에서 있었던 흥분이 가라앉을 수 있었다.

"소개하지요. 전 이곳 칠인회의 2회주인 라디안이라고 합니다."

난 이렇게 젊은 마법사가 칠인회의 2회주라는 말에 조금 의아하기는 했지만, 그와 비슷하게 젊은 나이인 루드그레인이 총회주였기 때문에 어느 정도 의아함을 줄일 수 있었다.

"블러드 스톰이라고 합니다."

"아! 당신이 특급용병으로 이름난 블러드 스톰이란 분이시군요. 만나뵈어서 반갑습니다."

일행이 라디안에게 자신들의 소개를 하고 있을 때 문이 열리면서 한 명의 마법사가 들어왔는데 그는 바로 루드그레인이었다.

"라디안, 오랜만이다."

"예, 오랜만이군요. 하지만 그 오랜만에 조금 문제가 있는 것 같군요."

"거참, 미안하다구. 나도 일이 이렇게 복잡하게 꼬일 줄은 몰랐다고."

"뭐, 총회주님께서 하시는 일이 어디 꼬이지 않는 일이 있었습니까? 대충 넘어가도록 하지요."

"쳇!"

우린 칠인회에서 하루를 머문 후에 출발지라는 곳에 임시적으로 뚫린 문을 통해 다시 유온의 땅으로 들어설 수 있었다.

"칠인회가 유온의 사막에 위치해 있었던 건가?"

"글쎄요, 그런 것 같지는 않습니다."

어느 정도 물품을 얻어 밖으로 빠져나오자 우리가 나왔던 건물은 그 모습이 사막의 땅에서 완전히 사라져 버렸기에 넓은 사막만이 우리들의 눈앞에 드러났다.

페드로는 투명하게 변하여 보이지 않는 건물을 손으로 만져 본 후 고개를 끄덕이며 말했다.

"일루션으로 그 모습을 감추었군요. 과연 이렇게 되면 어느 누구도 찾을 수 없겠지요."

일루션으로 모습을 감춘 건물의 한편에서 루드그레인의 모습이 드러났고, 그는 우리를 향해 방향을 말해 주었다.

"이곳에서 서쪽으로 20킬로미터를 가면 레던 강이 보일 겁니다. 강을 따라 북쪽으로 올라가면 여러분들이 처음 오셨던 유온 족의 카일라드 부족의 부락이 나타날 겁니다. 거기까지 배웅해 드리고 싶지만 칠인회에서 남은 일이 많아 동행할 수가 없군요. 그럼 언젠가 다시 만날 날을 기대하겠습니다."

그 말과 함께 루드그레인은 손을 흔들며 다시 일루션으로 가려진 건물로 사라졌고, 우린 사막의 땅에 남았다.

우리의 옆에서 성녀는 피폐한 얼굴로 고개를 숙이고 있었고, 시녀 역시 그녀의 모습과 다르지 않았다.

"가자!"

루드그레인이 말해 준 방향으로 우린 걸음을 옮겼고, 간신히 저녁쯤에 이르러서야 카일라드 부족의 부락에 도착할 수 있었다.

우리가 드라피라의 성녀를 되찾아왔다는 것이 알려지자 부족은 축제 분위기로 바뀌었고, 우린 귀빈의 대접을 받으며 성에서 머무를 수 있었다.

하지만 과연 드라피라의 성녀는 행복할까? 자신을 믿는 사람을 배신하며 다른 사람을 믿었지만 그녀는 배신당하고 말았다.

유온의 모든 여인이 가지고 있는 틀에서 벗어나려고 했던 여인은 다시 틀 속으로 돌아온 것이다.

축제가 한창일 무렵 드라피라의 성녀가 찾아왔다.

"무슨 일이십니까?"

페드로의 말에 그녀는 조용히 우리에게 감사의 인사를 하고는 말했다.

"저를 구해주신 여러분들께 감사의 인사를 하고 싶었습니다. 그럼 이만……."

　페드로의 말에 아무 표정 없이 감사의 인사를 한 성녀의 뒷모습은 초라하기 그지없었다. 최고의 신분을 가진 여인은 이제 가두어진 틀로 걸어가고 있는 것이다.

　모든 것을 포기하며 남자의 뜻에 따라 평생을 살 수밖에 없는 유온족 여인들의 틀 속으로 말이다.

제14장 밀루타의 탑

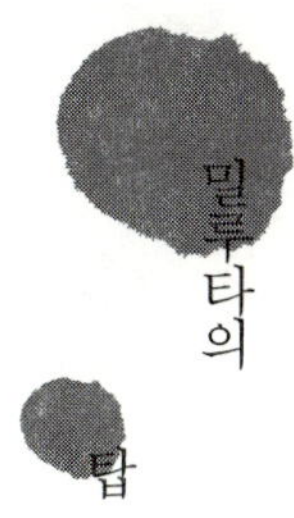

밀루타의 탑

유온 족의 전사 아바르니아드는 불타는 탑으로 올라갔다.

사방이 불바다가 된 밀루타의 탑은 이제 서서히 붕괴의 조짐이 보이기 시작했고, 창밖으로 보이는 무너지는 탑의 주위에는 많은 사람들이 불타는 탑을 보며 안타까워하는 모습이 보였다.

"길리안!! 타루니아!!"

밀루타의 탑으로 아들 길리안의 세례를 받기 위해 간 아내 타루니아의 모습은 어디에도 보이지 않았다.

제발 살아 있기만을 빌며 아바르니아드는 불타는 탑을 오르고 있었지만 불타 버리고 질식사해서 죽은 시체만이 여기저기 뒹굴고 있을 뿐 아들과 아내의 모습은 어디에도 보이지 않았다.

쿠구궁!!

석벽이 무너지는 소리가 들려오기 시작하자 아바르니아드는 한시도 지체할 시간이 없다는 생각에 밀루타의 탑 계단을 오르며 아들과 아내의 이름을 불러 보았다.

"길리안!! 타루니아!!"

절규에 찬 그의 목소리가 탑 안을 울리고 있었지만 대답의 목소리는 어디에도 들리지 않았고, 드디어 그가 있는 곳의 벽도 서서히 금이 가기 시작했다.

카일라드 부족의 부락에서 며칠간 극진한 대접을 받으며 지내던 우리는 이제 떠날 때가 됐다고 생각하고는 부족장에게 이스트가 가지고 있는 지도를 보여주었다.

"음… 어디서 많이 본 듯한 곳인데 생각이 잘 안 나는군. 하지만 관리 책임자인 벤테르스트는 알 것 같으니 잠시만 기다려 보시오."

카일라드 부족의 부족장 샤리아나티드는 지도를 보며 지형이 낯설지는 않다고 생각하는 듯했고, 얼마 지나지 않아 들어온 관리 책임자인 벤테르스트에게 지도를 보여주었다.

벤테르스트는 지도를 한참을 들여다보더니 생각이 났는지 고개를 들어 말했다.

"이제야 생각이 나는군요. 예, 이곳이 어딘지 알고 있습니다."

"어딥니까?"

드디어 보물의 장소를 발견했다고 생각한 이스트는 궁금한 얼굴로 벤테르스트를 보며 말했다. 그는 큰 지도를 가져와서 바닥에 깔고는 한곳을 지적해 주었다.

"바로 여깁니다."

"여긴!"

벤테르스트가 가리킨 곳을 본 부족장은 크게 놀란 표정을 지었는지라, 우린 그곳에 대해서 궁금하지 않을 수 없었다.

"도대체 거기가 어딘데 그렇게 놀라십니까?"

"이곳은 저주받은 탑이라 불리는 밀루타의 탑이 있는 산입니다."

"밀루타의 탑?"

이스트의 물음에 벤테르스트는 고개를 끄덕이며 설명해 주기 시작했다.

"예. 사실 200년 전만 해도 밀루타의 탑은 유온 족 안에서 가장 성스러운 탑으로 태어난 아이들이 제일 처음 세례를 받던 곳입니다. 하지만 무슨 일인지 탑에서 화재가 나고 그 당시 태어난 50명의 아이와 부모들이 불에 타 죽고 만 사건이 일어났습니다. 그렇게 일이 끝났으면 괜찮았겠지만, 밀루타의 탑의 신성의 힘이 잘못 작용되었는지 안에서 죽어간 아이와 부모들의 원혼이 안타깝게도 탑에 갇혀 빠져나오지 못하게 되었습니다."

"성스러운 공간에서 죽은 원혼이 빠져나오지 못하다니요?"

페드로의 물음에 벤테르스트는 고개를 저으며 말했다.

"그 이유에 대해선 아직까지도 밝혀지지 않고 있습니다. 지금까지 수많은 주술사들이 원혼을 해방시키기 위해 탑 안으로 들어갔지만, 그 중에서 살아남은 자는 단 한 명도 없습니다. 모두 칼에 목이 베여 알 수 없는 힘에 의해 창밖으로 던져졌으니까요. 그런 이유로 이곳은 세례의 탑에서 저주받은 탑으로 바뀌게 된 것이지요."

저주받은 탑, 그곳에는 과연 무슨 비밀이 있는 것일까? 200년 동안 빠져나오지 못한 희생자들의 원혼과 주술사들의 죽음.

"솔직히 여러분들이 그곳으로 가시는 것을 만류하고 싶군요."

벤테르스트는 수많은 주술사들이 의문의 죽임을 당한 장소로 부족의 은인을 보내고 싶지 않았는지 간곡한 음성으로 말했지만 이미 이스트는 결정한 듯했다.

"그까짓 원혼이 무서워 떤다니, 난 끝까지 가겠어."

"이스트, 간단한 문제가 아니다. 유온 족의 주술사라면 대륙의 마법사들과 같은 자들, 아니, 어쩌면 한 원소에 관해선 마법사들보다 한 수위의 존재들이다. 그런 사람들이 단 한 사람도 살아서 나오지 못했다면 무엇인가 강한 존재가 밀루타의 탑에 자리를 잡고 있다는 뜻이라고."

페드로는 이스트가 또다시 고집을 부리자 만류하기 위해 말했지만, 그는 쉽게 고집을 꺾지 않았다.

"흥! 가기 싫다면 말라고. 나 혼자라도 갈 테니까 말야."

"네 녀석!!"

그의 고집에 이제 페드로도 지쳤는지 둘은 험악한 인상을 쓰며 당장이라도 싸움을 할 기세였다.

"두 사람 다 그만둬라."

난 카일라드 부족장의 앞에서 서로 인상을 구기고 있는 두 사람을 말리고는 벤테르스트에게 말했다.

"이곳으로 안내할 사람을 한 명 소개해 주셨으면 합니다."

"블러드 스톰님!"

"결정된 일이다. 더 이상의 토를 달지 말아라, 페드로."

"…예."

나의 말에 페드로는 어쩔 수 없다는 표정을 지으며 자리에 앉았고, 이스트는 자신의 의견대로 결정되자 기뻐하는 얼굴로 자리에 앉았다. 나의 결정을 들은 벤테르스트는 한참을 생각에 잠겨 있다 말했다.

"블러드 스톰님께서 결정하셨다면 어쩔 수 없군요. 부족장님."

"말하라."

"부족의 은인 분들을 제가 직접 안내하고자 합니다. 잠시 자리를 벗어날 수 있게 허락해 주십시오."

"음. 좋다, 벤테르스트. 하지만 자네의 일은 막중하니 빠른 시일 안에 돌아오길 바란다."

"예."

이렇게 해서 우린 카일라드 부족의 관리 책임자인 벤테르스트의 안내를 받으며 밀루타의 탑으로 갈 수 있게 되었다.

밀루타의 탑은 레던 강을 따라 북부로 약 170킬로미터 떨어진 곳으로 소비에르 제국의 국경과 유온 족 자치령의 국경 부근 산맥에 위치한 곳이었다.

또다시 시작된 여행길이었지만 다행히 유온 족의 생명줄이라는 레던 강을 거슬러 오르는 길이었기에 전과 같이 사막의 땅을 걸어가는 일은 없었던지라 어린 레비나와 레이드는 조금 편하게 길을 갈 수 있었다.

하지만 레던 강을 따라 올라가는 북부 쪽은 아직 미개척지로 상당한 수의 마물들이 살고 있는 곳이었기에 경계를 늦출 수는 없었다.

솔직히 위험도를 따진다면 차라리 사막의 땅을 걷는 편이 여행자들에게는 안전한 길이라고 할 수 있을 것이다.

"하압!!"

벌써 세 번째였다. 이 주변은 야행성 마물인 코볼트가 자리를 잡은 곳이기에 한밤중에는 매번 코볼트의 습격에 대비해야 했다.

이십여 마리의 코볼트가 조잡하게 만들어진 나무 몽둥이를 들고는 습격해 왔고 이스트와 페드로, 나는 공격해 오는 녀석들을 쓰러뜨려 갔다.

어느 정도 시간이 지나 많은 수의 동료들이 죽임을 당하자 겁먹고 물러서기는 했지만, 언제 다시 많은 수가 몰려들어 올지 모르기 때문에 방심하고 있을 수만은 없었다.

"젠장! 뭔 놈의 코볼트가 이렇게 많은 거야?"

처리하는 것이 그리 힘든 것은 아니지만 밤이 되면 밀려오는 코볼트에 이스트는 짜증을 내며 투덜거리고 있었다.

"원래는 유온 족의 각 부족 전사들이 각 요소마다 파견된 곳이지만, 밀루타의 탑으로 가는 사람들이 적어지자 이 주변은 그대로 방치되었기 때문에 근처에 있는 마물들이 몰려와 터를 잡은 것이지요."

벤테르스트는 많은 수의 코볼트가 이곳에 터를 잡고 있는 이유를 말해 주었다.

소비에르 제국과 유온 족의 국경에 위치한 산맥은 많은 마물들이 서식하는 곳으로 유명한 곳이었다. 하급 마물인 코볼트의 경우에는 그곳에서 중상급 마물들에게 서식지를 뺏기고 대거 남하하여 유온 족의 레던 강에 서식하고 있었다. 그리고 그 밖의 다른 하급 마물들 역시 많은 수가 존재하고 있는 곳이 바로 레던 강의 북부 지대였기 때문에 유온 족들은 금싸라기 땅을 차지하기 위해 많은 부족 전사가 수백 년 동안 이곳을 지키며 가장 고향의 땅과 가까운 곳에 세례의 탑인 밀루타의 탑을 세운 것이다.

하지만 밀루타의 탑이 저주를 받으며 그 효용성이 떨어지자 전사들은 많은 희생을 내고 있는 이곳을 버리기로 결정한 것이다.

며칠을 코볼트와 많은 마물들의 공격을 버텨가며 우린 간신히 밀루타의 탑에 도착할 수 있었다.

과거 밀루타의 탑을 태운 엄청난 화재는 거대한 밀루타의 탑의 윗부분을 완전히 허물어 버리기는 했지만 아직도 탑의 아랫부분은 남아 있었다. 탑의 여기저기에는 산맥의 덩굴 식물에게 점령되어 으스스한 모습을 그대로 드러내고 있는 폐허가 되어 있었다.

하지만 과거의 그 웅장함은 아직도 사라지지 않았는데, 눈에 보이는 높이만 해도 몇십 미터는 족히 넘을 듯한 탑은 반 이상이 무너져 내렸다고는 하지만 전체 35층 중 17개 층은 널려진 탑의 파편들과 함께 대지에 그 몸을 세우고 있었다.

탑으로 들어가는 거대한 문의 내부 모습은 뜨거운 태양으로 유명한 유온의 땅에서 짙은 어둠을 자아내고 있었는지라 보는 이로 하여금 음산한 기운을 전해주고 있었다.

이스트는 막상 이곳으로 오기는 했지만 벤테르스트의 이야기도 들은 적이 있는지라 선뜻 들어가지 못하고 있었다. 난 옆에서 탑을 보고 있던 헤레나에게 말했다.

"헤레나는 이곳에서 레비나와 레이드와 함께 남아 있고, 페드로, 이스트는 나를 따라 탑으로 올라간다."

나의 말에 헤레나는 고개를 끄덕였는데, 멍하니 탑을 보고 있던 레이드의 눈에서 눈물이 흘러나오고 있는 것을 볼 수 있었다.

"레이드?"

그런 레이드의 모습에 헤레나가 이상하게 생각하면서 다가갔는데,

탑을 보며 조용히 눈물을 흘리던 레이드는 떨리는 목소리로 말했다.

"아직도 찾고 있어요. 그리고 지키고 있어요."

"레이드?"

"뜨거운 불길 속에 괴로워 울부짖고 있는 사람들이……."

그 말과 함께 레이드는 그 자리에서 졸도했기에 우린 급히 쓰러지는 아이에게 뛰어가 간신히 부축할 수 있었다.

영혼을 볼 수 있고 말할 수 있는 레이드는 아직도 탑에서 삶을 위해 발버둥 치고 있는 수많은 아기와 부모의 영혼을 본 것이리라.

벤테르스트는 이 모습을 보며 놀라고 있었다.

"서, 설마 이 아이는 영혼의 주술사?"

"영혼의 주술사라니요?"

헤레나의 물음에 벤테르스트는 부족에 관련된 전설을 이야기해 주었다.

"지금은 그 모습을 완전히 감췄지만 과거에는 성녀와 함께 최고의 계급에 위치한 주술사를 말합니다. 드라피라의 성녀가 부족의 생을 담당한다면 영혼의 주술사는 죽은 자를 담당하는 주술사입니다. 하지만 그 영혼의 주술사는 밀루타의 탑의 화재와 함께 대륙에서 완전히 모습을 감추었습니다. 그런데… 이제야 다시 영혼의 주술사가 나타날 줄은……."

벤테르스트는 다시 나타난 영혼의 주술사가 레이드라 생각하며 조용히 무릎을 꿇고는 공손히 레이드에게 절을 했다.

영혼의 주술사가 드라피라의 성녀와 같은 위치의 존재라면 부족장 이상의 계급이었기에 벤테르스트로서는 공경하는 것이 당연했기 때문이다.

페드로는 졸도한 레이드를 안아서 나무 귀퉁이에 담요를 깔아 누이고는 말했다.

"아무래도 탑에서 뿜어지는 강한 원념에 영혼의 동조가 일어나 지친 것 같군요."

레이드가 쓰러진 후 난 밀루타의 탑 안으로 들어갔다. 1층만이라면 그리 위험하지 않으리라는 생각 때문이었다. 탑은 이미 오랜 시간 사람이 살고 있지 않아 스산하기 그지없었는데, 1층 내부를 조사해 보던 중 난 놀라지 않을 수 없었다. 벤테르스트의 말에 따르면 탑에서 화재가 일어났던 일은 벌써 200년의 시간이 지났음에도 벽에는 아직도 그 당시 화재의 열기가 남아 있었기 때문이다.

"뭐야… 열기가……."

이스트 역시 벽에 남아 있는 열기를 느끼며 놀라움을 감추지 못하고 있었다. 뜨거운 열기가 탑의 위층에서부터 밀려오는 것을 느끼며 우린 조금 섬뜩함을 느낄 수밖에 없었다.

"무슨 일인지 모르겠군요."

페드로 역시 이 괴상한 현상을 보며 설명하지 못하고 있었다.

우린 열기가 느껴지는 위층으로 걸음을 옮겼다.

화재의 흔적처럼 검게 그슬려 있는 상태에 뜨거움을 가지고 있는지라 쉽게 벽에 손을 대지 못하고 있었다.

"젠장!"

이스트는 갑자기 놀란 얼굴을 하고는 계단을 통해 밑으로 내려갔고, 우리 역시 그와 같은 것을 느끼며 일층으로 내려와 밖으로 나갈 수밖에 없었다.

갑자기 밖으로 나온 우리들을 보며 벤테르스트는 의아한 표정으로 물었다.

"무슨 일입니까?"

"탑에 열기가 가득 차 있습니다. 보통 신발로는 들어갈 수도 없겠더군요."

그렇게 말한 페드로가 발을 들어 올리자 우리가 신고 있던 가죽신의 바닥은 검게 변해 있었다.

"아직도 열기가 남아 있단 말입니까?"

이 이해할 수 없는 사태에 벤테르스트는 자신도 모르게 덩굴 식물로 감싸져 있는 탑을 쳐다봤다.

탑 내부의 벽을 뚫고 들어간 덩굴에는 뜨거운 열기로 시들거나 타 들어간 흔적이 전혀 없었기에 좀처럼 우리들의 말을 이해할 수 없는 모양이었다.

"아무래도 탑 내부와 외부는 다른 공간인 것 같습니다."

"무슨 소리야?"

페드로의 말에 이스트가 이해하지 못하겠다는 얼굴로 묻자 그는 얼굴을 굳히며 말했다.

"화재 사고가 일어났던 200년 전의 상황이 지금 내부에서 벌어지고 있다는 것입니다. 물론 외부에서는 200년의 시간이 지난 후지만 말입니다."

그의 말을 듣고는 어떤 생각이 떠올랐기에 나는 탑 쪽으로 다가가서 덩굴을 잡고 벽면을 통해 올라갔다.

"블러드 스톰님!!"

내가 갑자기 벽을 타고 오르자 사람들을 놀라 소리쳤지만, 난 그것을 한쪽 귀로 흘리며 탑의 2층에 있는 창으로 올라갔다.

2층에 위치한 창은 지상에서 10미터 정도 위에 위치해 있었기 때문에 보통 사람이라면 쉽게 오르지 못할 높이였지만 나에게는 불가능한 일이 아니었다.

잠시 후 탑 2층의 벽면으로 오른 난 창문을 통해 안으로 들어갔다.

"음……."

내부에는 오랜 시간이 지나 그 당시의 흔적이 희미하게 보이고 있었는데, 1층에서 느꼈던 것과는 달리 창으로 들어간 탑의 내벽은 그리 뜨겁지 않았다.

아마 공간의 변화는 1층의 입구로 들어가야만이 생기는 듯했다.

계단을 통해 천천히 상층부로 오르자 화재로 죽어간 자들의 유골이 보이기 시작했다. 탑의 5층 정도에 이르자 철문으로 막혀져 있는 방이 하나 드러났는데, 검을 들어 철문을 자르자 가까이에 십여 구의 유골들이 모여 있는 것이 보였다.

무슨 이유에서인지 이들은 철문에 갇혀 방을 빠져나가지 못해 죽임을 당한 것 같았다.

유골들의 골반을 보아 이들이 여자라는 것을 알 수 있었다. 방의 내부에는 불에 탄 흔적 같은 것은 없었지만, 외부에 나 있는 창문이 없는 것으로 보아 이들은 연기에 질식사했을 확률이 높았다.

하지만 이상한 점이 있었다. 도대체 어떻게 해야 이런 돌탑을 무너뜨릴 정도의 화재가 날 수 있단 말인가? 벽의 외부는 물론이요, 내부까지 돌로만 만들어진 건물이었기에 보통의 화재로는 이런 참사가 일어날 수가 없었다.

그렇다면 그 당시에 돌탑을 무너뜨릴 수 있는 화재라면 마법이나 주술에 의한 화재밖에 없을 것이다.

탑을 계속 오르자 드디어 복도에서도 사람들의 유골이 보였고, 9층에서는 십여 명의 아기들과 어른들의 유골이 보였다.

아마 세례를 받기 위해 탑으로 왔던 사람들이었을 것이다.

탑을 계속 올라가며 반이 잘려진 17층에 이르렀을 때 난 한 자루의 검이 바닥에 박혀 있고 그곳에 있는 갑옷을 입은 유골의 모습을 보았다.

검의 모양을 보니 유온 족의 전사들이 사용하는 시미타였기에 이 유골이 유온 족의 전사라는 것을 확인할 수 있었다.

이해할 수 없었다. 유온 족의 전사라면 사람들을 구출하려 했을 것이다.

시미타를 땅에 박을 정도의 실력이라면 상당한 전사였을 것이라 짐작할 수 있었는데, 그는 왜 계단의 바로 앞에서 그 가운데에 검을 박아 놓고 있는 것일까?

그로 미루어보면 이 전사는 무엇인가를 막기 위해 계단의 앞을 지키고 있었을 것이라 생각되었다.

무엇을 지키고 있었을까? 하지만 지금으로서는 전혀 알 수가 없는 일이었다. 이미 화재로 인해 탑의 윗부분이 완전히 무너져 내렸고, 전사의 유골 또한 두개골이 심하게 부서져 있는 것으로 보아 무너져 내리던 위층의 돌에 의해 두부에 큰 충격을 받고 사망했을 확률이 컸기 때문이다.

이렇게 둘러보는 것만으로는 이미 200년이나 지난 사고의 원인을 찾는 것은 힘들었다. 무엇이 수많은 원혼들을 탑에서 빠져나가지 못하게 했으며, 무엇이 이 전사를 이곳에서 움직이지 못하게 한 것일까?

난 다시 탑을 내려가 밖으로 나왔고, 일행들은 일층의 문을 통해서 나온 나에게 달려와서 묻기 시작했다.

"어떻게 된 거야? 뜨거운 열기는 없었어?"

"괜찮으십니까?"

"뭐라도 알아낸 거야?"

난 화재의 흔적 이외에는 별다른 것을 찾아내지 못했기에 고개를 저었다. 그러고는 페드로를 보며 말했다.

"열기에 견딜 수 있는 신발을 만들 수 있겠는가?"

"생나무를 잘라 가죽신의 밑에 댄다면 어느 정도는 버틸 수 있으리라 생각됩니다."

"그럼 신발을 만들어 다시 한 번 들어가자."

"예."

나의 말에 고개를 끄덕인 페드로는 열에 견딜 수 있는 신발을 만들기 위한 작업에 들어갔다.

아직 나무 귀퉁이에 누워 있는 레이드는 정신을 차리지 못하고 있었고, 옆에서 레비나는 작은 손으로 레이드의 이마에 놓인 수건을 바꿔주며 간호하고 있었다.

"헤레나, 레이드의 상태는?"

"아직 정신을 차리지 못하고 있어요. 아마 원혼들이 느끼는 죽음에 대한 공포를 직접 느꼈기 때문에 어린 마음에 큰 충격을 받은 것 같아요. 가끔씩 고통스러운 신음과 함께 알 수 없는 말을 내뱉고 있거든요."

헤레나의 말에 레비나도 고개를 끄덕이며 말했다.

"응. 레이드 오빠가 너무 뜨겁다고 그러기도 하고 무섭다고 그러기도 해. 뭐랬더라, 불의 사신이 오빠를 죽이기 위해 왔다고 그러면서 막몸부림도 쳤어."

"불의 사신?"

불의 사신이란 말을 이해하지 못하고 있었는데, 그것을 듣고 있던 벤테르스트가 설명을 해주었다.

"불의 사신은 유온 족의 전설에 나오는 악마입니다. 온몸에서 뜨거운 불을 뿜는 괴물로 죄를 짓는 자에게는 불의 사신이 찾아와 몸과 함께 영혼을 태워 세상을 정화시킨다고 하지요. 전해져 오는 이야기는 뱀의 얼굴과 함께 사자의 몸통, 독수리의 날개를 지닌 괴물이 있는데 그는 언제나 온몸에서 뜨거운 불을 뿜고 있어 어떠한 친구도 사귈 수 없지만 친구를 사귀고 싶은 마음에 자신과 같은 악의 마음을 가진 이들을 찾아 떠돌아다닌다고 합니다. 하지만 악의 마음을 가진 친구를 찾아도 불의 사신이 찾은 자들은 그의 몸의 불길로 영혼까지 재가 되어 사라지게 된다는 전설입니다."

"불의 사신……."

그것은 단순한 설화적 존재일 것이다. 하지만 탑의 화재는 보통의 불길로서는 절대 일어날 수 없는 화재였기에 불의 사신이란 존재가 어느 정도 관련이 있을 것이라 생각되었다.

전설에 나오는 그런 괴물이 아니더라도 그 존재는 상당한 마법력을 지닌, 적어도 7서클 마스터 이상의 마법사일 것이란 생각이 들었다.

뜨거운 열기를 견디기 위한 신발이 만들어진 것은 다음날 정오쯤이었다.

"이 정도면 꽤 버티겠는데."

가죽신에 생나무를 대어 어느 정도 견딜 수 있게 만든 우리는 다시 한 번 탑의 정문을 통해서 안으로 들어갔다.

하루가 지났음에도 열기는 어제와 똑같이 느껴지고 있었다.

탑에 화재가 났던 그날과 같은 모습… 이스트와 페드로, 이번에는 벤테르스트까지 탑으로 오르겠다는 말을 하고 나섰기에 우린 네 명은 병장기를 빼어 들고 탑으로 올라갔다.

아직 주술사들이 검에 베어져 창문으로 던져진 이유를 알 수 없었기에 만반의 준비를 하고 올라서고 있는 것이다.

"후아! 젠장할, 정말 뜨겁군!!"

강렬한 열기가 위층에서부터 밀려오고 있었는데 이스트는 좀처럼 견디기 어려운지 왼손으로 얼굴을 가리곤 계단의 위쪽을 올려다보며 걷고 있었다.

"탑의 화재가 처음 일어난 층은 자료에도 나와 있지 않습니다. 모두들 조심하십시오."

벤테르스트는 200년 전의 화재에 대한 기록이 남아 있지 않기 때문에 우리들에게 경각심을 일으켜 주기 위해 소리쳤다.

난 계단을 오르면서 창을 통해 보았던 것들을 생각해 보며 자신의 눈앞에 일어나는 상황들을 비교해 보고 있었다. 오랜 시간이 지난 흔적이었지만, 그것으로 지금 있는 곳에서 일어나는 일들을 어렵게 유추해 볼 수 있었기 때문이다.

점점 더 뜨거워지는 열기를 뚫어가며 3층에 이르렀을 때 그곳에서 고통스러워하는 사람을 몇 명 볼 수 있었다.

벤테르스트는 그 모습에 놀라 사람들을 향해 뛰어가 쓰러져 있는 사람에게 소리쳤다.

창을 통해 올라갔을 때에는 이런 사람이 없었음을 알고 있기에 이것이 탑 내부의 마법적 작용이라는 것을 알 수 있었다. 하지만 이것이 단순한 환상인지, 아니면 시간과 공간을 넘어선 그때의 상황인지 알 도리는 없었다.

"이보시오!!"

「끄아아악!!」

하지만 벤테르스트가 그 사람에게 다가선 순간 갑자기 그는 온몸에서 불길이 치솟아오르더니 불길에 타 들어가기 시작했고, 벤테르스트는 그 모습에 크게 놀라서는 뒤로 자빠졌다.

「끄아악!! 살려줘, 제발!! 아악!!」

불길에 휩싸여 고통스러워하는 그 사람은 벤테르스트를 향해 기어오기 시작했고, 두려움에 어찌할 바를 모르던 벤테르스트는 뒤로 기어서 그를 피해갔다.

"합!!"

그것을 보고 있던 페드로는 지체하지 않고 뛰어가 불에 타서 신음하고 있는 자의 목을 베었고, 그제야 그의 고통스러운 표정은 사라져 갔다.

"이게……."

"화재 당시에 죽은 자인 것 같습니다. 탑의 마법의 힘으로 탑 내부의 시간과 공간이 뒤엉켜 있는 것 같군요. 그런데 발화라니… 무슨 일인지 모르겠군요."

페드로의 검에 죽은 자의 얼굴에는 평온함에 가득했고, 잠시 후 시체는 빛과 함께 서서히 소멸되어 가더니 얼마 지나지 않아 오래된 백골만이 남았다.

“아… 악령의 짓인가…….”

“글쎄요.”

페드로는 벤테르스트의 말에 고개를 가로저으며 말하고는 고통스러워하는 다른 사람에게 다가갔다. 그들 역시 아까와 같이 페드로가 다가가자 몸이 발화하기 시작했기에 어쩔 수 없다는 표정을 지은 페드로는 그들의 목을 베어버렸다.

페드로가 모든 이의 목을 베었을 때 그들의 몸은 소멸되며 오래된 백골로 화했고, 3층의 모습은 마법의 작용이 풀리며 내가 창으로 올라갔을 때의 모습으로 변해가기 시작했다.

“화재로 고통스럽게 죽은 영혼들이 시간을 잡아두고 있었던 걸까요?”

페드로는 현재의 모습으로 바뀐 3층을 보며 나에게 물었지만 뭐라고 대답해 줄 말이 없었다. 벤테르스트의 말대로 악령에 희생된 자들의 원혼이 이 탑에 남아 있어 시간을 멈추게 한 것일까?

알 수 없는 일이었다. 현재의 상태로 변하기는 했지만 아직도 계단의 위층에서는 열기가 뿜어져 나오고 있었고, 바닥 역시 뜨겁기 그지없는 상태였다.

이곳의 상태는 현재의 상태로 변했을지 모르지만, 입구로 들어선 우리에겐 아직도 화재가 계속되고 있는 시간인 것이다.

우린 다시 마음을 가다듬고 위층으로 걸음을 옮겼다. 4층의 모습 또한 아래층과 같은 모습이었다. 몇몇 사람이 바닥에 쓰러져 고통스러워하고 있는 모습이 보인 것이다.

“이상하군요. 이 정도의 열기를 견디지 못하지는 않을 텐데.”

“그렇군.”

그렇다. 왜 이들은 쓰러져 있는 것일까? 분명 화재는 아래층이 아닌 위층에서 일어났다. 그렇다면 이들은 충분히 화재에서 벗어날 수 있었을 텐데 왜 고통스러워하고 있는 것일까?

연기에 의한 질식? 그런 것은 아니었다.

그들은 마치 온몸을 쥐어짜고 있는 듯한 모습이었다. 무엇인가 몸의 내부에서 이상한 일이 일어나고 있는 것이다.

말이라도 할 수 있으면 좋으련만 그들은 고통스럽게 비명을 지르고 있을 뿐이었다.

아까와 같이 사람이 다가가면 몸에서 발화가 일어나 타버릴 뿐 도저히 어떻게 해볼 방법이 없었다.

"주술사들을 베어버린 존재도 나타나지 않고 있습니다. 그 존재와 이들이 관련있을까요?"

아직은 알 수 없었다. 그때 난 위층에 있었던 철문의 방에 갇혀 죽임을 당한 여인들이 생각났다. 나가기 위해 많은 숫자가 철문의 앞에서 죽어간 백골이 된 여인들.

"위층으로 올라가자."

"이들은?"

"베라."

나의 명령이 떨어지자 페드로는 고개를 끄덕이며 한 명씩 다가가 그들의 목을 베었고, 모든 사람을 베었을 때 또다시 현재 모습의 4층으로 변해갔다.

다시 계단을 올라 오층으로 올라섰을 때 열기는 아까와는 비교도 안되게 거세어졌는데, 한쪽에서 쿵쿵거리는 소리가 나며 다급한 여인들의 목소리가 들리기 시작했다.

「사람 살려!」

「살려줘요!!」

고통스러운 비명이 아니었다. 살려달라고 외치는 소리. 우린 급히 철문이 잠겨져 있는 방으로 달려갔는데, 강철로 만든 철문의 창에는 몇 명의 여인들이 철창을 잡고 다급하게 살려달라는 소리를 외치고 있었다.

「살려주세요!!」

"철문에서 비껴나십시오!!"

페드로가 여인들을 향해 외치자 그녀들은 철문에서 벗어나기 시작했고, 난 검을 들어 철문의 경첩을 잘라낸 후 문을 뜯어내었다.

문이 열리자 여인들은 밖으로 뛰어나왔는데 다행히도 그녀들은 우리에게 가까이 접근했음에도 발화하지 않았다.

난 철문을 빠져나와 밑으로 뛰어내려 가는 한 여인이 팔을 잡고 물었다.

"무슨 일이 일어난 거지?"

「부… 불의 사신이!!」

"불의 사신?"

「예. 우린 탑에서 일하고 있는 사람인데… 7층에 갑자기 괴물이 나타났어요. 그 괴물은 탑을 불태우면서…….」

그 말을 끝으로 그녀는 나의 손에서 백골로 화해 버렸다. 아까와 마찬가지로 원한에서 벗어난 사람들의 몸은 원래의 상태로 돌아가는 현상이었다.

"불의 사신이라니……."

벤테르스트는 나의 손에서 백골로 화한 여인의 말에 도무지 믿어지지 않는 표정을 짓고 있었다. 불의 사신, 그것이 진실로 존재하고 있었던 것일까?

이해할 수 없는 일이었다.

하지만 7층에 녀석이 나타났다는 이야기를 들을 수 있었기에 우린 위층으로 올라가야 한다는 생각이 들었다.

"페드로, 이스트! 긴장을 늦추지 마라!"

"예."

다시 한 번 마음을 가다듬고 계단을 통해 위층으로 계속 발걸음을 옮겼다. 그리고 문제의 7층에 다다랐을 때 우린 사방이 불바다가 된 것을 볼 수 있었다.

우린 이 불바다에 남아 있는 사람에게 불의 사신에 대해 듣기 위해 사방을 두리번거리고 있었다.

「죽어라, 이 괴물아!!」

그때 불길 속에서 한 명의 전사가 뛰어나와 우리에게 시미타를 휘둘렀다.

챙!!

갑작스러운 일이기는 하지만 이미 만반의 준비를 하고 있었기에 난 전사의 검을 막을 수가 있었다.

「으아아악!!」

우리에게 검을 휘두른 전사는 고통스러운 비명을 지르며 얼굴에서부터 발화하여 온몸이 타 들어가기 시작했다.

나의 검과 부딪친 그의 시미타는 뜨거운 열로 녹아내리기 시작했고, 어느 정도 시간이 지나자 그의 몸은 뼈도 남지 않고 완전한 재가 되어 있었다.

"뭐지?"

"아무래도 이 전사는 불의 사신을 직접 맞닥뜨린 것 같군."

놀라서 소리 지르는 이스트를 보곤 난 나의 짐작을 이야기했다.

이 전사는 7층에 나타난 불의 사신을 죽이려 했지만 실패하고 재가 되어버린 것이다.

"잠깐, 그럼 우리가 불의 사신이란 건가?"

"음……."

이스트의 갑작스러운 말에 우린 잠시 생각에 잠길 수밖에 없었다. 분명 우리가 고통스러워하는 사람에게 다가가자 그들의 몸은 갑작스럽게 발화했고, 죽어갔다.

하지만 왜 5층의 여인들은 발화하지 않았던 것일까? 분명 우리가 그 당시의 불의 사신 역할을 하고 있다면, 그 여인들 역시 발화했어야 하지 않는가?

또 사람들의 눈에는 우리들이 불의 사신으로 보여야 함에도 분명 오층 사람들은 우리를 사람으로 보고 있었다.

그렇다면 불의 사신은 괴물이 아니라는 뜻이 된다.

그가 괴물이 된 것은 7층부터. 왜 그는 인간의 몸으로 이곳을 올라 7층에서 불의 사신으로 변한 것일까란 의문이 생겼다.

분명 7층에 무슨 이유가 있을 것이란 생각이 들어 난 사람들을 보며 말했다.

"7층을 뒤져 마법이나 주술에 관련된 물건이 있으면 가져와라."

"에? 이 불바다를 어떻게 뒤지라는 거야?"

"이 층에 불의 사신과 관련된 물건이 있을 것이다. 어떻게든 찾아봐야지."

"젠장. 알았다고."

나의 말을 들은 일행은 모두 불바다가 된 7층을 뒤지기 시작했지만 좀처럼 그 물건은 보이지 않았다.

"없는 것 같은데?"

불바다 속을 뒤지며 검게 그슬린 채 우린 다시 모였지만 주술이나 마법에 관련된 아티팩트는 찾을 수가 없었다.

"더 올라가 봐야 되는가……."

방금 전의 일로 난 주술사가 왜 검에 베어져 창문으로 떨어졌는지는 알 수 있었다. 이곳에 온 주술사들은 전사들에게 불의 사신으로 오인 받고 죽임을 당한 후 창을 통해 떨어진 것이다.

우린 7층에서 아무것도 찾아내지 못했기에 다시 계단을 통해 위층으로 올라갔다. 탑을 올라갈 때마다 유온의 전사들은 우리들을 향해 검을 휘두르며 달려들었기에 그 당시의 처참한 상황을 어느 정도 알 수 있었지만, 어떠한 전사도 불의 사신의 상대가 되지 못했는지 재가 되어 고통스러운 비명을 지르며 사라져 갔다.

무엇인가를 결사적으로 지키는 듯한 그들의 모습을 보며 궁금증이 밀려왔다.

과연 그들이 죽음을 각오하고 불의 사신에게서 지켜내려고 한 것은 무엇이었을까?

이상한 것은 7층 위에서부터는 전사들을 제외하고 탑으로 온 순례자의 모습은 보이지 않는다는 것이다.

그렇다면 그들은 괴물을 피해 탑의 위층으로 도망갔을 확률이 높았고, 거의 모두가 탑이 무너짐과 함께 목숨을 잃었을 것이다.

간간이 시미타를 휘두르며 유온 족의 전사들은 필사적으로 우리를 막기 위해 덤벼들고 있었지만 모두 얼마 지나지 않아 재로 화해갔고, 우린 이들을 피해가며 어느 사이에 15층에 이르렀다.

"저건……?"

우리의 눈앞에 지금까지와는 다른 모습이 들어오고 있었다.

벽의 한쪽은 시뻘건 불길이 타오르고 있었고, 그 정면으로 조용히 작은 흔들의자에 앉아 밖을 내다보는 한 늙은 노인이 보였다.

탑이 심각한 화재로 아수라장이 되어 있음에도 그 노인에겐 마치 평범한 일상의 한순간처럼 느껴지는 것같이 조용히 차를 마시며 창밖의 하늘을 바라보고 있는 모습은 세상을 초탈한 듯한 느낌을 주고 있었다.

"어서 오시게."

우리들이 노인에게 다가가자 그는 천천히 고개를 돌리며 환영의 말을 던졌기에 우린 놀라지 않을 수 없었다.

"당신은……?"

"난 이곳 밀루타의 탑을 담당하고 있는 밤의 주술사 다라이도란이라 하네."

"다라이도란이라면……!"

벤테르스트는 노인의 이름을 듣는 순간 크게 놀라는 표정을 지었다.

"알고 있습니까?"

나의 물음에 벤테르스트는 고개를 끄덕이며 말했다.

"다라이도란님은 유온 족의 역대 주술사 중 가장 위대한 사람으로 칭송받고 있습니다. 소비에르 제국이 유온 족의 영역을 침공했을 때 5만에 이르는 대군이 다라이도란님의 어둠의 영역에 모두 전멸했다는 이야기가 있습니다. 어둠 속에선 어떠한 자도 다라이도란님의 주술에서 벗어나지 못한다고 합니다."

그의 말대로라면 우리의 앞에 앉아 있는 노인은 상당한 힘을 소유하고 있는 사람이라고 할 수 있었다. 그 말을 증명이라도 하는 듯 그의 몸에서는 상당한 양의 기운이 뿜어 나오고 있었기에 벤테르스트의 말을 어느 정도 인정할 수 있었다.

자리에서 일어난 다라이도란이 천천히 우리의 앞으로 걸어오더니 조용히 손을 내젓자 벽의 한쪽에 시뻘겋게 타오르고 있던 불꽃이 삽시간에 사라져 갔다.

"자, 안으로 들어갈까."

"불의 사신의 문양이?"

화재가 사라진 벽에는 전설에 나오는 불의 사신의 문양이 그려져 있었기에 우린 놀라지 않을 수 없었다. 어떻게 밀루타의 탑에 불의 사신에 관련된 방이 있는 것일까?

다라이도란의 안내에 따라 들어간 방 안에는 황금의 의자에 앉아 있는 미라를 볼 수 있었다. 가슴에 불꽃의 문양이 그려져 있는 단검이 꽂혀 있는 시신이었다.

"이 미라는?"

황금의 의자에 앉아 있는 그는 이미 오래전에 죽어버린 인물이었지만, 아직도 그의 몸에선 상당한 기운이 흘러나오고 있는 것으로 보아 대단한 주술사였음을 알 수 있었다.

노인을 따라 들어선 방은 온통 황금으로 벽면이 치장되어 있었고, 그 가운데 황금의 의자에 앉아 있는 미라의 모습이 눈에 들어왔다.

화려한 옷을 입고 있는 미라의 가슴에는 붉은 불길의 문양이 새겨진 단검이 박혀 있었고, 그 주변은 오랜 시간이 지났는지 심장에서 흘러나온 피가 검붉게 응고되어 있었다.

"이것인가?"

이스트는 자신이 갖고 있던 지도를 꺼내 들었고, 벤테르스트가 해석해 놓은 문장을 읽어보았다.

"황금의 영역에 영혼을 관장하는 자는 불의 노여움을 받아 영원한 잠에 빠져들었다."

이스트가 지도에 쓰여 있는 문장을 읽자 노인은 미소를 짓더니 손을 내밀었는데, 그 순간 그 손에 있던 지도는 노인의 손으로 빨려들어 갔다.

"200년의 시간이 걸렸구먼."

"당신이 우리를 이곳으로 불러들인 것입니까?"

나의 물음에 노인은 고개를 끄덕였다.

"그렇다네. 이 지도를 대륙으로 흐르는 바람에 날린 사람이 바로 나지."

"무슨 목적으로?"

그 말에 다라이도란은 미라의 가슴에 박혀 있는 불꽃 문양의 검을 잡아 뽑았고, 그 순간 미라는 재가 되어 사라져 갔다.

"대대로 영혼의 주술사는 유온 족의 재앙을 봉인하는 역할을 해왔네. 하지만 어느 이기적인 자에 의해 재앙은 영혼의 주술사의 봉인에서 풀리게 되었지."

"재앙? 설마 그 재앙이란 것이 불의 사신입니까?"

벤테르스트의 말에 노인은 고개를 끄덕이며 계속 말을 이어갔다.

노인의 이야기, 그것은 불의 사신에 관한 이야기였다.

불의 사신, 그 전설의 존재는 영혼의 주술사에 의해 자유를 잃었고 그런 시간을 수백 년 동안, 아니, 수천 년 동안을 보냈다.

처음에는 자유를 위해 발버둥 쳤을지는 모르지만 시간이 지남에 따라 그 환경에 익숙해졌다.

전설의 마수는 길들여져 버린 것이다. 그런 시간을 보내고 있던 불의 사신에게 자신의 봉인자가 죽임을 당했던 것은 자유를 찾은 것이 아닌 불안이 찾아온 것일 것이다.

어린아이가 어머니의 품에서 떨어지면 불안감에 우는 것처럼 그는 오랜 시간이 흘러 자신의 지주대가 된 존재를 잃고 불안에 빠진 것이 겠지…….

더 이상 봉인자인 영혼의 주술자를 찾을 수 없었던 불의 사신은 봉인자를 죽인 이의 몸속으로 들어가 스스로를 봉인한 것이다.

"그렇다면 이 화재의 원인은?"

"자네들의 짐작대로네. 스스로를 봉인하긴 했지만 영혼의 주술사와 같은 그릇이 될 수 없는 인간이었기에 불의 사신은 깨어나게 된 것이지."

노인은 천천히 나의 앞으로 다가와서는 나에게 불꽃 문양의 단검을 건네주었다.

"불의 사신이 세상으로 나갔다면, 세상은 녀석에 의해 불바다로 변했을 것이다. 그것을 알고 있던 나는 이 탑에 주술을 걸고 불의 사신에게 죽어간 혼들의 힘을 이용하여 흐르지만 흐르지 않는 시간으로 만들었지."

"이 단검은?"

"영혼의 주술사만이 녀석을 봉인할 수 있다. 분명 나의 지도는 사라진 다음 대의 주술사를 불러들였을 터, 그것이 네가 아닌가?"

그 말에 나를 비롯한 일행들 모두는 놀라지 않을 수 없었다. 분명 다라이도란의 지도는 영혼의 주술사를 불러들이기는 했지만 그 존재는 현재 이곳에 있지 않았기 때문이다.

"당신의 짐작이 틀렸군요. 난 영혼의 주술사가 아니오."

나의 말을 들은 다라이도란은 의아한 표정을 지으며 말했다.

"그럴 리가? 분명 너의 일행 중 영혼의 주술사가 있을 텐데?"

그 말에 난 고개를 끄덕이며 말했다.

"물론 영혼의 주술사가 우리들의 일행에 있기는 하지만 아직 어린아이입니다. 당신에게 묻겠습니다. 불의 사신을 어린아이의 몸에 봉인할 수 있습니까?"

"그런… 봉인은 가능하네만……."

"불의 사신의 힘을 받아들일 때의 충격을 어린아이의 몸으로 견딜 수가 없겠지요. 안 그렇습니까?"

나의 말에 노인은 처량한 표정을 지으며 고개를 끄덕였다. 그 역시 다음 대의 영혼의 주술사가 이곳으로 찾아올 것은 알고 있었지만, 그것이 어린아이일 줄을 생각하지 못한 모양이었다.

난 단검을 노인에게 건네주며 말했다.

"우리의 손으로 불의 사신을 소멸시키겠습니다."

하지만 나의 말에 노인은 고개를 저으며 말했다.

"불가능하네. 죽일 수 있었다면 고대의 수많은 영웅의 손에 죽었겠지. 불의 사신은 초월의 존재라네. 녀석을 죽일 수 있는 것은 녀석을 만든 신뿐이지."

하지만 난 레이드에게 그런 모험을 하게 할 수 없었기에 고개를 돌려 방을 나갔다. 어떻게든 녀석을 죽이겠다는 생각을 했기 때문이다.

밤의 주술사 다라이도란의 방을 나온 우린 불의 사신을 죽이기 위해 탑의 위층으로 걸음을 옮겼다.

"블러드 스톰, 위험한 일은 할 필요가 없잖아."

이스트는 나에게 돌아가자는 뜻을 내비추고 있었다. 어차피 밤의 주술사의 주술에 탑이 시간의 주술에 걸려 있다면 불의 사신이 빠져나갈 수 있는 방법은 없을 터, 애써 녀석을 죽일 필요가 없다고 생각했기 때문일 것이다.

"아이들의 영혼 때문입니까?"

페드로는 나의 생각을 어느 정도 짐작한 듯 말했고, 난 고개를 끄덕였다. 물론 그들을 이용한 시간의 주술이 많은 사람들의 목숨을 살리기 위해서라는 것은 알고 있었지만, 난 아이들의 영혼이 탑에 갇혀 영원한 고통의 시간을 보내는 것을 보고 있을 수만은 없었다.

"블러드 스톰님, 우린 용병입니다."

나의 뜻을 알고 있는 페드로였지만, 그 역시 지금의 일을 이해하기 어려운 눈치였다. 용병. 오로지 돈으로만 움직이고 있는 존재들. 그런 존재가 한낱 아이들의 영혼이 고통받고 있다는 이유로 목숨을 건다는 것은 있을 수 없는 일이었기 때문이다.

용병은 약자를 도와야 할 기사도 같은 것이 없는 존재들인 것이다.

"떠나라."

"예?"

"나의 길이 너희가 생각한 것이 아니라면 떠나라. 그것이 우리 모두를 위해 좋은 일이다."

"블러드 스톰님!!"

나는 지금까지 나와 여행을 했던 이들에게 차가운 목소리로 말했다.

난 피에 물들여져 있는 사람이다. 그런 나를 알고 있기에 레아를 떠났고, 레비나를 떠났었다. 하지만 그 떠남으로 인해 또다시 사랑하는 사람을 잃었을 때, 난 지켜야 된다는 생각을 다짐한 것이다.

하지만 긴 세월 동안 나의 몸속에 잠재되어 있는 피의 운명은 사라지지 않았다. 그 피의 운명이 존재하는 한 나의 곁에 있는 레비나에게 또다시 그 피의 운명이 이어질 것이다.

어디에도 기댈 곳이 없는 레비나를 떠날 수 없는 난 그 피의 운명을 바꿔가기로 결심했기에 지금껏 용병으로선 선택하지 말아야 할 일을 선택해 왔다.

그렇게 해야만 나의 몸에 흐르는 피 냄새를 조금이라도 묽게 만들 수 있다고 믿었기 때문이다.

그렇게 뒤돌아본 세상은 처참하기 그지없었다. 레비나와 같은 아이들이 야욕에 의해 팔리고, 학대받고 죽임을 당하는 세상이었다.

난 나의 고통만을 생각했을 뿐 다른 이의 고통을 돌아보지 못하며, 피의 혈채만을 늘이고 있었던 것을 깨달은 것이다.

그것을 갚아 나가지 않는다면 피는 전승되고 또다시 레비나는 나와 같은 슬픔 속에서 피의 운명을 거쳐야 할 것이다.

난 그 일을 다른 이들에게 강요하고 싶지 않았다. 이것은 내가 해야 할 일이며, 내가 풀어야 할 숙제이지 그들의 일이 아니기 때문이다.

나의 말을 들은 일행들은 모두 망연자실한 표정을 짓고 있었다. 나의 입에서 그런 소리가 나올 것은 생각지도 못했기 때문이리라.

페드로는 잠시 나를 응시하더니 고개를 끄덕이며 말했다.

"좋습니다. 떠나겠습니다. 지금까지 전 블러드 스톰님이 저의 길을 찾아주시리라 믿었지만, 그것이 아니었군요. 마치 죽음을 찾아가고 계시다고밖에 생각할 수 없는 것이 지금의 블러드 스톰님입니다."

그 말과 함께 페드로는 고개를 돌려 계단을 내려갔고, 이스트는 한참 동안을 나와 페드로의 말을 듣고는 한숨을 내쉬며 말했다.

"젠장! 뭐가 어떻게 돌아가는 거야?"

난 그의 불평을 들으면서 조용히 고개를 돌려 계단을 올라갔다.

나의 죗값을 갚기 위한 일을 다시 시작한 것이다. 이스트는 불평을 하면서도 나의 뒤를 따라오고 있었다.

이스트는 나의 이런 마음을 알고 있을까?

「길리안! 타루니아!」

우리가 잘려진 탑의 맨 위층에 거의 다다랐을 때, 누군가의 이름을 부르며 절규하는 목소리가 들리고 있었다.

사방은 다른 층과는 비교도 안 될 정도로 시뻘건 불길에 타오르고 있었기에 우린 쉽게 그 안으로 몸을 옮길 수가 없었다. 그런데 불길의 한 켠에서 한 남자의 모습이 드러나기 시작했다.

뜨거운 불길에도 아랑곳하지 않고, 입고 있던 옷은 모두 타버리고 갑옷은 시뻘겋게 달구어져 있음에도 누군가를 찾는 듯 사방을 두리번거리고 있는 사내. 그의 얼굴은 시뻘건 화상으로 인해 얼굴 한쪽이 녹아들어 간 듯한 모습을 보이고 있었기에 우린 놀라지 않을 수 없었다.

사방을 두리번거리며 헤매이던 그는 위층으로 올라온 우리들의 모습을 보고는 놀라며 소리쳤다.

「탑은 얼마 안 있어 붕괴될 것이네! 빨리 내려가게!」

불타는 탑에서 우리들을 보며 내려가라 소리치고 있던 그는 우리가 내려갈 생각을 하지 않자 뛰어오며 소리쳤다.

「탑이 붕괴한다고 하지 않나······.」

불길 속에서 헤매이고 있었던 그가 우리의 앞으로 다가왔을 때 그의 모습을 보며 놀라지 않을 수 없었다.

얼굴 한쪽이 녹아내리는 것을 멀리서 볼 수 있었지만, 가까이에서 다시 확인하자 그의 몸은 산 자라고 말할 수 없는 지경이었기 때문이다.

갑옷의 한쪽 면으로 불길에 터져 버린 내장이 쏟아져 내려오고 있었고, 녹아내린 머리의 한 부분에는 뇌의 모습과 함께 시뻘건 피가 계속 흐르고 있었기 때문이다.

하지만 그가 곁으로 가까이 왔을 때 우린 더욱 놀라운 일을 경험했다. 그가 가까이 옴에 따라 우리의 옷에 불이 붙어버린 것이다.

"우와악!!"

이스트는 옷에 불이 붙자 놀라며 황급히 불을 꺼뜨리려 했지만 소용없었다. 우리의 몸에 붙은 불은 보통의 불이 아니었던 것이다.

"하압!!"

난 지체하지 않고 녀석에게 나의 애검인 블러드 소드를 휘둘렀고, 단숨에 그의 목을 잘라 버릴 수 있었다.

하지만 목이 잘렸음에도 불구하고 그의 움직임은 멈추지 않았다.

"불의 사신이 봉인된 자!"

난 그의 정체를 어느 정도 짐작해 볼 수 있었다. 급히 마나를 불어넣은 검을 휘둘러 그의 몸을 쳐버렸고, 그제야 우리의 몸에 붙은 불은 꺼지기 시작했다.

바닥에 뒹구는 나의 검에 잘려진 그의 목에선 검붉은 피가 흘러내리고 있었고, 잘려진 머리의 눈가에선 피눈물이 흐르고 있었다.

「기… 길리안… 타루니아…….」

잘려졌음에도 머리에선 연신 두 사람을 찾는 목소리가 흘러나오고 있었기에 이스트는 섬뜩함을 느끼는지 뒤로 물러섰다.

난 천천히 잘려진 머리로 걸어갔는데, 그때 그의 입에서 붉은 물체가 튕겨져 날아와 나의 입으로 박혔고, 난 온몸에 고통을 느끼며 쓰러질 수밖에 없었다.

"아아아악!!"

온몸을 태워 버릴 것 같은 뜨거움이 나의 몸에 끔찍한 고통을 주고 있었기에 그 고통을 참지 못하고 비명을 지를 수밖에 없었다.

"블리드!!"

"블리드 스톰 씨!!"

뒤따르던 이스트와 벤테르스트는 고통스러워하는 나를 보며 놀라서 뛰어왔지만, 갑자기 시뻘건 불길이 그들의 몸에서 치솟아오르기 시작했다.

"끄아악!!"

이스트는 계단 밑으로 몸을 굴렸지만, 벤테르스트는 자신의 몸에 불이 붙자 어쩔 줄을 모르며 괴로워하다 순식간에 몸 전체가 불에 타며 쓰러졌고, 삽시간에 재가 되어버렸다.

그 순간 난 나의 몸에 불의 사신이 들어갔다는 것을 알 수 있었다.

고통을 참으며 온몸에 마나를 집중하여 난 나의 몸속으로 들어간 불의 사신을 내보내기 위해 안간힘을 썼지만, 녀석은 엄청난 힘으로 도리어 내 마나를 흐트러뜨리고 있었다.

"끄어억!!"

참을 수가 없었다. 내장을 태우는 듯한 느낌이 날 비명을 지르게 만들고 있었다.

그리고 나의 머리 속에 새로운 기억들이 들어오기 시작했다.

유온의 전사 아바르니아드의 기억들이.

아내가 길리안의 세례를 위해 밀루타의 탑으로 올라간 후 난 갑자기 나의 몸에서 뜨거운 기운이 터져 나오는 것을 느낄 수 있었다.

"젠장! 불의 사신의 기운이… 큭……."

나의 몸에 있는 불의 사신은 부족장의 지시로 영혼의 주술사를 베었을 때부터 생겼다.

부족장은 나에게 자신의 의견에 반대하는 영혼의 주술가의 암살을 지시했다. 그로 인해 나의 몸엔 그의 몸에 봉인되어 있던 불의 사신이 옮겨왔고, 스스로를 봉인한 불의 사신이 머물게 되었다.

온몸을 태울 것 같던 고통은 얼마 후에 완전히 사라졌기에 괜찮을 것이라 생각했지만, 아들의 세례를 위해 밀루타의 탑으로 오자 무슨 이유에서인지 또다시 녀석의 발작이 시작된 것이다.

"크큭!!"

불의 사신의 요동으로 내장에 상처를 입었는지 각혈이 터져 나오고 있었다.

젠장! 역시 보통 인간의 몸으론 불의 사신이란 존재를 봉인할 수 없었던 모양이다.

난 나도 모르게 하늘을 찌를 듯한 기세의 밀루타의 탑을 올려다보았다.

저 탑의 어디엔가 아내와 아들이 세례를 받고 있겠지… 난 나의 몸이 이제 불의 사신에 의해 소멸의 길로 가는 것을 알 수 있었기에 마지막으로 사랑하는 사람을 보고 싶어 걸음을 옮겼다.

어떻게든 죽음이 오기 전에 두 사람을 만나고 싶었다.

탑의 입구로 내가 휘청거리며 들어서자 탑을 지키고 있던 전사 한 명이 나에게 다가왔다.

"아바르니아드님, 괜찮으십니까?"

난 그의 물음에 고개를 끄덕이고는 날 부축하려는 손을 뿌리치고 계단을 천천히 올라섰다.

"뭐지……?"

나의 손에 닿는 벽이 뜨겁게 달구어지고 있는 듯했다. 고통으로 인해 온몸에서 발열이 일어났기에 생긴 착각일 것이라 생각했다.

3층에 올라서자 갑자기 나의 눈에는 붉은 불길이 치솟아오르는 것처럼 느껴졌다.

"불……?"

착각이었다. 나의 눈에만 불길이 보일 뿐 3층에 있는 사람들에겐 그 불길이 보이지 않는 듯했다.

눈에 환상이 보일 정도로 나의 몸은 이제 무너져 가고 있었다. 조금이라도 빨리 두 사람을 보고 싶었다.

"꺄아악!!"

계단에서 누군가가 비명을 질렀기에 난 아픈 몸을 잡고 고개를 들었다. 20살 정도의 여인이었다. 무엇인가에 놀란 듯 떨고 있는 모습에 난 무슨 일인지 물어보기 위해 그녀에게 다가갔지만, 그 순간 그녀는 자질러지듯이 놀라더니 계단을 황급히 뛰어올라 갔다.

마치 괴물이라도 본 듯한 얼굴이었기에 난 당황하지 않을 수 없었다.

"뭐지?"

나도 모르게 나의 손을 쳐다보았다. 그 순간 나 역시 놀라지 않을 수 없었는데, 손이 화상이라도 입은 듯이 일그러져 보였기 때문이다.

"젠장!"

발열 때문에 계속 헛것이 보이고 있다는 생각을 하며 난 계속 계단을 올라 가까스로 7층까지 오를 수 있었다.

"죽어라, 이 괴물아!!"

그때 갑자기 전사 한 명이 튀어나오더니 나를 향해 검을 휘둘렀다.

"헉!!"

난 깜짝 놀랐지만 간신히 몸을 날려 그의 검을 피할 수 있었다.

"무슨 짓이냐!"

앞뒤도 보지 않고 검을 휘두르는 녀석을 보며 난 화가 나 소리쳤는데, 그 순간 엄청난 일이 나의 눈앞에 벌어지고 있었다.

"으아아악!!"

나에게 검을 휘두르던 전사가 갑자기 불길에 휩싸여 버렸기 때문이다. 난 영문을 알 수 없었다. 도대체 무슨 일이 일어나고 있는 것일까?

화재라도 났다고 생각하며 7층에 들어섰을 때 사방은 갑자기 불길이 치솟아오르며 큰 화재가 일어났다.

사람들은 불길에 고통스러워하며 비명을 질러댔기에 이 아수라장을 보며 난 당황하지 않을 수 없었다. 밀루타의 탑에 화재가 일어나다니 괴이한 일이었다.

탑에는 길리안에게 아들의 세례를 받기 위해 올라온 타루니아가 있었기에 난 가만히 있을 수 없었다.

"길리안!! 타루니아!!"

난 고통스러운 와중에도 두 사람의 이름을 부르며 한 층 한 층 올라갔다.

시뻘건 불길이 밀루타의 탑 모든 층에서 일어나는 듯 올라서는 곳마다 시뻘건 불길이 눈을 가리고 있었지만 난 포기하지 않았다.

창밖을 쳐다보자 갑작스러운 화재에 놀란 사람들이 아우성거리고 있었다. 상당한 불길에 휩싸여 있는지라 이곳에 갇힌 사람들을 구하기 위한 전사들이 올라오는 것이 불가능해 보였기에 난 나라도 가족을 구해야 한다는 생각에 아픈 몸을 참으며 뛰기 시작했다.

"으악!!"

"꺄아악!!"

사방에서 사람들의 비명이 터져 나오고 있었다.

"죽어라!!"

"사람들은 구하지 않고 도대체 무슨 짓이냐!!"

전사들은 나를 볼 때마다 검을 휘두르고 있었기에 난 녀석들을 베어버렸다. 아무래도 소비에르의 파렴치한 족속들이 밀루타의 탑에 들어와 불을 지르고 있다는 생각이 들었다.

난 밀루타의 탑을 오르며 제발 두 사람에게 아무 일도 없기만을 빌었다.

간신히 17층에 올랐을 때 사방은 뜨거운 불길이 작렬하며 사람들을 태워가고 있었다.

"길리안!! 타루니아!!"

난 아내가 나의 외침을 듣기만을 바랐다.

"여… 여보?"

"타루니아?"

그때 나의 귀에 익숙한 목소리가 들려왔다. 아내 타루니아의 목소리였다.

고개를 돌리자 타루니아가 어린 길리안을 감싸 안으며 한구석에서 떨고 있는 모습이 보였다.

“타루니아!”

“까아악!!”

난 타루니아의 이름을 부르며 다가서려고 했는데, 그녀는 나의 모습을 보며 비명을 지르면서 도망가려 하고 있었다.

“타루니아!!”

“괴… 괴물!!”

“괴물……?”

난 그녀의 말을 이해할 수가 없었다. 왜… 왜 사랑하는 그녀가 나를 보며 괴물이라고 말하는 것이지? 온몸에 뜨거움이 밀려오고 있었다.

“끄아악!!”

참을 수가 없었다. 목에서부터 터져 나오는 고통의 비명은 나의 모든 감각을 마비시키고 있었다.

“타… 타루니아…….”

“까아악!!”

난 고통스러운 외중에도 두 사람을 구하기 위해 다가섰지만 그녀는 나를 보며 도망가기만 하고 있었다. 답답했다. 왜 도망을 가는 거지? 난 이 불길에서 당신들을 구하려고 하는데 왜 도망가는 거지? 이해할 수 없었다.

난 아픔을 참고 도망가는 그녀의 손을 잡고 소리쳤다.

“타루니아! 빨리 탑에서…….”

“까아악!!”

그 순간 난 아무 말도 할 수가 없었다.

사랑하는 두 사람이 나의 눈앞에서 뜨거운 불길에 싸여 비명을 지르고 있었기 때문이다.

“타루니아!!”

난 그녀의 몸에 붙은 불길을 끄기 위해 안간힘을 써봤지만 그녀의 몸에 붙은 불은 꺼지지 않았다. 아니, 내가 움직일 때마다 그 불길은 점점 거세어지고 있었다.

“아아악!!”

이건 안 돼! 이건 안 된다. 제발! 제발! 불을 끄게 해달란 말이야!

하지만 나의 바람과는 달리 그녀와 나의 아들은 나의 눈앞에서 재가 되어 사라졌다. 도대체 무슨 일이… 꿈이기를 바랐다.

“꿈… 그래, 꿈이야… 꿈… 두 사람을 찾아야 해!! 길리안!! 타루니아!!”

난 두 사람의 이름을 외쳤다. 제발! 제발! 나의 목소리를 듣고 나타나 달라고 말이다.

17층의 불길은 거세어졌다. 난 그곳에 아무도 없다고 생각하며 다시 위층으로 오르려고 했는데, 그때 밑층에서 노인 한 명이 천천히 걸어오고 있는 것이 보였다.

불길로 인해 무너지려 하는 듯 사방에 금이 가고 있었기에 난 노인을 보며 소리쳤다.

“탑이 무너지려고 한다! 빨리……”

그때 노인은 나의 모습을 보며 천천히 손에 들고 있던 것을 들어 올렸고, 난 그것을 보며 놀라지 않을 수 없었다.

노인이 들고 있었던 것은 청동경. 그 거울에는 나의 모습이 비추어지고 있었는데… 나의 얼굴은 불길로 인해 한쪽이 녹아내려 뇌가 드러날 지경이었고, 갑옷은 불길에 시뻘겋게 달구어져 있었던 것이다.

내장이 터져 나와 사방으론 붉은 피가 난자한 모습……

“사… 시술……..”

“그렇지 않다네… 영혼의 주술자를 죽인 자여…….”

“헉!!”

난 노인의 말에 놀라지 않을 수 없었다. 영혼의 주술자를 죽인 사실은 부족장과 나밖에 모르는 사실이었기 때문이다.

“너, 넌 누구지……?”

“난 밤의 주술사 다라이도란이라 한다.”

“밤의 주술사 다라이도란님?”

나의 말에 밤의 주술사는 고개를 끄덕이고는 말했다.

“너의 몸은 불의 사신을 봉인할 수 있는 그릇이 아니다. 지금 넌 불의 사신의 힘을 견디지 못하고 헤매이니 모든 것을 태우고 있는 것이다.”

그 말에 난 놀라지 않을 수 없었다. 불의 사신에 의해 죽음이 다가오고 있다는 것은 알고 있었지만, 그 힘이 빠져나와 내가 모든 것을 태우고 있다니… 그렇다면…….

난 타루니아의 고통스러워하는 모습이 떠올랐다. 타루니아… 그녀는 나 때문에 죽은 것이다.

“거… 거짓말…….”

난 부정하고 싶었다. 하지만 밤의 주술사는 고개를 젓고 있었다. 눈에서 눈물이 흐르고 있었다.

“크… 크크크, 크하하하하!”

난 이 어이없는 일련의 사태에 웃음이 터져 나왔다. 도저히 믿을 수 없는 일이었기에 난 참을 수가 없었던 것이다.

“으아악!!”

허리에 차고 있던 검을 뽑아 들었다. 부족의 최고 전사가 되기 위해 나와 함께 평생을 보낸 검… 모든 것을 태우고 있는 불길이었지만, 검만은 그 뜨거운 불길에도 변화가 없었다.

난 검을 거꾸로 잡아 나의 앞에 박고는 밤의 주술사를 보며 소리쳤다.

"밤의 주술사여! 불의 사신을 잡아놓을 수 있는 방법을 말하시오!"

난 불의 사신이 나의 몸을 빠져나와 세상에 나간다면 수많은 사람들이 죽임을 당한다는 것을 알기에 다라이도란을 보며 소리쳤다.

"이미 밀루타의 탑은 붕괴 직전… 본인은 이 탑 전체에 있는 사람들의 원혼을 이용하여 시간의 주술을 걸 생각이오. 불의 사신을 이 시간에 가두 어둘 생각이지."

"그렇다면 불의 사신을 막을 수 있겠군요……."

하지만 다라이도란님의 나의 말에 고개를 저으며 말했다.

"불의 사신의 힘은 나의 힘으로도 통제가 불가능하오. 하지만 점술에는 이백 년 후에 이곳을 찾아들 사람 중 그것을 막을 수 있는 사람이 온다하 오."

그의 말에 난 고개를 끄덕였다.

"좋소, 시작하시오!"

나의 말에 다라이도란은 눈을 감고 주문을 외우기 시작했다. 그의 입에 서 흐르는 주문은 탑 전체를 낭랑하게 흐르고 있었기에 난 자리에 앉아 그 의 주술이 끝나기만을 기다렸다.

"우아악!!"

"사람 살려!!"

고통스러운 비명이 주문의 목소리에 실려오고 있었다. 이 주술은 그들의 시간마저 멈추게 하여 고통의 시간에 살게 하는 듯했다.

나의 아내와 아들… 그들도 고통의 시간에서 살아야 하겠지… 눈물이 흐른다…….

쿠구궁…….

나의 몸에서 흘러나오는 열기에 서서히 붕괴하기 시작하던 탑이 이제 큰 굉음을 내며 무너져 내리고 있었다.

나의 눈에선 나도 모르게 눈물이 흐르고 있다.

기억이 겹치면서 유온의 전사 아바르니아드의 감정과 동조되었기 때문이다.

난 내 손으로 그의 목을 벰으로써 불의 사신이 나의 몸으로 넘어와 다시 봉인을 했다는 것을 알 수 있었다.

영혼의 주술사를 제외하곤 이 사신을 봉인할 수 있는 존재는 없었기에 나 역시 아바르니아드와 같은 결과를 맞이할 것을 알 수 있었다.

하지만 그와는 달리 난 내가 할 일을 알 수 있었다.

"불의 사신이여, 나의 영혼과 함께 없애주마……."

난 허리에 차고 있는 나의 검을 뽑아 들었다.

마검 블러드 소드, 피의 무게로 검붉은 빛을 뿜고 있는 나의 검은 자신의 몸에 희생된 자의 영혼과 피를 빨아들이며 그 힘이 증가하고 있었다. 강한 자의 피와 영혼을 머금음으로써 마검은 보다 거대한 힘을 얻게 되는 것이다. 나의 손에 의해 수많은 자의 피를 머금은 이 마검으로 나 자신의 몸을 벤다면 검은 나의 힘과 함께 불의 사신을 흡수함으로 마검으로서 얻을 수 있는 최고의 힘을 얻게 될 것이다.

난 검을 거꾸로 잡아 나의 몸에 가져갔다. 불의 사신과 함께 블러드 소드의 먹이가 되기 위해서였다.

"블러드 스톰님! 멈추십시오!"

검에 힘을 주려 할 때 어디에선가 익숙한 목소리가 들려왔다.

"페드로?"

계단으로 나타난 이는 페드로였다. 그는 불에 탄 채 계단 밑으로 떨어진 이스트를 부축하고 있었다.

"이스트는……."

"화상이 크기는 하지만 목숨에는 문제가 없습니다."

"…다행이군……."

이스트가 살 수 있다는 말에 난 안도의 한숨을 쉴 수 있었다. 다시 나의 블러드 소드로 나의 몸을 찌르려 했는데 그때 다른 목소리가 들려왔다.

"블러드 아저씨, 멈추세요!"

"레이드……."

나와 의견이 맞지 않아 내려갔던 페드로는 놀랍게도 레이드와 함께 탑을 올라온 것이었다.

"페드로!!"

"이것은 레이드의 일입니다! 블러드 스톰님, 왜 모든 피의 업을 혼자 쓰려 하십니까!"

"……."

난 페드로의 말에 아무 말도 할 수가 없었다.

그의 말대로 난 내 눈앞에 있던 모든 피의 업을 쓰려 하고 있었기 때문이다.

레이드는 눈을 감고 천천히 나의 앞으로 걸어오며 조용히 말하기 시작했다.

"수많은 사람들의 고통스런 비명과 슬픔이 느껴집니다. 하지만 블러드 아저씨가 그 업을 쓰신다고 해서 이 사람들의 비명과 슬픔이 사라질까요? 주세요. 아저씨의 몸에 있는 이 비명과 슬픔의 원인이 되는 자를요. 그는 어느 누구도 아닌 저와 함께 있어야 할 자이니까요.”

그 순간 난 온몸을 재로 만들 듯한 뜨거움을 느끼며 손에 들고 있던 애검을 놓치고 말았다. 소드 오버러에 이르는 나의 인내도 이 뜨거움에 굴복하고 만 것이다.

“끄아악!!”

뜨겁다. 나의 몸은 마치 화산의 용암 위에 떨어져 있는 것처럼 느껴졌다. 이빨 사이로 흐르는 피마저 혀를 녹일 정도로 뜨겁게 흘러내리고 있었기에 난 몸을 주체할 수가 없었다.

그때 고통스러워하는 나의 곁으로 레이드가 천천히 다가와 나의 이마에 손을 얹었다. 그 순간 몸에서 작렬하던 뜨거움은 사라지고 마치 어머니의 품에 있는 것처럼 따스한 온기가 느껴졌다.

“당신은 외로운 자, 수억 년의 세월을 살아오며 끊임없이 마음을 나눌 수 있을 자를 찾아왔지만 어느 누구에게도 다가갈 수 없었기에 당신은 혼자일 수밖에 없었습니다. 자신과 같은 어둠의 기운을 가진 자를 찾아가며 한순간이라도 친구이기를 바랬던 당신에게 모든 이는 냉정하게 대하고 죽이려고까지 하였기에 당신은 화가 났습니다. 하지만 그런 당신에게 따뜻함으로 다가온 사람은 먼 태고 유온 종족의 한 주술사. 그는 당신을 자신의 몸으로 받아들였고, 당신은 살아온 수억 년의 세월 중에 처음 따뜻함을 알 수 있었습니다. 그리고 그를 닮아가려고 했지요. 하지만 친구는 당신을 버리고 떠나갔군요. 당신은 함께 있던 친구가 사라져서 화가 났나요?”

레이드의 말은 조용하게 흐르고 있었고, 그 말을 들으며 나의 몸에서 이질적인 기운이 서서히 빠져나가며 레이드의 앞에 그 형상을 이루기 시작했다.

전설에서 나온 것처럼 뱀의 얼굴과 사자의 몸통, 매의 날개를 가진 거대한 괴물의 모습. 녀석의 몸에선 무엇이라도 태워 버릴 것 같은 불길이 이글거리고 있었다.

불의 사신은 눈을 감고 있는 레이드를 향해 이를 드러내며 으르렁거리고 있었는데, 레이드는 조용히 미소를 지으며 말했다.

"당신은 왜 분노하십니까?"

[으르릉…….]

레이드의 조용히 흐르는 듯한 부드러운 질문에 괴물은 으르렁거리며 대답했는데, 그 소리를 들은 레이드는 고개를 내저으며 말했다.

"아니에요. 그는 당신을 버린 것이 아니라 놓아준 것이랍니다."

[으르릉…….]

"아직 친구를 사귈 수 없다고요? 아니에요. 당신은 친구를 사귈 수 있답니다. 하지만 지금의 당신은 분노한 마음을 가지고 있기에 어느 누구도 가까이 할 수 없습니다. 당신과 오랜 시간을 함께한 유온의 친구에게서 따뜻한 온기를 배우지 않았나요? 자, 저에게 다가와 보세요. 당신이 유온의 친구에게 배운 그 온기로 말이에요."

레이드의 말이 끝난 순간 불의 사신의 으르렁거림은 사라지고 잠시 후 녀석의 몸에서 작렬하던 불길은 완전히 사라져 갔다.

레이드를 향해 천천히 걸음을 옮기는 불의 사신은 전에는 맹수와 같았다면, 지금은 온순한 애완 동물과 같은 모습으로 다가서더니 조용히 레이드의 곁에 다가가서는 앉았다. 레이드는 그런 불의 사신의 머리를 쓰다듬으며 미소를 짓곤 말했다.

“보세요. 유온의 친구는 당신에게 온기를 가르쳐 주었기에 당신은 이제 친구를 사귈 수 있게 되었답니다. 유온의 친구는 당신이 더 많은 친구를 사귀게 해주기 위해 당신을 떠날 수밖에 없었던 것이랍니다.”

[그르릉.]

레이드의 곁에 앉은 불의 사신은 아까와는 다른 소리를 내며 무엇인가를 말하는 것 같았고, 레이드는 고개를 끄덕이며 말했다.

“유온의 친구를 만나고 싶다고요?”

[그르릉…….]

“예. 그분도 당신과 마지막 작별의 인사를 나누고 싶어하는군요.”

레이드는 불의 사신에게 조용히 말한 후 하늘로 손을 올렸고, 그 순간 은색의 빛이 어디에선가 날아와 손에 모이기 시작했고, 레이드는 그 빛을 조용히 자신의 가슴에 담았다.

그 순간 강렬한 빛이 레이드의 몸에서 일어나기 시작했다.

「내 선조의 친구이며 동시에 나의 친구여!」

[그르릉!]

강렬한 빛이 사라지자 레이드의 입에서 지금까지와는 다른 목소리가 흘러나오기 시작했다. 중년 남자의 음성, 난 그 순간 그 목소리가 7층에서 보았던 영혼의 주술사의 목소리라는 것을 알 수 있었다.

불의 사신은 레이드의 입에서 그의 목소리가 나오자 일어나서는 반가운 듯이 그의 몸을 비비며 좋아하고 있었고, 레이드는 손을 벌려 불의 사신을 안았다.

「당신이 따뜻함을 알게 된 것을 축하드립니다.」

[그르릉…….]

「하지만 인간의 생은 한정되어 있으며, 언제까지 저의 자손이 당신과 함께할 수는 없었습니다. 그렇기에 전 당신을 떠날 수밖에 없었습니다. 당신이 스스로 저와 저의 선조들에게서 배웠던 따뜻함으로 인간이 아닌 진정한 그대의 동료인 정령들과 같이 살 수 있기를 바라면서 말입니다.」

[그르릉…….]

「아니오. 당신은 이제 따뜻함을 알았습니다. 태고의 그때와는 달리 따뜻함을 알게 된 당신을 동족인 정령들은 이제 싫어하지 않을 것입니다. 떠나십시오. 그리고 동족의 품으로 가십시오.」

레이드가 단호하게 말하자 불의 사신은 조금 망설이는 듯 한참을 레이드의 곁에서 머물러 있으며 움직이지 않고 있었지만, 레이드가 조용히 손을 들어 머리를 쓰다듬어 주고는 천천히 걸음을 뒤로 옮기자 불의 사신은 붉은색의 영기로 화하더니 천천히 탑의 창을 통해 밖으로 사라져 가기 시작했다.

불의 사신의 영기가 완전히 탑에서 사라지자 레이드는 천천히 걸음을 옮기더니 나의 이마에 손을 얹었고, 그 순간 고통을 주던 화상의 기운은 완전히 사라져 갔다.

「탑을 떠나십시오. 이제 모든 원혼은 사라지고 시간은 원래대로 돌아갈 것입니다.」

시간이 돌아간다면 시간에 갇혀 있던 탑은 무너질 것이 분명했기에 난 고개를 끄덕였고, 나의 대답에 레이드는 미소를 짓더니 땅으로 쓰러졌다.

그의 몸에서 은색의 기운이 서서히 빠져나가 사라졌기에 난 레이드의 몸을 안고는 페드로를 향해 소리쳤다.

"페드로, 탑을 빠져나간다!"

"예."

나의 말에 미소를 지으며 대답한 페드로는 화상으로 제대로 정신을 차리지 못하는 이스트를 어깨에 메고는 나를 따라 탑을 빠져나가기 시작했다.

탑의 칠층에 이르자 계단의 한 켠에서 밤의 주술사인 다라이도란의 모습이 드러났고, 그는 나를 향해 불꽃의 단검을 건네주며 말했다.

"그 단검은 영혼의 주술자의 상징입니다. 그 아이가 깨어나면 그 단검을 전해주십시오."

그의 말에 난 고개를 끄덕이며 단검을 받아 들었고, 그는 미소를 지으며 천천히 모습이 흐릿해져 가기 시작했다.

난 단검을 받아 든 후 다시 계단을 빠른 속도로 내려갔고, 얼마 지나지 않아 일층의 입구를 통해 밀루타의 탑을 완전히 빠져나올 수 있었다.

우리가 탑을 빠져나가는 순간 화재 이후 반만이 남았던 탑은 균열이 가기 시작했고, 얼마 지나지 않아 큰 굉음과 함께 붕괴하기 시작했다.

주술에 의해 견디어져 있던 탑이 이제 완전히 붕괴해 버린 것이다.

우리들이 빠져나오는 모습을 본 레비나와 헤레나는 안도의 표정을 지으며 뛰어왔고, 난 레이드를 내려놓고 영영 보지 못할 뻔했던 레비나를 가슴에 안았다.

"블러드 아저씨… 으앙!!"

레비나는 나의 품에 안기자 울음을 터뜨렸기에 난 레비나의 머리를 쓰다듬어 주며 가슴 깊숙이 레비나의 체온을 느꼈다.

그때 페드로가 무슨 생각이 났는지 손바닥을 치며 말했다.

"그러고 보니 불의 사신은 버림받은 정령 프라이어스였군요."

"프라이어스요?"

헤레나는 페드로가 레이드를 데리고 올라가기 전 불의 사신에 대해서 어느 정도 들었기 때문에 궁금증을 일으키며 물었고, 페드로는 프라이어스에 대해서 설명하기 시작했다.

"태고의 정령 프라이어스는 창조주가 불의 정령왕을 만들기 전에 존재한 불의 정령입니다. 최초의 정령 중 하나인 프라이어스는 후에 수많은 불의 정령들이 창조주의 손에 의해 만들어졌지만, 모든 존재를 녹여 버릴 정도의 뜨거움을 가지고 있었기에 불의 정령마저 녹여 버렸다고 합니다. 정령이지만 정령에 속하지 못한 프라이어스는 모든 정령에게 버림을 받자 화가 나 세상의 모든 것을 태워 버리려 하다가 천신 레이뮤에 의해 소멸됐다고 하지요."

"음… 그러니까 천신 레이뮤에 의해 소멸된 것이 아니라 천신 레이뮤의 안배로 인간의 몸에 봉인이 됐다는 거예요?"

"그렇지요. 유온의 주술사는 정령사의 일종으로 불릴 정도로 정령에 대한 친화력이 높은 존재들인데 보통 대륙의 존재들에 비해 친화력은 몇 배에 달할 정도이지요. 그런 자들 중에 최고의 위치에 있던 사람이 영혼의 주술사였으니 그는 충분히 프라이어스를 받아들일 수 있었던 것입니다."

어느 정도 신빙성이 있는 추리였기에 나 역시 고개를 끄덕일 수 있었다.

난 어느 누구도 가까이 할 수 없는 존재인 프라이어스가 나와 같다는 생각이 들었다. 그 뜨거움으로 어느 누구도 가까이 할 수 없었던 프라이어스와 피의 무게로 인해 스스로 사람을 멀리할 수밖에 없던 나.

프라이어스가 유온의 영혼의 주술사에 의해 따뜻함을 찾아 정령들

의 세계로 돌아갔다면, 나 역시 이들에 의해 사람들의 곁에서 평범한
세월을 누릴 수 있게 될까?
　난 레비나를 품에 안으며 제발 그 시간이 빨리 다가왔으면 하는 생
각을 했다.

제15장 에들란 꽃에 얽힌 이야기

"도리스가 돌아왔습니다."

칠흑같이 어두운 방, 한 남자가 어둠 속에 가려져 있는 존재에게 공손히 절을 하며 말했다.

"마신의 인장은……?"

"실패했다고 합니다."

"실패?"

"예. 칠인회의 마법사와 블러드 스톰이란 자가 나타나 방해를 했다고 합니다."

"음… 칠인회와 블러드 스톰……."

어둠 속의 존재는 두 개의 이름을 되뇌이더니 천천히 걸음을 옮겨 보고를 하고 있는 남자의 앞에 도달했다.

희미하게 새어 나오고 있는 빛에 드러나는 그의 얼굴 전체에는 오랜 세월을 살아왔다는 것을 증명하는 주름이 깊게 패어 있었는데, 그가 뼈 마디만 앙상하게 남은 손을 들어 가볍게 손가락을 튕기자 보고를 하던 남자의 뒤에서 붉은색의 로브를 입은 두 마법사가 붉은 빛과 함께 나타나 노인의 앞에 부복했다.

그들이 나타나자 노인은 자신의 앞에 있던 남자를 일으키고는 말했다.

"오마르……."

"예."

"너에게 붉은 씨앗 두 개를 줄 테니 반드시 마신의 인장을 찾아오도록 하라."

"예."

짧은 몇 마디도 힘들었던지 노인은 잠시 숨을 헐떡이며 천천히 걸음을 옮겨 다시 어둠 속으로 사라졌고, 남자는 자리에서 일어나 공손히 노인이 있는 방향을 향해 절을 하고는 방을 나갔다.

그의 뒤로 노인의 신호와 함께 나타났던 붉은 로브를 입은 마법사 두 명이 아무 말도 없이 따르고 있었는데, 한참을 걸어가던 그는 걸음을 멈추고는 고개를 돌려 두 존재를 향해 명령했다.

"한 명은 이번에 회에 돌아온 도리스를 감시하고 한 명은 지금 당장 유온의 땅에 있는 블러드 스톰에게 가 그를 감시하도록 하라."

남자의 명이 떨어지자 붉은 로브의 존재들은 공손히 절을 하고는 신형이 연기와 같이 사라져 갔다.

그들의 기척이 완전히 사라졌다는 것을 느낀 남자는 다시 몸을 돌려 걸어가는데, 그의 앞에 푸른색의 머리칼을 가진 이십 대 중반의 여인이 핏빛의 루비가 달린 마법 스틱을 돌리며 복도의 한가운데를 막고 있었다.

남자는 아무 말도 없이 그녀의 몸을 피해 복도를 지나가려고 했는데 그 순간 여인의 마법 스틱이 그의 턱 앞을 가로막았다.

"무슨 용건인가, 이나카?"

이나카라 불리는 여인이 자신의 앞을 막자 그는 조용히 고개를 돌려 그녀를 쳐다보았는데, 그 순간 엄청난 살기가 복도 전체를 휘감으며 강한 돌풍을 만들었다. 보통 사람이라면 돌풍에 휘말려 날아갈 정도의 바람이었는데, 놀랍게도 이나카란 여인의 주변에는 마치 아무 일도 없다는 듯이 머리카락 하나 날리지 않고 있었다.

"너무 과격하시군요, 제1마사 갈리프스님."

"다시 한 번 묻겠다. 무슨 용건으로 나를 막고 있는 거지, 제3마사 이나카?"

"뭐, 별일은 아니에요."

그제야 그의 앞을 막고 있던 마법 스틱을 치운 이나카는 왼손을 들어 갈리프스의 목을 안고는 오른손으로 그의 가슴을 가리키며 간드러진 목소리로 말했다.

"당신이 음흉한 속이 궁금해서 잠시 잡아봤답니다."

"음흉한 속?"

"호호호호~"

그녀는 갈리프스의 말에 손을 들어 입에 대고 간드러진 목소리로 웃음을 터뜨렸다. 그리고는 조용히 그의 볼에 손을 가져가며 말했다.

"제3마주님에게 붉은 씨앗 두 개를 얻으셨는데, 왜 블러드 스톰이 아닌 도리스를 감시하라 했을까요? 당신은 도리스가 이번에 얻은 힘을 눈치 채고 있지 않나요?"

그녀의 말을 들은 그는 입가에 미소를 띠며 목을 감싸고 있는 그녀의 손을 떼어내고는 앞으로 걸어가면서 조용히 읊조리듯이 말했다.

"물론. 네년이 눈치 채고 있는 것을 내가 모를 리는 없지 않은가?"

"호호호호, 솔직하기도 하시군요. 도리스에게서 그 힘을 뺏을 생각이신가요?"

"글쎄."

그녀의 물음에 갈리프스는 애매모호한 대답을 하고는 사라져 갔고, 이나카는 그의 뒷모습을 보며 미소를 짓고는 조용히 혼잣말을 중얼거렸다.

"갈리프스, 당신에게 그 힘을 뺏길 만큼 도리스는 바보가 아니라는 것을 명심하길 바래요."

그녀는 그렇게 중얼거리면서 조용히 마법 스틱을 들어 자신의 가슴에 안았고, 그 순간 붉은 빛이 그녀의 몸을 감싸더니 서서히 공간에서 그녀의 모습을 감추어갔다.

＊　　　　＊　　　　＊

벤테르스트의 죽음을 알리기 위해 우린 다시 카일라드 부족의 도시로 돌아갔다.

도시는 한참 축제 분위기에 싸여져 있었는데, 카일라드 부족의 부족장과 드라피라의 성녀의 결혼식이 있기 때문이었다.

부족장과 드라피라 성녀의 결혼식은 전 부족이 모두 참여하는 큰 축제라고 할 수 있었기에 부락의 도시에는 카일라드 부족만이 아니라 다른 부족에서 온 사람들도 가득해 도시 안은 발 디딜 틈조차 없었다.

도시의 큰 광장에는 형형색색의 옷을 입은 사람들이 즐겁게 춤을 추고 있었고, 그중 가장 눈에 뜨이는 곳은 유온 족 특유의 색인 보라색의 긴 옷을 입은 처녀들이 모여 전통춤을 추고 있는 곳이었다.

긴 옷을 날리며 원을 그리는 그 춤은 17세 이전의 처녀들만이 추는 것이 허락된 춤으로 그녀들의 주위에는 비슷한 나이의 청년들이 모여 각기 한 송이씩 꽃을 들고 있었는데 모두 보라색의 작은 꽃이었다.

페드로는 춤추고 있는 여인들의 모습을 보며 고개를 끄덕였다.

"에들란 꽃의 춤이군요."

"에들란 꽃의 춤?"

페드로의 말에 헤레나는 흥미가 당기는지 물었고, 페드로는 에들란 꽃에 관한 이야기를 해주었다.

"에들란 꽃이란 지금 청년들이 들고 있는 꽃을 말합니다."

"저거? 보라색에 볼품없는 꽃이잖아."

"예. 그렇지만 의미가 있는 꽃입니다. 에들란 꽃에 관련된 설화를 잠시 이야기해 드리죠. 고대 유온의 한 마을에 에들란이란 여성이 있었습니다."

페드로가 유온의 설화에 대해서 이야기를 해준다는 말에 헤레나는 물론 레비나와 레이드 역시 크게 관심을 보이며 페드로의 곁에 모여들었고, 그것을 보던 그는 레비나의 머리를 쓰다듬어 주며 계속 이야기를 해주었다.

"아르마느 산이라는 곳에 화전을 일구고 사는 벤테이 부족의 부족장의 딸이었는데, 하루는 부족의 여인들과 함께 나물을 캐러 산으로 올라갔다가 그곳에서 소비에르의 한 기사를 만나게 되었습니다. 첫눈에 반한 두 사람은 그날 이후 계속 만남을 가졌지만, 애석하게도 얼마 지나지 않아 소비에르의 군대가 벤테이 부족을 공격하게 된 것입니다. 에들란은 소비에르의 노예가 되어 팔려가게 되었는데, 다행히도 에들란을 발견한 기사에 의해 그녀는 구출되게 되었습니다. 에들란은 기사의 여종이 되어 그와의 사랑을 나눌 수 있게 되었지만, 애석하게도 노예와 사랑에 빠진 기사를 왕은 탐탐지 않게 여기고 있었지요.”

거기까지 이야기하던 페드로가 진지하게 듣고 있던 레비나의 얼굴을 살짝 돌아보더니 헛기침을 몇 번 하고는 미소를 지으며 말했다.

“그럼 오늘은 여기까지.”

“에? 아앙! 페드로 아저씨, 계속 이야기해 줘요!”

“하하하!”

레비나를 놀리는 것이 재밌다는 듯이 페드로는 크게 웃어버렸고, 이스트와 헤레나도 페드로의 가슴에 매달려 이야기를 재촉하며 때를 쓰는 레비나의 모습에 웃음을 터뜨려 버렸다.

한참을 레비나가 재촉하자 페드로는 졌다는 듯한 표정을 지으며 계속 이야기를 해주었다.

소비에르 서부 왕국 이스트라니아드의 왕 미테라스 3세는 금박으로 화려하게 장식되어진 왕좌에 앉아 자신의 앞에서 부복하고 있는 기사 로데튼을 보고 있었다.

이스트라니아드의 최고의 기사라는 이름을 가지며, 자신에 대한 충성심이 높은 것을 알고 있는 미테라스 3세였지만 요즘 들어온 소식으로 기분이 좋지 않은 상태였다.

워낙 뛰어난 로데튼이었기에 그를 시기하는 무리들의 모략이 적지 않은 것은 알고 있었지만 요즘에 들어온 소문은 어느 정도 신빙성이 있었기 때문이다.

부복하고 있는 로데튼을 보며 잠시 헛기침을 한 미테라스 3세는 그에게 준엄한 목소리로 말했다.

"로데튼."

"예, 폐하."

로데튼은 주군이 자신을 부르자 정중하게 대답했다.

"자네의 저택에 유온의 아름다운 여자 노예가 있다고 하던데, 사실인가?"

그 순간 왕의 말을 들은 로데튼의 몸은 충격을 받은 듯 흠칫했지만, 이내 평정을 찾고 공손히 대답했다.

"예, 폐하."

"유온의 여자 노예야 많은 귀족들이 거느리고 있으니 그것을 탓할 생각은 없네만, 소문에 자네가 그 여자 노예와 사랑에 빠졌다는 이야기가 있더군. 로베튼, 사실인가?"

왕의 말에 그는 어떻게 대답해야 할지 머뭇거렸지만, 주군에게 거짓을 고한다는 것은 기사로서 있을 수 없는 일이었기에 사실대로 말했다.

"그렇습니다."

거부를 해주었으면 했던 것이 왕의 바람이었지만 로데튼이 소문이 진실함을 말하자 왕은 혓바닥을 차며 말했다.

"로데튼."

"예, 폐하."

"경은 본 왕의 충실한 부하로서 본 왕은 경의 충성심을 단 한 번도 의심해 본 적이 없네."

"저 역시 폐하에 대한 충성을 잊어본 적이 없습니다."

그의 말에 흡족한 듯 고개를 끄덕인 미테라스 3세는 그를 향해 조용히 말했다.

"경이 본 왕의 제1의 기사임을 안다면 그 행실도 모범을 보여야 하는 법, 왕국의 기사가 더러운 유온의 계집과 사랑에 빠진다는 것은 있을 수 없는 일임을 경은 알고 있으리라 믿소."

왕의 말에 로데튼은 절대 에들란은 더러운 여자가 아니라고 반박하고 싶었지만 차마 왕의 말을 자를 수 없었기에 침을 삼키며 참을 수밖에 없었다.

"본 왕은 경의 사생활까지 참여하고 싶은 생각은 없네. 부디 왕국의 기사로서 자신 스스로 행실을 수습하기를 바라네."

"…예, 폐하……."

떨리는 목소리로 왕의 말에 대답을 한 로데튼은 고개를 숙이고 천천히 접견실을 빠져나갔다.

저택으로 향하는 마차 안에서 로데튼은 생각에 잠겼다.

갑작스러운 왕의 호출로 왕국에 온 로데튼은 생각지도 못한 명령 아닌 명령을 받아 어찌할 바를 모르고 있었다.

직접적으로 말을 하고 있지는 않았지만, 왕은 사랑하는 여인과 헤어지라 명령을 하고 있었기 때문이다.

한시라도 에들란의 곁을 떠나서는 살 수 없을 정도로 사랑에 빠진 그로선 그녀와 헤어진다는 것은 단 한 번도 생각해 본 적이 없었다.

"에들란……."

그는 처음 그녀를 보았던 때를 생각했다.

서부 왕국의 확장 정책을 위해 남부 산맥을 넘어야 됨을 느끼고 있었던 로데튼은 아무에게도 말하지 않은 채 혼자 말을 몰아 산을 올라갔었다.

하지만 험난한 산을 오르기는 그렇게 만만치 않았기에 그는 이내 길을 잃어버리며 산을 헤매이게 되었는데 그때 본 사람이 바로 에들란이었다.

작은 바구니를 들고는 보라색의 옷을 입은 채 나물을 캐고 있는 갈색 머리의 소녀, 그녀의 모습을 본 순간 로데튼은 아무것도 할 수가 없었다.

여린 손을 들어 이마에 흐르는 땀을 닦으며 땅에 닿을 듯한 머리를 쓸어올리는 소녀의 모습에 그는 온몸에 떨리는 듯한 감정을 느꼈다. 나물을 캐는 것이 힘든 듯 귀여운 미소를 지으며 잠시 허리를 펴던 그녀는 멍한 얼굴로 자신을 보고 있는 그를 쳐다보고는 크게 놀라며 뒤로 자빠지고 말았다.

로데튼은 그녀가 뒤로 넘어지자 놀라며 말에서 내려 급하게 그녀에게 뛰어갔는데, 그가 다가오자 놀란 그녀는 들고 있던 호미를 내밀고는 비명을 지르며 고개를 숙였다.

"까아악!!"

그녀는 사악하다고만 들었던 서부 왕국의 기사가 자신에게 갑자기 달려오자 겁에 질려 두려움에 몸을 떨고 있었던 것이다.

그녀의 모습을 보며 어찌할 바를 모르던 로데튼은 그때 그녀의 옆에서 볼품은 없지만 그녀의 옷과 같은 색깔을 가진 작은 꽃이 피어 있는 것을 보고 급하게 그 꽃을 따서는 천천히 그녀에게 다가가 앞에 가져다 놓고는 급히 뒤로 물러섰다.

호미를 내민 채 고개를 숙이고 있던 에들란은 사악하다는 서부 왕국의 기사가 자신의 비명에 화들짝 놀라며 안절부절못하는 모습을 보곤 자신도 모르게 웃음이 터져 나왔다. 그런데 그가 근처에 있던 보라색 꽃을 꺾어 자신의 앞에 놓고는 물러서자 의아함을 느끼며 천천히 호미를 내려놓고 그의 얼굴을 쳐다보았다.

그녀가 호미를 내려놓고 의아한 얼굴로 자신을 보자 로데튼은 자신이 쑥스러운 짓을 했다는 생각을 하며 얼굴이 시뻘게지고 말았는데, 그녀는 그가 내려놓은 꽃으로 다가가서는 작은 손으로 꽃을 들었다.

그 순간 로데튼은 그녀가 자신이 건네준 꽃을 든 것을 보며 가슴속에서 안도감이 밀려오고 있었는데, 그녀는 갑자기 자신의 앞으로 다가오더니 그 꽃을 내밀고는 입술을 내밀며 말했다.

"별로 안 예뻐요."

"예?"

그녀의 말에 로데튼은 당황하지 않을 수 없었다.

"처음 남자에게 꽃을 받았는데, 하필 호라니아라니……."

그녀는 로데튼이 건네준 꽃을 다시 돌려주며 울 듯한 얼굴을 하고 있었다. 사실 로데튼도 느끼는 것이었다. 엉겁결에 그녀에게 건네주긴 했지만 그 작은 꽃은 정말 볼품없는 꽃이었기 때문이다.

그녀의 말에 로데튼은 사방을 두리번거리며 그녀가 말하는 호라니아보다 더 아름다운 꽃을 찾기 위해 두리번거렸지만, 나무가 우거진 숲 속에서 자라고 있는 꽃이라곤 호라니아밖에 없었기에 무척이나 당황했다. 삐친 듯한 표정을 짓고 있던 그녀는 그 모습을 보며 재미있다는 듯이 웃음을 터뜨렸다.

"호호호!"

"하하하하!"

그제야 자신의 행동이 우스꽝스럽다는 것을 깨달은 로데튼 역시 멋쩍음에 웃음을 터뜨려 버렸다.

로데튼은 아직도 자신의 행동을 보며 웃음을 터뜨리던 그녀의 귀여운 모습을 잊지 않고 있었다.

"젠장!"

하지만 왕의 명령에 의해 그녀와 헤어져야 하기 때문에 그는 두 손으로 머리를 부여잡고 고심할 수밖에 없었다.

자신이 과연 그녀를 떠날 수 있을까란 생각을 하면서.

마차 안에서 한참을 고심하던 로데튼은 저택에 도착했다는 마부의 말에 지끈거리는 머리를 만지며 마차에서 내렸다.

저택의 문에선 몇 명의 시녀들이 공손히 고개를 숙이고 있었는데, 그중 한 시녀가 갑자기 로데튼을 향해 뛰어오더니 그의 품에 안겼다.

"로데튼, 왜 이렇게 늦은 거야?"

"에들란."

로데튼의 품에 안긴 시녀는 바로 에들란이었다.

시녀의 복장을 하고 있기는 하지만 그녀가 로데튼의 애인이라는 것을 알고 있는 시녀들은 공손히 고개를 숙이고 있을 뿐이었다.

귀여운 미소로 자신의 품에 안겨 있는 에들란을 보며 로데튼은 이런 귀여운 여인이 자칫 잘못했으면 다른 귀족들의 손에 들어가 험한 꼴을 당했을 것이란 생각을 하자 자신에게 구출된 것이 참으로 다행이라 생각하며 안도의 한숨을 내쉬었다.

그녀를 만난 후 로데튼은 하루에 한 번씩 산에 올라 그녀와의 시간을 보냈지만 왕의 명령으로 잠시 기사단의 일로 그녀에게 찾아가지 못했던 적이 있었는데, 그때 남부 산맥 토벌령이 내려진 것이다.

산맥의 이족들을 토벌하는 일 같은 것은 제1기사라는 로데튼이 참가할 정도의 일이 아니었기 때문에 그에게 알려지지 않았었다. 그 탓에 로데튼은 한참 후에야 그녀의 벤테이 부족이 토벌됐다는 이야기를 들었고 곧바로 모든 일을 집어던지고 남부 산맥으로 달려갔었다.

하지만 이미 토벌된 벤테이 부족의 여자들과 아이들은 국영 노예 시장으로 넘어간 후였기에 로데튼으로선 다급하지 않을 수 없었다.

간신히 국영 노예 시장에 도착한 로데튼은 이미 모든 노예가 다 팔렸음을 알고 좌절할 수밖에 없었다.

그녀가 다른 귀족들에게 팔렸다는 것을 안 그는 하늘이 무너지는 듯한 충격을 받고는 힘없이 어깨를 늘어뜨리고 돌아가려 했는데, 그때 그의 귀에서 날카로운 여자의 비명 소리가 들려왔다.

"에들란?"

그는 그 앙칼진 여인의 목소리가 에들란의 목소리라는 것을 알고 소리가 들린 쪽으로 뛰어갔는데, 소리가 들린 곳은 마차가 지나다니는 대로였다.

국영 노예 시장이 끝난 후 많은 귀족들이 노예를 거느리고 자신의 저택으로 돌아가고 있었기 때문에 대로에는 많은 수의 마차가 있었다. 하늘이 내려준 마지막 기회일 수도 있는 이 순간을 놓치고 싶지 않은 로데튼은 근처에서 지나고 있던 기사의 말을 뺏은 후 귀족들의 마차를 뒤지기 시작했다.

하지만 좀처럼 어떠한 마차에도 에들란의 모습이 보이지 않았기에 로데튼은 좌절에 가까운 상태에 이르렀지만, 첫눈에 반한 여인 에들란의 미소를 생각하면 그녀가 다른 귀족들의 손에 들어가는 것을 참을 수가 없었다.

다시 한 번 힘을 낸 로데튼이 그녀를 찾으려고 할 때 대로의 앞쪽에서 쿵 하는 소리와 함께 여인의 비명 소리가 들렸다.

"까아악!!"

"이 빌어먹을 계집년이!!"

여자의 비명 소리와 함께 들린 중년 남자의 호통 소리. 로데튼은 실낱같은 희망을 잡고 소란이 일고 있는 마차를 향해 말을 몰아갔다.

소리가 들린 마차에 간신히 다다른 로데튼은 마차로 뛰어들어 문을 박차고 열었는데, 그 순간 로데튼은 놀라지 않을 수 없었다.

마차 안에선 한 중년 귀족이 어린 여인의 옷을 갈기갈기 찢으며 범하려 하고 있었는데, 그 중년인의 육중한 몸에 깔린 여인이 바로 자신이 찾고 있던 에들란이었기 때문이다.

에들란은 중년인의 행위에 반항을 하고 있었지만 여자인 그녀는 힘이 없었기에 이제 거의 나신이 다 되어가고 있었던 것이다.

"에들란!!"

로데튼은 그 모습을 보자마자 갑자기 난입한 자신의 모습에 놀란 중년 귀족의 머리를 발로 차버리고는 찢겨진 옷에 반나신이 된 그녀를 끌어당겼고, 중년 귀족의 손에서 자신을 구한 사람이 사랑하는 로데튼이란 것을 알게 된 에들란은 큰 소리로 그의 이름을 부르며 품에 안겼다.

"로데튼!! 흑흑흑……."

"에들란!!"

그녀가 자신의 품에 안겨 눈물을 터뜨리자 로데튼은 안도의 한숨을 쉬며 그녀를 자신에 품에 안았는데, 중년인은 갑자기 난입한 기사를 보며 호통을 쳤다.

"너 이 자식! 감히!!"

중년인의 말에 로데튼은 고개를 돌리고는 말했다.

"이 여인은 나 로데튼 폰 밀리드라가 유온 족으로 파견한 사람이오."

"뭐?"

얼토당토하지 않은 소리에 중년인은 황당하지 않을 수 없었다. 하지만 로데튼의 이름을 들은 그는 아무 말도 할 수가 없었는데, 그 이름의 주인이 왕국 제1기사라는 것을 알고 있었기 때문이다.

로데튼은 잠시 그 중년인을 쳐다보고는 그의 겉옷을 강제로 벗겨 에들란의 몸에 입혀준 후 보석 하나를 그에게 던져 주며 말했다.

“이거면 겉옷 값은 충분하리라 믿소이다. 그럼.”

“이 자식이······!!”

중년 귀족은 로데튼의 행동에 분통이 터졌지만, 그를 막아설 무력이 없는 그로서는 이를 갈 수밖에 없었다.

로데튼은 자신의 품에 안겨 있는 에들란을 안고는 마차를 빠져나올 수 있었다.

저택에 도착하자마자 자신의 품에 안기는 에들란을 보며 그 돼지 같은 중년 귀족에게 그녀가 욕을 당하지 않은 것을 다행이라 생각했다.

만약 그런 자에게 욕을 당했다면 에들란의 이런 미소는 볼 수 없었을 것이기 때문이다.

“내가 로데튼을 위해 음식을 만들었는데. 빨리 와!”

“에들란이 요리를 했어? 그거 기대되는걸?”

에들란은 무엇이 그리 급한지 로데튼의 손을 잡고는 끌며 식당으로 향하고 있었다. 그때 중년의 콧수염을 기른 남자가 와서 그녀의 손을 들고 있던 지팡이로 치고는 말했다.

“에들란 양, 주인님께선 방금 왕궁에서 돌아오셨습니다.”

“그러니까 배고플 거 아니에요.”

그 중년인은 로데튼의 저택을 관리하는 집사인 고든이었다. 그의 말에 에들란은 왕궁에서 돌아왔으니 바로 밥을 먹어야 되는 것 아니냐는 반문을 했는데, 고개를 저은 고든은 그녀를 보며 말했다.

“에들란 양이 밀리드라 가의 안주인이 되시려면 아직 교육이 더 필요하겠군요. 귀족은 시장하다고 먼저 식사를 하지 않습니다. 그전에 몇 가지 과정이 더 필요하지요.”

“예? 뭐가 그리 복잡해요? 배고프면 먹으면 되는 것 아니에요?”

에들란은 이해하기 어렵다는 얼굴을 하며 되물었지만, 고든은 고개를 저은 후 다시 한 번 에들란의 손등을 지팡이로 친 후 로데튼을 향해 정중하게 말했다.

“도련님, 목욕 준비가 되었습니다.”

“알겠네.”

로데튼은 집사를 향해 미소를 지으며 대답한 후 에들란의 볼을 쓰다듬어 주며 말했다.

“에들란, 네가 만든 음식은 목욕을 빨리 끝내고 먹을 테니 조금만 기다려 줄 수 있겠니?”

그 말에 에들란은 조금 실망한 표정을 지었지만 이내 얼굴에 미소를 머금은 후 말했다.

“응.”

“잠시만 기다려 줘.”

그녀의 미소에 미소로 답한 로데튼은 저택에 있는 목욕실로 향했다. 식당으로 사라진 에들란의 모습을 보고 있던 고든 집사는 천천히 그의 곁을 따라갔고, 로데튼은 따라오고 있던 고든을 보며 미소를 짓곤 말했다.

“아무도 에들란의 천방지축을 감당하지 못하는데, 역시 고든 집사님은 다르군요.”

“저의 집안은 대대로 밀리드라 가의 집사를 지냈습니다. 안주인이 되실 분의 교육은 당연히 제가 맡아야겠죠.”

자신의 말에 아무것도 아니라는 듯 대답하는 집사를 보며 그는 껄껄 웃으며 말했다.

“하하하하. 앞으로도 잘 부탁합니다, 고든.”

하지만 그의 그런 웃음은 목욕실에 도착하여 몸을 담근 후에 고민으로 바뀌어가고 있었다. 자신에게 이렇게 웃음을 전해주고 있는 그녀를 떠나보내라는 왕의 명령 때문이었다.

"젠장!"

어떻게 해야 할지 갈피를 잡지 못하는 로데튼이었다. 기사로서 왕의 명을 어긴다는 것은 있을 수 없었지만, 그렇다고 사랑하는 여인을 떠나게 하고 싶지 않았기 때문이다.

이런저런 고민으로 간단히 목욕을 끝내고 나온 로데튼은 간단한 옷을 걸치고 식당으로 향했다.

이미 식당은 식사 준비가 모두 끝나 있었는데, 에들란은 로데튼이 오자 달려가려다가 고든의 표정을 보고는 흠칫하더니 천천히 걸어와서는 그를 보며 말했다.

"로데튼, 배고프지?"

"그래, 어디 에들란이 만든 음식 맛을 볼까?"

그녀를 보며 미소 지은 로데튼은 자리에 앉았고, 에들란은 미소를 지으며 자신이 만든 음식을 가져다 주려고 했다. 그런데 또다시 고든은 그녀의 손을 지팡이로 치고는 다른 하녀들에게 눈짓을 했고, 로데튼의 앞에는 식사를 하기 전의 간단한 입가심용 음식이 올라갔다.

에들란의 실망하는 표정을 보며 로데튼은 한숨을 쉬며 음식에 손을 간단히 대고는 치웠고, 이어서 몇 가지 음식이 나온 후에야 드디어 그녀의 차례가 왔다.

많은 음식이 오가고 있는지라 에들란은 자신의 차례를 찾지 못하고 있다가 아무도 음식을 더 가져가지 않자 그제야 자신의 차례가 왔다는 것을 깨닫고는 음식을 들고 그의 앞으로 가져갔다.

“이거 기대되는걸?”

드디어 자신의 차례가 오자 에들란은 미소를 지으며 음식을 가져왔기에 그녀의 흥을 돋우어주기 위해 기대하는 표정을 지었는데, 다른 시녀가 음식이 들어 있는 접시의 뚜껑을 열자 로데튼은 흠칫하지 않을 수 없었다.

그녀가 가지고 온 음식은 통돼지구이였기 때문이다.

“맛있겠지?”

“으… 응…….”

“그럼 많이 먹어야 해. 알았지?”

“으… 응.”

솔직히 유온 족 여인인 에들란의 음식은 다른 요리사가 하는 것과는 다른 독특한 맛이 있었기 때문에 로데튼으로서도 그녀가 하는 요리가 싫지는 않았지만, 도대체 그녀는 보통의 남자들이 얼마나 먹는지를 모르고 있었다.

화전을 일구는 유온 족 남성의 경우에는 하루 종일 고된 일을 하기 때문에 많은 음식을 먹지만, 귀족 기사인 로데튼의 경우에는 검술 수련을 하기는 하지만 그렇게 많이 먹는 편이 아니었다.

그런 그에게 그녀가 가져온 것은 통돼지구이, 아마 그녀가 만족할 만큼 먹지 않는다면 그녀의 실망한 표정을 또다시 보게 되리라는 것을 알고 있는 로데튼으로선 자신의 식탁에서 눈을 부라리고 있는 통돼지구이가 버거워 보일 수밖에 없었다.

에들란의 일을 어떻게 해야 할지 고민하던 로데튼은 일주일 후 갑작스럽게 왕의 명령서를 받게 되었다.

바로 왕국의 동부 국경 상황이 심상치 않으니 상황을 알아보라는 지시였다.

아직 에들란의 일을 처리하지 못한 로데튼이었기에 잠시 시간을 얻을 수 있는 이러한 명령서는 반가운 일이라고 할 수 있었다.

"이제 가면 언제 오는데?"

"아마 한 달 정도는 걸릴 거라 생각하는데… 에들란, 그때까지 조금만 참아줘."

로데튼의 말에 에들란은 아쉬운 표정을 지었지만 유온 족 남성들이 사냥을 떠날 때의 부인들 모습을 본 적이 있었기에 로데튼을 편히 보내주기로 결심하고는 미소를 지으며 말했다.

"응. 로데튼, 빨리 돌아와야 해. 알았지?"

"알았어… 그럼."

로데튼은 에들란의 볼을 쓰다듬어 준 후 옆에 서 있는 고든 집사가 끌고 온 말에 올라타며 말했다.

"집사, 에들란을 잘 부탁합니다."

"예, 도련님."

고든은 로데튼의 부탁에 고개를 숙이며 공손히 대답을 했고, 로데튼은 그러면 충분히 안심하고 에들란을 맡길 수 있다는 생각을 하며 자신을 기다리고 있는 일단의 기사들을 향해 갔다.

로데튼이 도착한 왕국의 동부 국경은 상당히 좋지 않은 상황이라고 할 수 있었다.

소비에르의 정통 왕국이라 칭하며 시시탐탐 이스트라니아드의 영토를 노리는 몬첸터 왕국이 국경으로 약 오만의 병력을 집결시켰기 때문이다.

다행히 로데튼은 이곳으로 오면서 자신의 휘하 기사단과 함께 왔기 때문에 숫자 면에선 비등하다고 할 수 있었지만, 현재의 상황에선 언제 전쟁이 터진다고 해도 이상할 것이 없는 급박한 상황이었다.

"현재의 상황은?"

동부 국경에 위치한 밀란 성에선 로데튼 휘하의 여러 기사들과 국경 경비대장이 모여 회의를 하고 있었다.

로데튼의 말에 국경 경비대장이자 밀란 성의 주인인 로드리게스 드 밀란 남작이 손으로 지도를 가리키며 현재의 상황을 설명하기 시작했다.

"몬첸터 왕국에서 파견된 약 4만의 병사들과 원래부터 있었던 국경 경비대 일만을 합친 오만의 병사들이 연일 국경을 침범하며 우린 군을 도발하고 있습니다. 현재 도발이 일어나고 있는 곳은 모두 일곱 곳이며 그곳에 경비병들을 집중적으로 배치하고 있습니다."

로드리게스 남작이 말하고 있는 적군의 도발 지역을 한참을 보던 로데튼은 이상하다는 듯이 고개를 저으며 말했다.

"이상하군요. 적군의 도발이 일어나면 작은 전투가 일어날 법도 한데 아직까지 전투가 없다니 말입니다."

"일단은 적군의 도발에 응하지 말라는 명령을 내렸고, 이곳의 지리적 상황은 도발이 일어났다고 해도 군이 전투를 벌이기에 적합한 곳이 아니라 일선 지휘관이 나서지 않고 있다고 봅니다."

"지리적 상황이 적합하지 않다라… 혹시 적은 첨부터 도발만을 목적으로 한 것이 아닐까요?"

로데튼의 말에 제장들은 놀란 눈을 하며 그의 얼굴을 쳐다보았는데, 로데튼은 자신의 생각을 제장들에게 설명해 주었다.

"적이 진정으로 전투를 원하고 있다면 대군이 침범할 수 있는 곳에서 도발을 했을 것이 분명합니다. 즉 이런 소규모의 전투밖에 이루어질 수 없는 지형에서는 전투가 이루어진다고 해도 기껏해야 100명 정도의 사상자밖에 날 곳이 없는 곳이란 겁니다. 이런 상황을 적이 모르지는 않을 터, 그렇다면 적군은 이곳으로 우리의 관심을 집중시키려 하고 있다고 볼 수 있습니다.”

로데튼이 이런 말을 했을 때 그의 부관 중 한 명인 샌페드가 뭔가 생각이 난 듯한 모습을 보이면서 그에게 말했다.

“이건 괜한 의심일지 모르지만, 조금 이상해서 말씀드리겠습니다. 이곳으로 오면서 투덜거리던 일이 있는데 지금 이곳 동부 국경으로 온 기사들 중 히르하임 공작 측의 세력이 하나도 없다는 것입니다.”

히르하임 공작은 정계에서 로데튼과 대립을 하고 있는 세력이었다. 로데튼을 추앙하고 있는 기사단의 세력이 크기는 했지만 히르하임 공작의 세력도 그렇게 쉽게 볼 정도는 아니었다.

그가 거느린 기사단에도 꽤 이름있는 기사들이 있었기에 거의 이런 긴급 상황에선 전공을 자신에게 모두 돌리지 않기 위해 히르하임 공작의 기사단도 참여하기 마련인데, 이상하게도 그들의 모습이 단 한 명도 보이지 않고 있는 것이었다.

샌페드의 말에 다른 기사들도 그제야 조금 이상하다는 느낌이 들었는지 고개를 끄덕이며 그의 말에 동감을 표시했다.

그들이 빠진 상태이기 때문에 지금 동부 국경으로는 로데튼의 휘하에 있는 기사들이 모두 나와 있는 상태였기에 왕궁의 주변 영지에는 그들의 세력이 거의 전무하다고 해도 과언이 아니었다.

생각이 여기까지 미치자 로데튼은 한 가지 의심이 들 수밖에 없었다. 만약 히르하임 공작이 몬첸터 왕국과 밀약을 하고 의도적으로 자신들의 세력을 동부 국경에 집중시킨 후 반란을 일으킨다면 거의 성공할 것은 확실했다. 반란이 성공한 후 공작이 자신들의 사병을 돌려 동부 국경에 있는 로데튼의 세력을 공격하게 되면, 이미 국경에 와 있는 몬첸터 왕국의 5만의 병력에게 합공을 당하게 될 것이기 때문이다.

"샌페드!"

"예."

"너에게 이만의 병력을 주겠다. 오헨과 데로드와 함께 지금 당장 히르하임 공작의 영지를 향해 출발해라!"

"그럼?"

"아직 확실한 증거는 없지만 만약 히르하임 공작이 몬첸터 왕국과 밀약을 해서 반란을 꾀하고 있다면 공작의 영지에 그의 사병들이 없을 것은 분명하다. 공작의 영지에 사병의 숫자가 적다면 그 즉시 방향을 돌려 왕궁을 향하도록 하라."

"예."

샌페드가 로데튼의 명령을 받고 두 명의 기사들과 함께 나가자 회의장에 있던 사람들은 자신들이 예상하고 있는 일이 제발 틀린 추측이기를 바랄 수밖에 없었다.

일단은 몬첸터 왕국의 도발이 관심을 돌리기 위함이라는 것을 파악한 로데튼은 일부의 경비대만을 배치한 채 주 전장이 될 곳으로 병력을 집중시켜 만약에 있을 적의 본격적인 공격에 대비를 하면서, 히르하임 공작의 영지로 향한 샌페드의 소식을 기다릴 수밖에 없었다.

그리고 오 일 후 드디어 기다리고 있던 샌페드에게서 전령이 도착하여 로데튼과 그의 제장들에게 소식을 전해주었는데, 그 소식을 들은 모든 사람은 큰 충격을 받았다.

"히르하임 공작의 영지에 이백여 명 정도의 병사밖에 없다는 것을 알게 된 샌페드님께서는 급히 병력을 돌려 왕궁으로 향하시기는 했지만 왕궁에 도착하기 전에 히르하임 공작의 반란이 일어나 왕궁을 점거했다는 소식을 접하게 되었습니다.”

전령의 말에 제장들은 우려했던 일이 벌어졌다는 것을 알고는 놀라지 않을 수 없었다. 로데튼은 간신히 마음을 안정시키고는 떨리는 목소리로 전령을 향해 물었다.

“폐하께선 어찌 되셨는가?”

전령은 그의 질문에 울분에 가득 찬 얼굴로 눈물을 흘리면서 말을 이었다.

“폐하께선… 히르하임 공작의 손에… 암살된 후 성문에 효수되셨습니다.”

전령의 말에 모든 사람들은 엄청난 충격에 놀라지 않을 수 없었다. 어느 정도 예상은 했지만 설마 히르하임이 왕을 암살하고 성문에 효수까지 할 것은 생각지도 못했기 때문이다.

“히르하임 공작은 폐하를 암살한 후 전국에 몬첸터 왕국의 정통성을 알리는 동시에 이스트라니아드의 왕국은 사라졌으며, 오란 강의 동쪽 영토를 정통 왕국 몬첸터 왕국에게 바치며, 새로이 몬첸터 왕국의 속국인 히르하임 공국의 건국을 알리는 방을 붙이고 있었기에 샌페드님께서 상황을 알 수 있었습니다.”

“오란 강의 동쪽 전부? 그건 이스트라니아드 영토의 절반을 넘는 크기가 아닌가… 이 매국노 자식!!”

제장들은 왕을 암살하고 조국의 땅을 적국에게 팔아넘기며 자신의 공국을 건설한 히르하임 공작에게 분노가 터져 나올 수밖에 없었다.

이러한 기분은 로데튼 역시 마찬가지였다.

“로드리게스!”

“예.”

"너에게 동부 국경의 방어를 맡기겠다. 난 일만의 병력과 함께 샌페드를 돕기 위해 왕궁으로 향하겠다."

"하지만……."

로데튼의 명에 로드리게스는 망설이지 않을 수 없었다. 샌페드에 이어 로데튼마저 일만의 병력을 빼간다면 동부 국경의 방어가 어렵기 때문이었다.

"이 주일, 그 시간만 버틴다면 히르하임 공작의 군대를 괴멸시킨 후 곧바로 군을 동부 국경으로 보내겠다."

"…어렵겠지만… 한번 해보도록 하겠습니다."

로드리게스의 말에 로데튼은 고개를 끄덕인 후 제장들을 보며 말했다.

"이제부터의 전투는 이스트라니아드의 국운이 걸린 일이라 할 수 있다. 비록 수적으로는 열세이지만 제군들의 분투만이 대 이스트라니아드를 살릴 수 있음을 명심하기 바란다."

로데튼의 말에 여러 제장들은 의기를 다지며 대답했고, 로데튼은 시간을 지체할 수 없다고 판단하고 바로 일만의 병력을 대동하고 왕국을 향해 진군을 시작했다.

"까아악!!"

한편 로데튼이 동부 국경으로 향하고 일주일 후 로데튼의 영지인 밀리드라 가에는 수천의 병사들이 밀려왔다.

이미 동부 국경으로 향한 로데튼은 대부분의 사병들을 대동한 후였기에 밀리드라 가에 남아 있는 사병의 숫자는 오백 명을 넘지 않았다. 그 탓에 수천의 병력에 의해 밀리드라 가는 쑥밭이 되어가고 있었고, 저택은 병사들에 의해 점거된 것이다.

영지를 습격한 병사들은 밀리드라 가의 저택을 약탈하기 시작했는데, 이런 와중에 에들란 역시 예외일 수가 없었다.

갑작스럽게 난입한 병사들에 의해 밀리드라 가의 시녀들은 겁탈을 당하고 하인들은 병사들의 검에 죽임을 당해야 했다.

에들란은 고든 집사와 함께 저택의 방 안에 숨어 있다가 방문을 부수며 들어온 병사들을 보고 비명을 질렀다. 그때 병사들의 뒤에서 음흉한 웃음을 지으며 한 명의 귀족이 뒷짐을 진 채 천천히 그녀와 고든 집사의 앞으로 걸어나왔다.

"흐흐흐……."

"다… 당신은……."

에들란은 자신의 앞에서 음흉한 미소를 짓고 있는 중년 귀족의 얼굴을 알 수 있었는데, 그는 바로 자신을 국영 노예 상인에게서 사서 마차 안에서 겁탈을 하려고 했던 귀족이었다.

그는 에들란을 향해 입맛을 다시며 천천히 걸음을 옮겼는데, 고든 집사가 에들란을 향해 더러운 손을 뻗고 있는 그에게 지팡이를 휘두르며 달려들었다.

하지만 늙은 고든 집사는 사나운 병사들을 상대할 수 없었기에 병사들의 휘두르는 검에 맞아 피를 흘리며 쓰러졌고, 에들란은 그 모습에 비명을 지를 수밖에 없었다.

"까아악!!"

에들란은 급히 쓰러진 고든 집사에게 달려갔지만 이미 고든 집사는 목숨을 잃은 후였다.

고든 집사의 죽음을 보며 에들란은 참지 못하고 눈물을 터뜨렸는데, 그런 울음의 시간조차 주지 않고 그는 에들란의 손목을 잡으며 끌고 갔다.

"까아악!! 놓으란 말이야! 이 돼지야! 로데튼이 오면 당장 죽여 버리라고 할 거야!!”

“크크크크, 네년의 남자인 로데튼이란 녀석은 얼마 있으면 전장의 고혼
이 될 터이니 그리 찾지 않아도 될 것이다.”

그의 말에 에들란은 크게 놀랄 수밖에 없었다.

샌페드가 이끌고 있던 3만의 병력은 왕궁의 남부에 있던 히르하임 공작
가의 영지를 떠나 그대로 북상을 하게 되고, 이 소식을 들은 공작의 사병
2만 5천의 병력과 대치하게 되었다.

예상외로 로데튼이 빨리 움직였기에 히르하임 공작은 다른 귀족들에게
서 협조를 받지 못한 상태였고, 설마 적국과 대치하고 있는 상황에서 로데
튼이 전 병력의 반 정도를 자신에게 돌릴 것이라고는 생각지도 못한 히르
하임 공작은 일이 이상하게 풀리고 있다고 생각할 수밖에 없었다.

급히 자신의 사병들을 모두 로데튼의 군대를 상대하기 위해 보낸 히르하
임 공작은 한편으로는 몬첸터 왕국과의 연계를 위해 그들에게 협조를 구하
는 서한을 전령을 통해 전달하게 함으로써 예상치도 못한 사태를 빠져나가
려 하였다.

하지만 정규병이 아닌 그의 사병들은 로데튼의 군대를 제대로 상대하지
못하고 있었기에 전황은 상당히 좋지 않다고 할 수 있었다.

그러던 중 그는 예상치도 못한 군대에 의해 공격을 받게 되었는데, 모든
사병들을 샌페드가 지휘하는 3만의 병력을 상대하기 위해 내보낸 틈을 타
로데튼의 또 다른 군대가 왕국을 급습한 것이다.

왕국은 갑작스럽게 나타난 군대에 의해 소란스럽게 변하고 말았으니 히
르하임 공작의 간계는 완전히 실패하고 만 것이다.

간신히 사병 일백여 명, 그리고 그를 도와준 귀족 몇 명과 왕궁을 탈출

한 히르하임 공작은 그곳을 벗어나 도망치게 되었다.

"에밀턴 백작, 이 급한 시기에 그 따위 더러운 여자는 왜 끌고 다니는가!"

히르하임 공작은 자신을 도와준 에밀턴 백작이 온몸이 피투성이에 입고 있던 옷은 찢어져 거의 나신에 가까운 여인을 끌고 가는 것을 보며 화가 나 말했는데, 백작은 고개를 저으며 말했다.

"아닙니다! 이 계집은 로데튼이 아끼는 계집입니다. 거추장스럽기는 하지만 이년을 이용하여 로데튼과 거래를 할 수도 있지 않습니까?"

"로데튼의 계집?"

로데튼의 여자라면 어느 정도 거래가 가능하기는 했지만 자신이 보는 여인의 모습은 말이 아니었다.

심하게 맞은 듯 얼굴은 시퍼렇게 멍들어 있었고, 옷은 누더기처럼 찢어져 있는 것이 윤간이라도 당한 듯한 모습이었기 때문이다.

"그 따위 계집으로 로데튼과 거래를 할 수 있겠는가? 쯧쯧, 조금 깨끗이 다루었어야지."

"그것이 이 계집 때문에 로데튼과 조금 앙금이 있어서… 맛을 보여준다는 것이… 또 설마 이런 일이 있을 줄은 몰랐습니다."

공작 역시 이런 일이 벌어질 줄은 몰랐기 때문에 백작을 탓하는 것을 멈출 수밖에 없었지만, 과연 이런 누더기가 된 계집으로 로데튼과 거래를 할 수 있을까 의심이 드는 것은 어쩔 수 없었다.

에밀턴 백작에게 끌려간 후 에들란은 상당한 고초를 받았다.

고든 집사가 죽은 후 그에게 끌려간 에들란은 에밀턴 백작에게 강간을 당한 후 그의 사병들에게 던져졌기에 수많은 병사들에 의해 윤간을 당해야 했던 것이다.

병사들의 손에 죽임을 당하기 직전에 샌페드가 이끄는 군대가 왕국을 향해 진격해 온 덕분에 병사들의 윤간은 멈출 수가 있었지만, 지금 그녀의 몸 상태는 엉망이었기에 어느 명의가 그녀를 치료한다고 해도 살아날 가능성은 거의 없다고 할 수 있었다.

지금 그녀를 잡고 있는 생의 마지막 끈은 바로 사랑하는 로데튼을 만나고 싶다는 일념뿐이었다.

제대로 움직이지도 못하는 몸을 지탱하며 강제로 백작의 손에 끌려온 에들란은 이제 한 발자국도 움직일 힘이 없었기에 그 자리에서 쓰러지고 말았다.

"젠장!!"

에들란이 쓰러지자 백작은 화를 내며 그녀의 머리채를 부여잡고는 일으키려 했지만 그녀의 몸이 움직이지를 않자 근처에 있던 병사에게 그녀를 끌고 가게 했다.

"로… 로데튼……."

병사의 어깨에 짊어진 그녀는 흐려져 가는 의식 속에서 로데튼을 찾았다.

이미 윤간으로 인해 몸이 엉망이 되어버린 그녀는 환상에 사로잡혀 있었다. 과거 로데튼을 처음 만났을 때의 일을…….

자신에게 초라한 보라색 꽃을 건네주는 그의 모습을 생각하며 미소 짓는 그녀였지만, 웬일인지 그녀의 몸은 보라색 꽃을 잡을 수가 없었다.

온몸이 쇠사슬의 묶이기라도 한 듯 꼼짝할 수도 없는 그녀는 손을 내밀어 그가 내려놓은 호라니아를 잡으려고 했지만 잡을 수 없었고 점점 로데튼은 그녀의 곁에서 멀어지고 있었다.

"로… 로데튼……."

하지만 그녀의 부름에 로데튼은 아무 말도 하지 않고 천천히 사라져 갔기에 그녀의 눈에서 눈물이 흘러내리고 있었다.

제발 몸이 움직여 호라니아를 잡고 싶었다.

그리고 로데튼을 부르고 싶었지만 그녀는 움직일 수 없었다.

"로… 로데튼… 가지 마… 로덴튼……. 날 두고 가지 마……."

샌페드가 지휘하는 3만의 군대를 상대하기 위해 사병을 모두 전장으로 내보낸 틈을 타 공작이 점거하고 있던 왕궁을 일만의 병력으로 탈환한 로데튼은 그곳에 잡혀 있던 왕국의 기사에게서 충격적인 말을 들을 수 있었다.

"뭐… 뭐라 했는가……?"

"밀리드라 가는 이미… 에밀턴 백작의 병사들에게……. 가문의 식솔들은 모두 죽임을 당했다 들었습니다."

로데튼은 그 말에 온몸에 힘이 빠지는 듯한 충격을 받고 그 자리에서 쓰러지고 말았다. 외아들이었던 그에게 남은 친족은 거의 없었지만, 그곳에는 자신이 사랑하는 여인인 에들란이 있었기 때문이다.

"사, 살아남은 사람은… 없던가……?"

"그것이… 한 여인이 에밀턴 백작의 손에 잡혀 왔다는 것은 들었지만… 자세한 소식은……."

"여인?"

"예. 유온 족 노예인 하녀라 들었습니다."

그 말에 로데튼은 퍼뜩 정신이 들었기에 자신의 곁에 있는 기사를 향해 소리쳤다.

"다, 당장!! 에밀턴 백작이 데리고 온 여인을 찾아라!!"

"예!"

그의 기사들은 로데튼이 유온의 노예 여인을 사랑하고 있다는 것을 알고 있었기에 그의 명령에 따라 궁성 전체를 뒤지며 그녀를 찾기 시작했다.

로데튼은 기사들이 제발 그녀를 찾기만을 기다리며 안절부절못하고 있었는데, 한 기사가 급하게 그에게 뛰어오면서 보고했다.

"로데튼님! 여인의 소재를 찾았습니다."

"그래, 그녀는?"

"그것이… 공작과 함께 도망친 에밀턴 백작이 지하 감옥에 갇혀 있던 여인을 끌고 갔다고 합니다."

기사의 보고에 로데튼은 정신을 차릴 수가 없었지만, 이렇게 충격에만 빠지고 있을 수는 없었기에 보고를 해온 기사를 보며 명령을 내렸다.

"샌페드에게 남은 병력을 인솔하여 국경으로 향하라 전달하고, 이천 명 정도의 병사는 나와 함께 도주한 공작을 추적한다."

"예."

기사가 사라지자 로데튼은 힘없이 의자에 앉고 말았다.

로데튼의 군대를 피해 도주한 공작은 그들의 추적을 따돌리기 위해 방향을 바꾸어 남부 산맥으로 향했다.

남부 산맥은 길이 험하기는 하지만 그 험준한 산맥 덕분에 소수의 인원이 도주하기에는 적합한 곳이었기 때문이다.

그들의 손에 잡혀 있는 에들란은 조금씩 죽음에 다가서고 있었다.

이미 손가락 하나 제대로 움직일 힘이 없는 그녀가 병사들이 먹는 마른 고기 같은 음식을 입에 대지 못하는 것은 당연한 일이었기에 며칠을 굶은 상태로 끌려가는 에들란은 거의 폐인에 가까웠다.

공작으로선 로데튼과의 거래가 가능한 그녀를 죽일 수 없었기에 병사들에게 명령하여 수프를 만들어 그녀에게 먹이게 하였지만, 이미 수프조차 먹을 기력이 없는 그녀였기에 결정을 내릴 수밖에 없었다.

"이년을 버리고 간다."

"예?"

"어차피 이 상태로 가면 얼마 가지 않아 죽을 것은 뻔한 일이다. 이년 때문에 더 이상 속도를 줄일 수도 없지 않은가? 또 우리 손에 있을 때 저년이 죽는다면 오히려 로데튼의 분노를 살 것이 뻔한 일이니 차라리 버리고 가는 편이 낫다."

공작의 말에 에밀턴 백작은 고개를 끄덕일 수밖에 없었고, 그들은 움직이지도 못하는 에들란은 숲에 버려둔 후 사라져 갔다.

공작에 의해 숲에 버려진 에들란은 그들이 떠난간 후 얼마 지나지 않아 간신히 눈을 뜰 수가 있었다.

흐릿한 그녀의 눈에 하늘에서 빛을 내고 있는 별이 들어오고 있었다.

"로… 로데튼… 제발 가지 마…….."

그녀는 별을 향해 자신의 손을 뻗으려 했지만 이내 힘없이 떨구어지고 말았다. 죽음의 시간이 그녀의 눈앞까지 다가온 것이다.

그녀 역시 죽음의 시간이 다가오고 있다는 것을 알고 있었지만 이렇게 죽고 싶지는 않았다. 마지막 한순간이라도 좋으니 그녀는 로데튼의 얼굴을 보고 싶었다.

"로… 로데튼……."

하지만 그녀의 머리 속엔 좋지 않은 생각이 밀려왔다. 과연 이렇게 더러워진 자신을 보고 로데튼은 어떤 표정을 지을까 하는 생각이었다.

더러워져 버린 자신을 보며 로데튼이 차가운 표정으로 뒤돌아설 수도 있다는 생각이 든 에들란의 눈에선 눈물이 흘러내리고 있었다.

"로… 로데튼… 제… 제발 날 버리지 말아줘……."

한편 히르하임 공작과 에밀턴 백작은 에들란을 버리고 도망치고 있었는데, 그때 병사들의 외침 소리가 들려왔다.

"군대다!!"

"헉!!"

병사들의 말에 뒤를 돌아본 공작은 자신의 뒤로 흙먼지가 일며 한 떼의 군마가 달려오고 있는 것을 볼 수 있었다.

로데튼의 병사들이라고 생각한 히르하임 공작은 사색이 된 채 도주를 계속했지만, 제대로 말조차 챙기지 못하고 도주했던 그들인지라 로데튼의 기마병들에게 추적당하고 말았다.

"우아악!!"

살아남기 위하여 공작의 사병들은 밀려오는 기병들을 공격했지만, 제대로 쉬지도 못하고 도주해 온 그들은 로데튼의 병사들을 상대하지 못하고 쓰러져 갔다.

히르하임 공작은 병사들이 그들을 상대하고 있는 동안 백작과 함께 도망치려고 했지만, 도망치지 못하고 병사들의 손에 잡혀 로데튼의 앞으로 끌려오게 되었다.

병사들의 손에 잡혀온 히르하임 공작과 에밀턴 백작을 로데튼은 조용히 쳐다보았다. 히르하임 공작은 왕실 회의에서 몇 번 얼굴을 마주친 적이 있었지만, 에밀턴 백작은 이름만을 들어보았을 텐데 어디에서 보았는지 낯설지 않은 얼굴이었다.

'어디서 보았지……?'

이런 생각을 하고 있을 때 문득 그를 본 장소가 생각이 난 로데튼은 떨리는 손을 진정할 수가 없었다.

로데튼이 그를 보았던 장소, 그것은 바로 국영 노예 시장에서 에들란이 팔려갔을 때라는 게 생각났던 것이다.

에밀턴 백작은 바로 마차 안에서 에들란을 겁탈하려고 했던 그 귀족인 것이다.

"에밀턴이라 했나?"

둔중한 몸의 에밀턴 백작은 로데튼이 자신의 이름을 부르자 사시나무 떨 듯이 몸을 떨기 시작했다.

"너에게 묻겠다. 에들란은 어딨지?"

"헉!"

드디어 자신이 두려워하던 질문이 나오자 에밀턴은 놀란 숨을 내뱉을 수 밖에 없었다.

"다시 묻겠다. 에들란은 어딨지?"

"그… 그것이……."

하지만 에밀턴은 그녀를 버리고 왔다는 말을 할 수가 없었다. 만약 그 말을 했다가는 자신의 목이 달아나는 것은 당연한 일이었기 때문이다.

"에들란이 어디 있나 물었다!!"

더 이상 참지 못한 로데튼은 자리에서 일어나서는 발로 에밀턴 백작의 얼굴을 차버렸고, 백작은 외마디 비명 소리와 함께 뒤로 자빠지고 말았다.

"어이쿠……."

하지만 로데튼은 거기서 끝내지 않고 그에게 가까이 다가서는 멱살을 쥐어 들어 올려 자신의 얼굴을 그의 얼굴에 가까이 가져가서는 이를 갈며 물었다.

“다시 한 번 묻겠다. 에들란은 어딨지?”

“히… 히르하임 공작이 버리고 가라 지시해서 오는 길에 버렸습니다.”

“뭐?”

“헉…….”

자신이 말을 내뱉는 순간 로데튼의 얼굴이 험악하게 일그러지는 것을 보며 에밀턴은 더 이상 아무 말도 할 수가 없었다.

로데튼의 얼굴은 마치 악마와 같은 형상을 하고 있었기 때문이다.

“죽어라…….”

“끄아악!!”

로데튼은 죽으라는 말과 함께 오른손을 들어 그의 살이 찐 얼굴을 잡아눌렀고, 그 순간 건틀렛이 그의 두개골을 부서뜨리며 얼굴을 뭉개어 버렸기에 에밀턴 백작은 외마디 비명과 함께 죽고 말았다.

에밀턴 백작이 죽었다는 것을 안 로데튼은 그를 숲에 던져 버리고는 공작에게 다가가서 그의 멱살을 잡고 에밀턴과 똑같이 오른손으로 그의 얼굴을 부여잡고는 말했다.

“너의 눈에는 에들란이 더러운 계집으로 보일지 모를지만, 나에겐 네 녀석이 개새끼의 배설물보다 못한 존재이다. 개새끼의 배설물보다 못한 존재!!”

“끄아악!!”

또다시 자신의 손에 얼굴을 잡힌 이의 얼굴을 뭉개 버린 로데튼은 부하들을 보며 명령했다.

“일단의 병사들은 남아 이자들을 창에 꿰어 왕국의 성문 앞에 매달아 매국노의 결과를 알리고 나머지는 나를 따라오라!!”

“옛!!”

공작의 죽음을 끝으로 왕국의 반란은 모두 끝이 났다고 할 수 있었지만 로데튼에게는 아직 끝이 아니었다.

에들란을 찾지 못한다면 그에게는 죽을 때까지 끝이 나지 않을 것이다.

기마를 이끌고 온 로데튼이었는지라 그들의 도주로를 제대로 살피지 못했음을 후회하며 제발 살아 있기만 해달라고 빌었다.

더러운 자들에게 능욕을 당해 그 몸이 더러워졌다고 해도 로데튼에게는 상관없었다. 자신을 사랑하며, 자신만을 바라보는 여인이라면 그 마음은 어느 누구보다 순결할 것임을 알고 있었기 때문이다.

'에들란… 제발……'

말을 몰아 공작의 도주로를 역으로 달려가는 로데튼은 자신이 믿고 있는 오성신에게 이방의 신을 믿는 여인지만, 자신의 여인 에들란이 살아만 있게 해달라고 빌 수밖에 없었다.

한편 공작에 의해 숲에 버려진 에들란은 어느 정도의 시간이 지나자 간신히 몸을 움직일 수 있었다.

하지만 그녀가 움직일 수 있는 힘은 죽음에 임박한 이들이 보이는 마지막 이승에 대한 염원에서 나오는 마지막 힘.

이 힘이 그녀의 몸에서 사라졌을 때 그녀는 죽은 자의 세상으로 가게 될 것이다.

하지만 그녀는 그런 것을 알지 못한 채 나무에 몸을 기대며 힘들게 숲을 걸어갔다. 그녀의 눈에는 멀리 사라져 가는 자신의 사랑 로데튼만이 보일 뿐 숲의 짙은 어둠도, 산짐승의 짖는 소리도 들리지 않았다.

"로… 로데튼… 날 버리고 가지 마……"

그녀는 환상 속에서 천천히 자신의 앞을 걸어가는 로데튼을 따라가려 했지만 그는 멈추지 않았다. 오히려 시간이 지나면 지날수록 점점 멀어지는 것 같았기에 에들란은 가슴이 찢어지는 듯한 아픔을 느낄 수밖에 없었다.

"아!!"

한참을 환상의 로데튼을 따라 걸음을 옮기던 그녀는 더 이상 걸을 힘이 없는지 무릎이 꺾이며 그 자리에서 쓰러지고 말았다.

더 이상 로데튼을 따라갈 수 없게 되자 그녀는 나무 둥치에 지친 몸을 기댈 수밖에 없었는데, 눈에서 눈물이 흘러내렸다.

"으… 으응… 흑흑… 로데튼…… 로데튼… 로… 데……."

더 이상 눈물 때문에 가빠진 숨을 쉴 수 없는 에들란은 로데튼의 이름을 부르던 음성이 작아지더니 어느 순간 그 작은 목소리마저 사라져 가고 말았다.

그녀의 고통스러운 시간은 이제 안식의 시간으로 바뀌어간 것이다.

에들란이 정적이 어린 숲에서 조용히 숨을 거두고 있을 때, 로데튼은 자신들의 부하를 사방으로 보내어 에들란의 이름을 외치며 그녀가 그 소리에 자신들에게 나타나기만을 빌었다. 사방을 돌아다니며 찾아 헤매고 있었지만, 애석하게도 그는 에들란의 이름을 외치고 있을 뿐 잠이 든 그녀를 보지 못한 채 말을 몰아 그녀가 있던 숲을 벗어나고 있었다.

다음날 로데튼은 공작의 일행이 도망치는 모습을 본 농민들의 말을 듣고 그녀가 버려졌을 것이라 여겨지는 숲을 확인하며 그곳에 많은 병사들을 투입하여 에들란을 찾게 하였다.

하지만 살아 있다 해도 여자의 몸으로 숲에 남겨져 있다면 늑대와 같은 맹금류의 먹이가 되었을 것은 분명했기에 에들란은 어느 누구의 눈에도 보이질 않았다.

일주일간 계속된 수색에서도 에들란을 찾을 수 없었던 로데튼은 동부 국경의 상황이 안 좋아졌다는 보고를 들으며 그녀의 수색을 포기할 수밖에 없었다.

히르하임 공작에 의해 왕족이 모두 죽임을 당한 이상 이제 이스트라니아드의 새로운 왕이 되어야 할 인물은 로데튼뿐이었기 때문이다.

하지만 로데튼은 숲을 빠져나올 수가 없었다. 이 숲의 어딘가에서 에들란이 자신의 이름을 부르며 떨고 있을 것이란 생각이 들자 움직일 수가 없었다.

"으아아악!!"

참을 수 없는 그는 숲을 향해 소리를 질렀다. 이 목소리가 숲 전체에 퍼져 에들란이 듣고 자신을 찾아오기를 바라며, 그는 모든 힘을 다해 숲을 향해 소리를 질렀다.

하지만 그의 고통에 찬 외침은 메아리가 되어 돌아올 뿐이었다.

히르하임 공작에서부터 시작된 모든 전쟁은 10년의 긴 시간을 지속시키며 완전히 끝을 맺었고, 몬첸터 왕국은 이 10년의 전쟁에서 패배하여 이스트라니아드 왕국에게 멸망당하고 말았다.

모든 전쟁이 끝난 후 이스트라니아드 왕국의 왕 로데튼은 10년의 짧은 기간을 마지막으로 자신의 부하인 샌페드에게 왕권을 넘기고 조용히 사라져 갔다.

왕국의 어느 누구도 단 한 사람의 수행원도 없이 사라진 로데튼이 어디로 사라졌는지 알지 못했다.

수십 년의 세월이 흘러가 그날에 있었던 일은 역사의 한 페이지 속으로 사라져 갔다.

왕국의 남부 산맥에서 화전을 일구며 살아가는 유온 족의 처녀들이 나물을 캐기 위해 산을 오르고 있을 때 산등성이의 한 곳에서 한 노인이 앉아 있는 것을 볼 수 있었다.

백발의 노인은 작은 바위 위에 앉아 보라색 꽃을 한 송이 들고 있었기에 유온 족의 처녀 한 명이 노인에게 다가가 물었다.

"할아버지, 여기서 누구를 기다리시나요?"

그녀의 말에 노인은 작은 미소를 지으며 조용히 그녀에게 말을 해주었다.

"허허허… 사랑하는 사람을 기다린답니다."

"사랑하는 사람이요?"

그녀가 묻자 노인은 고개를 끄덕였는데, 처녀는 사랑하는 사람을 기다린다는 노인이 볼품없는 호라니아를 한 송이 들고 있자 미소 지으며 말했다.

"호라니아 말고 다른 예쁜 꽃도 많을 텐데 왜 호라니아를 들고 계세요? 할아버지를 만나러 오시는 분이 실망하겠어요."

"허허허……."

그녀의 물음에 노인은 너털웃음만을 지을 뿐 아무런 말도 하지 않았고, 처녀는 이상한 할아버지라고 생각하며 다시 나물을 캐기 위해 산을 오르는 다른 이들을 따라 올라갔다.

페드로의 이야기가 끝났을 때 레비나는 눈물을 흘리더니 그를 보며 물었다.

"그 할아버지는 로데튼이란 사람이에요?"

레비나의 말에 페드로는 고개를 끄덕이며 말을 해주었다.

"예. 로데튼은 처음 에들란을 만난 그 자리에서 수십 년, 그리고 또 다시 수십 년을 하염없이 에들란이 찾아오기만을 기다리고 있지요. 아마 지금도 로데튼은 돌아오지 못한 여인을 기다리며 한 송이의 호라니아를 들고 있을 테지요."

"흑흑……."

레비나는 울자 페드로는 그녀의 머리를 쓰다듬어 주며 말했다.

"이 작고 볼품없는 꽃의 꽃말은 기다림입니다. 영원한 기다림이요. 저기 보이는 유온 족의 처녀들은 방황하는 여인들, 남자는 여인이 그 방황을 끝내고 돌아오기만을 기다리고 있고 모든 춤을 끝낸 여인이 남자의 꽃, 에들란의 꽃을 받아들일 때 에들란과 로데튼의 오랜 이별은 사랑으로 끝을 맺게 되는 것이죠."

유온 족의 이 에들란 꽃의 춤 축제는 부계의 부족에서 자유를 얻지 못하는 여인들이 유일하게 남자들에게서 주도권을 얻어 그들을 선택할 수 있는 권한이 주어진다. 전 부족의 최고 계급인 드라피라의 성녀가 자유를 잃은 여인의 몸으로 돌아갈 그 시간만이 부족의 여인들에게 진실로 사랑하는 남자를 선택할 수 있는 기회가 주어지는 것이다.

난 페드로의 이야기를 들으며 눈물을 글썽거리고 있는 레비나를 지켜보고 있었다. 그런데 갑자기 이스트가 달려와서는 나에게 무엇을 던져 주고는 에들란 꽃의 춤 축제가 있는 곳으로 나를 밀어붙였기에 영문을 알 수 없었는데, 내 손에 쥐어진 것이 무엇인지 알게 된 후 난 황당하지 않을 수 없었다.

그가 나에게 던져 준 것은 바로 에들란의 꽃이기 때문이다.

"뭐 하는 짓인가!"

난 장난하고 있는 이스트를 보며 뒤로 돌아서려고 했는데, 그때 나의 앞으로 한 사람이 나타나서 손에 들려 있는 꽃을 빼가는 것을 느낄 수 있었다.

"엥?"

이스트 역시 그 모습을 보며 놀란 표정을 지을 수밖에 없었는데, 바로 내가 들고 있던 에들란의 꽃을 유온의 여인 한 명이 빼 들었기 때문이다.

"당신을 기다리는 시간 동안 저 역시 당신을 그리며 슬픔의 날을 지냈답니다. 이제 당신의 꽃을 받아 슬픔의 날을 잊고 영원한 사랑만이 우리 두 사람에게 남아 있기를 바랍니다."

"헉……."

나의 뒤에 있던 이스트는 나보다 더 놀랐는지 헛바람 소리를 내뱉었다. 그 여인이 말은 에들란이 오랜 시간을 기다린 로데튼에게 하는 영원한 사랑의 언약이었기 때문이다.

난 당황하여 그녀에게 무어라 말을 하려고 했는데, 그녀의 몸에서 느껴지는 기운을 안 순간 다시 한 번 놀랄 수밖에 없었다.

내 손에 있는 꽃을 받아 들어 영원한 사랑의 언약의 말을 한 여인의 몸에서 느껴지는 기운은 다크 솔루션의 일이 있을 때 만난 공기를 조종하는 마나를 지닌 여인의 기운이었기 때문이다.

그녀는 살짝 후드를 젖히며 얼굴을 드러낸 후 나를 보며 말했다.

"오랜만에 뵙게 되는군요, 블러드 스톰 씨."

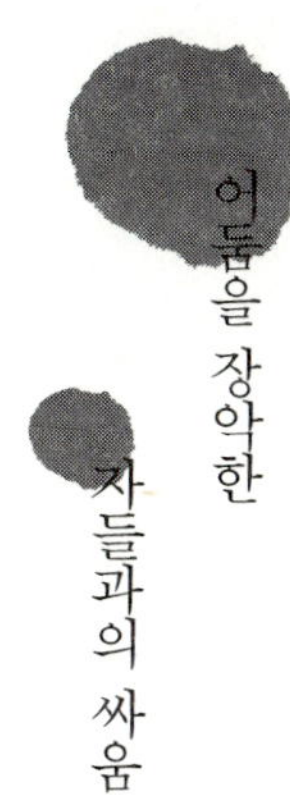

공기의 마나를 조종하는 여인, 그녀의 얼굴을 확인한 순간 난 놀라지 않을 수 없었다.

부드럽게 흐르는 긴 금발, 오똑한 코, 마치 하늘을 바라보는 듯한 푸른색의 눈을 가진 아름다운 여인이었기 때문이다.

같은 일행인 헤레나 역시 꽤 미인이기는 했지만 공기를 조종하는 여인에 비해선 떨어지는 얼굴이라고 할 수 있었다.

그녀는 우리와 함께 주점으로 갔고, 난 드디어 그녀의 이름을 알 수 있었다.

"먼저 저를 소개하도록 하지요. 전 도리나 가우레시스라고 해요."

"가우레시스?"

페드로는 그녀의 성을 듣고 크게 놀라는 듯했기에 난 고개를 돌려 그의 얼굴을 쳐다보았다.

"알고 있는가?"

"예. 가우레시스는 50년 전 120개 중소 국가의 하나인 가우레시스 왕가의 성입니다. 하지만 제국에 대한 반란을 계획하다 중소 국가의 분쟁을 다스리는 제국의 중재의 군대에 의해 일족 모두가 죽임을 당했다고 알려져 있습니다."

페드로의 말에 그녀는 고개를 끄덕이며 말했다.

"예, 분명 가우레시스 왕가는 가증스러운 제국의 군대에 의해 멸망하게 됐지요."

"그럼 당신은 누구지?"

"전 유일하게 가우레시스 왕가에서 살아남은 제3왕자이셨던 도라스 데룬 가우레시스의 손녀입니다."

"무슨 소리인가? 그 당시 왕가의 일곱 왕자들은 모두 중재의 군대에 의해 성문에 효수되었다고 알고 있는데?"

"예, 물론 그렇게 알고 있지요. 하지만 제3왕자 도라스 데룬 가우레시스, 즉 저의 할아버지는 그 혼란의 왕궁을 빠져나왔습니다."

페드로의 말에 그녀는 그때의 일을 우리들에게 설명해 주었다.

가우레시스 왕가의 제3왕자 도라스, 그는 그 당시 가우레시스 왕국의 왕 빌라드 3세의 삼남으로 태어났지만 후첩의 소생이었다.

몸이 약했던 후첩은 도라스를 낳고 죽었고, 도라스 역시 어렸을 때부터 잔병치레를 많이 하였는지라 이십 세가 넘은 후에도 침대에서 벗어나지 못하는 허약한 왕자였다.

이런 도라스를 못마땅해하는 빌라드 3세는 그를 서궁에 반유폐를 시켰기에 그의 얼굴을 알고 있는 사람은 서궁에서 그의 시중을 봐주는 시녀 3명과 왕세자 비스트로밖에 없었다.

왕세자 비스트로는 몸이 약해 언제나 침대에 누워 있는 도라스를 측은하게 생각하고 있었기에 왕세자로서의 정무와 공부 등이 끝나면 언제나 서궁으로 찾아가 도라스와 이야기를 나누었다. 그런 이유로 두 왕자의 사이는 어느 누구보다 친한 사이였다.

그러던 와중에 가우레시스 왕국은 중소 국가들을 부추켜 전쟁을 일으키려 한다는 모함을 받고 중제의 군대가 밀려와 왕국을 공격한 것이다.

혼란의 와중, 왕궁 안으로 군대가 밀려오자 비스트로는 서궁에 갇혀 있는 도라스를 구하기 위해 달려왔고, 간신히 그를 왕궁에서 도피시키는 것은 성공했지만 비스트로는 중제의 군대에게 잡혀 죽고 말았다.

이미 비스트로는 제3왕자 대신 희생될 사람을 준비했었고, 제 3왕자의 얼굴을 알고 있는 시녀 3명은 모두 자신의 손으로 처단한 뒤였기에 아무도 제3왕자가 왕궁을 빠져나갔다는 것을 알지 못한 것이다.

왕궁을 빠져나온 제3왕자는 비스트로 왕자가 그에게 붙여준 세 명의 기사들과 함께 탈출에 성공했지만, 자신 때문에 존경하는 왕세자인 형님이 죽었다는 것을 알게 된 후 크게 비통함에 잠기게 되었다.

그래서 자신들의 왕국을 멸망시킨 제국에 대해서 원한을 품게 되었고, 세 명의 기사들과 함께 제국에 대항할 세력을 만들어가기 시작했다.

그녀의 말을 들은 우리는 멸족했다고 알려져 있는 가우레시스 왕족의 혈통이라는 그녀의 말을 어느 정도 받아들일 수 있었다.

하지만 제국에 대항하기 위해 조직을 만든 인물의 손녀가 왜 우리에게 왔는지 이해가 되지 않았다.

"당신이 나에게 말했던 하나의 부탁 때문인가?"

나의 말에 그녀는 고개를 끄덕이며 말했다.

"예."

하지만 그녀의 부탁은 들어줄 수 없었다. 지금까지 들었던 말대로라면 그녀의 조직은 대륙의 패자라고 할 수 있는 신성제국 로아냐드를 무너뜨리는 일, 그런 일을 용병이 받아들일 리도 없고, 또 한 용병의 힘으로 제국을 무너뜨린다는 것은 있을 수 없는 일이기 때문이다.

"참나! 정말 허황된 조직이로군. 도대체 무슨 힘으로 제국을 무너뜨린다는 거지? 멸망한 왕가의 힘으로 대륙에 군림하고 있는 신성제국을 무너뜨릴 수 있다고 생각하는가?"

이스트는 말도 안 된다는 듯이 그녀를 보며 소리쳤는데, 도리나라는 여자는 고개를 저으며 예상외의 말을 했다.

"아니요. 저흰 신성제국의 멸망을 목표로 하고 있지 않습니다."

"뭐? 분명 당신이 이야기하길 당신네 조직은 신성제국을 무너뜨리기 위해 조직되었다고 했잖아."

"예. 하지만 조직이 어느 정도 힘을 가지고 정보를 입수해 감에 따라 저희는 왕국을 멸망시킨 존재가 단순히 신성제국이 아니었다는 것을 알게 되었죠."

"신성제국이 아니라고?"

"예."

그녀는 이스트의 질문에 잠시 말을 멈추고 있다가 나에게 시선을 돌리며 말했다.

"블러드 스톰 씨, 다크 솔루션을 멸망시켜 주세요."

"뭐?"

페드로와 이스트는 그녀의 말에 크게 놀라는 표정을 지으며 되물을 수밖에 없었다.

다크 솔루션. 신성제국은 물론이요, 120개 중소 국가에서도 그 힘을 가지고 있는 어둠의 조직. 그들은 이 수많은 나라들을 어둠 속에서 움직이는 존재로 그 조직의 크기나 총단의 위치, 아니, 그 수장의 정체 또한 비밀에 가려진 존재이기 때문이다.

신성제국에 비해 그 규모는 작을지 모르지만 어떻게 보면 신성제국을 무너뜨리는 것보다 더 어려운 것이 다크 솔루션일 수도 있었다.

신성제국은 겉으로 드러나 있는 존재이지만 다크 솔루션의 경우에는 그 정체도 파악할 수 없는 비밀스러운 존재이기 때문이다.

"일개 용병의 힘으로 그런 단체를 무너뜨릴 수 있다고 생각하는가?"

난 그녀를 보며 되물을 수밖에 없었다. 아무리 나의 힘이 강하더라도, 아니, 대륙 최고의 검술을 지녔다고 하더라도 난 개인일 뿐이다.

개인의 힘으로 단체를 무너뜨린다는 것은 허황된 소설에서나 나오는 이야기일 뿐 실제로 가능한 이야기는 아니었기 때문이다.

"예. 물론 당신 혼자서, 일개 용병의 힘으로 다크 솔루션을 무너뜨리는 것은 무리예요."

"그런데?"

"하지만 그런 비밀 단체의 존재를 어느 정도 알고 있는 조직이 당신을 도와준다면 그것은 불가능하다고만 할 수 없는 일이지요."

다크 솔루션의 존재를 어느 정도 알고 있는 조직, 그것은 바로 도리나라는 여자가 속해 있는 가우레시스 왕가의 제3왕자가 만든 조직일 것이다.

하지만 대륙 전체에 비밀로 가리워져 있는 존재를 알아낼 만한 실력을 가진 조직이 왜 나의 힘을 원하고 있는지는 알 수가 없었다.

"당신들의 힘이라면 일개 용병인 나는 필요없을 텐데?"

나의 말에 그녀는 고개를 저으며 말했다.

"아니요. 보통 용병이라면 모르겠지만 당신, 즉 블러드 소드를 가지고 있는 당신이라면 가능합니다."

"블러드 소드를 가지고 있다면 가능하다고?"

난 그녀의 말을 이해할 수가 없었다. 물론 블러드 소드가 많은 비밀을 가지고 있는 마검이라는 건 알고 있었지만, 그렇다고 검 자체만으로 수많은 적을 상대할 수 있는 궁극의 병기는 아니었기 때문이다.

그녀는 나의 블러드 소드에 대한 이야기를 해주었다.

"당신이 가지고 있는 블러드 소드, 그 마검의 원래 명칭은 소울 브레이커입니다."

"소울 브레이커?"

"예. 영혼을 파괴하는 검, 그것이 바로 블러드 소드의 정식 명칭이지요."

우연하게 나의 손으로 들어온 마검 블러드 소드, 그것이 영혼에 제약을 가하는 검이라는 것은 알고 있었지만, 영혼을 파괴하는 검이란 이름을 가지고 있을 줄은 몰랐다.

그리고 영혼을 파괴하는 검, 그것이 왜 도리나란 여자의 조직에 필요한지도 알 수 없었다.

나의 이러한 의문을 알기라도 하는 듯 그녀는 계속 말을 이으며 나와 그 검이 필요한 이유를 설명하기 시작했다.

“저희가 다크 솔루션이란 존재를 알게 된 것은 30년 전, 신성제국의 내란을 조장해 가고 있을 때 그들이 다가왔지요.”

그녀가 우리에게 이야기해 준 것은 놀라운 이야기였다.

어둠 속에서 암암리에 국가를 움직이고 있는 다크 솔루션은 신성제국을 무너뜨리기 위해 존재하는 단체였던 것이다.

그들은 제국의 상층부를 자신들의 재력과 힘으로 좌지우지하며 움직여 갔고, 그것이 지금에 와서는 이 혼란스러운 상황을 만들어낸 것이다.

다크 솔루션의 궁극적인 목적은 제국의 멸망과 함께 새로운 신제국의 건립, 하지만 그녀가 속해 있는 조직에서 알아낸 그 이면의 사실은 그것이 단순한 신제국의 건립이 아니라는 것을 알게 해주었다.

“마족의 제국?”

“예. 그들은 루덴스의 죽음과 함께 무너져 가는 마족들의 국가인 마령을 다시 한 번 일으키기 위해 다크 솔루션이란 조직을 움직이고 있는 것입니다.”

“…….”

난 아무 말도 할 수가 없었다.

마족, 그것은 마계의 인간들을 말한다. 하지만 마계의 인간이라는 그들은 지상계의 인간들과는 다른 힘을 지니고 있었다.

보통의 인간이라면 상상도 하지 못할 엄청난 어둠의 마력과 보통 인간의 수십 배에 달하는 힘, 단 한 명의 고위 마족을 죽이기 위해선 수백의 사람들이 희생되어야 할 정도로 그들의 힘은 막강했다.

“블러드 소드, 당신이 말하는 소울 브레이커가 필요한 이유는?”

“인간의 힘으로는 상대할 수 없는 마족, 다크 솔루션의 그 중심에 위치한 열두 명의 고위 마족을 상대하기 위해선 마족의 영혼마저 파괴할 수 있는 소울 브레이커가 반드시 필요합니다. 오로지 그 검만이 다크 솔루션의 정점에 있는 마족들을 죽일 수 있으니까요."

"음……."

난 그제야 그들이 왜 검을 필요로 하고 있는지 알 수 있었다.

"하지만 내가 아니라도 이 검을 쓸 수 있는 사람이 있을 텐데?"

내가 소드 오버러의 경지에 이르렀다고는 하지만 나보다 더 검술이 뛰어난 인물이 대륙에 없지 않았기에 그렇게 말할 수밖에 없었다.

예를 들어 리후드 백작의 경우에는 만약 제국을 어둠 속에서 움직이고 있는 존재를 알게 된다면 그의 기사단은 분명 도리나란 여자의 힘이 될 것이며, 그는 고위 마족과 싸울 것이 분명했기 때문이다.

하지만 그녀는 나의 말에 고개를 저으며 말했다.

"아니요. 이 세상에서 마검의 힘을 제대로 발휘할 수 있는 능력을 가진 이는 당신밖에 없습니다."

"나밖에?"

"예. 대륙 전체에서 피의 마나를 가진 사람은 당신밖에 없으니까요."

"피의 마나……."

분명 나의 마나는 피로 얼룩진 마나이다. 스스로를 죽일 수 없어 타인에게 죽기 위해 돌아다녔던 수많은 전쟁터에서 난 울분과 고통의 시간을 피로 채워가며 어느 누구도 얻지 못했던 피의 마나를 손에 넣을 수 있었다.

"소울 브레이커는 마검, 과거 이 검을 썼던 이는 당신 전에 유일하게 피의 마나를 가졌던 버림받은 마족 킬리스가 사용하던 검입니다."

"킬리스?"

"예. 보통의 마족과는 달리 두 개의 머리와 여섯 개의 날개를 가진 돌연변이 마족 킬리스는 마계에서 버림받았던 존재. 그는 그 울분을 잊기 위해 수많은 인간과 마족, 그리고 신족의 피를 모아 하나의 검을 만들어냈고, 그것이 바로 소울 브레이커이지요. 소울 브레이커를 만들어낸 킬리스는 일만의 마족과 일만의 신족, 그리고 수십만에 달하는 인간들의 영혼을 자신의 검에 각인시킨 후 스스로 자신의 몸을 베어 소울 브레이커의 에고가 되었습니다."

"에고라고?"

난 그녀의 말에 놀라지 않을 수 없었다. 수십 년을 가지고 있었던 애검 블러드 소드였지만 단 한 번도 이 검에서 에고의 기운을 느낀 적이 없었기 때문이다.

"예. 아직은 그 봉인이 풀리지 않아 에고가 드러나 있지는 않지만, 봉인이 풀린다면 에고는 다시 그 검에 모습을 보이게 될 것입니다."

"피의 마나를 가진 존재만이 봉인이 풀린 진정한 킬리스의 힘을 견딜 수 있단 말인가?"

"예. 피의 마나를 가진 블러드 스톰 씨라면 같은 운명의 킬리스가 자신의 주인으로 받아들일 수 있다고 생각했기 때문입니다."

킬리스, 에고 소드. 난 갑작스럽게 다가온 이것들을 좀처럼 이해할 수가 없었다. 도대체 무슨 일이 일어나려고 하는 것일까······.

우린 카일라드 부족의 부족장을 만나 벤테르스트의 죽음을 알린 후 도리나란 여자를 따라 그녀의 조직이 있는 다리아스 공국으로 향했다.

다리아스 공국은 과거 가우레시스 왕가의 루안 데로드 폰 다리아스 공작이 만든 왕국이다. 가우레시스 왕국이 중제의 군대에 의해 멸망할 당시 신성제국에게 대항할 수 없는 공국의 델트로 공작은 침묵을 지킬 수밖에 없었지만, 30년이 지난 후 제국이 내전으로 120개 중소 국가에 더 이상 신경을 쓰지 못하고 있자 30만의 대군을 이끌고 가우레시스 왕국을 배반한 렐피드 백작이 가우레시스 왕국의 자리에 세운 아센 왕국을 침공, 현재에는 그 영토의 절반 이상을 빼앗은 상태였다.

얼마 지나지 않으면 이제 아센 왕국이 다시 역사에서 사라질 것은 분명하지만 과연 가우레시스 왕조가 다시 되살아날 수 있을지는 의문이었다.

물론 도리나의 말에 의하면 이미 다리아스 공국이 점령한 아센 왕국의 영토 안에 존재하는 빈센트 성에 그 임시 왕도를 정하며 지지자를 끌어모으고 있지만, 그렇다고 드러나게 활동은 하지 않고 있다 했다.

"그렇다면 블러드 소드의 봉인을 풀기 위해선 가우레시스 왕국의 옛 왕궁으로 가야 된다는 건가?"

"예. 지금은 폐허가 되어 흔적만이 남았지만 봉인지만은 마법으로 보호되어 있기 때문에 무너진 성벽만 치운다면 안으로 들어갈 수 있을 거예요."

"음……."

다리아스 공국으로 말을 몰아가면서 난 도리나와 몇 가지 이야기를 나누었다. 그녀는 과거 블러드 소드에 있는 에고의 힘을 알아챈 이름 모를 대마법사가 그 당시 비었었던 왕궁의 지하에 던전을 만들고 검을 봉인시켜 놓았는데, 그것을 왕조가 무너지려 할 때 왕세자가 던전 안으로 들어가 검을 꺼내었지만 봉인은 풀지 못하고 3왕자를 구해내면서 죽임을 당했다는 것이다.

　지금까지 용병 마법사 중 어느 누구도 알지 못했던 블러드 소드의 비밀을 알고 있는 마법사라면, 그가 만든 던전은 쉽지 않을 것이란 생각에 그녀에게 물어보지 않을 수 없었다.

　"왕세자가 들어갔다면 던전 통로의 지도 같은 것이 있을 텐데?"

　나의 말에 도리나는 고개를 저으며 말했다.

　"물론 있었겠지요. 하지만 왕세자의 죽음과 함께 지도도 사라졌어요. 이제 봉인지로 갈 수 있는 유일한 방법은 던전의 함정을 처리하며 안으로 들어가는 수밖에 없지요."

　"음……."

　결코 쉬운 일이 아니었다. 평범한 고대 왕국의 던전일지라도 만반의 준비를 하지 않는다면 그 안으로 들어간 모험가들이 무사하게 살아 돌아가기 어려울 뿐 아니라 만반의 준비를 하였다고 해도 그렇게 쉬운 것이 아니었던 것이다.

　"하지만 이미 던전 모험가 중 가장 명망있는 사람을 수소문했으니 어렵지만 성공할 수 있을 거라고 봐요."

　"모험가?"

　"예. 에드워드 트리스탄이란 사람이에요."

　그녀의 말에 뒤에서 이야기를 듣고 있던 이스트가 크게 놀라는 듯한 표정을 지으며 도리나에게 물었다.

　"모험왕 에드워드 말인가?"

　"예."

　"호오!"

　자신이 생각했던 인물이 맞다는 이야기를 하자 이스트가 대단하다는 표정을 지었기에 물어볼 수밖에 없었다.

"에드워드 트리스탄이란 사람을 아는가?"

"직접 보지는 않았지만 대륙에 유명한 모험가로 발굴한 고대의 유적만 해도 오십 개는 넘는다고 들었어. 남부 해상 무역의 30%를 가진 트리스탄 상회의 회장이기도 하는데, 그가 이룩한 해상 무역의 자본이 모두 고대 유적의 발굴에서 나온 재산이라고 하니 가히 모험왕이라 불릴 만한 사람이지."

이스트의 말대로라면 상당한 직위의 인물임이 분명한데, 어떻게 그를 불러들였을까란 의문이 들 수밖에 없었다.

"그 정도의 인물을 어떻게 불러들였지?"

"물론 보통의 부탁이라면 에드워드란 인물을 끌어들이기는 어려웠겠죠. 하지만 대마법사 라지베헤루의 마법 던전이라는 미끼를 내놓으니 모험을 좋아하는 그가 오지 않을 수 있겠어요?"

"라지베헤루? 가우레시스 왕궁의 지하에 있는 던전이 대마도사 라지베헤루가 만들었다는 던전이란 말이오?"

"예. 대륙에서 유일하게 9서클의 마법을 익힌 마도사 라지베헤루가 만든 던전이에요."

페드로는 라지베헤루라는 말에 크게 놀라는 얼굴을 하고 있었다. 나역시 라지베헤루의 금단의 서에 대한 이야기는 어느 정도 들어서 알고 있었기 때문에 그에 대해서 단편적이나마 작은 지식은 가지고 있었다.

"왕궁 밑의 던전은 금단의 서를 바탕으로 만들어진 던전이지요."

"음……."

페드로는 금단의 서가 바탕이 되었단 말에 한참을 생각하더니 나를보며 말했다.

"아무래도 상당히 위험하겠군요. 금단의 서라면 지상계에 존재하지 않는 고위 마물을 소환하는 소환 마법과 고 서클의 주문이 적혀 있다는 마도서이니 말입니다."

나도 그의 말에 고개를 끄덕이지 않을 수 없었다. 금단의 서, 한때 그것을 차지하기 위해 전 대륙에서 피바람이 불었던 적이 있었다.

금단의 서를 차지하기 위해 제국은 물론 대륙에 산재해 있던 수많은 길드에서 사람들을 보냈고, 단 일 년 만에 수만 명의 사람들이 금단의 서를 싸고 있는 싸움에서 목숨을 잃었기 때문이다.

도리나의 안내로 일주일 정도 여행한 후 우린 유온의 땅을 벗어나 중소 국가들의 땅으로 들어설 수 있었다.

하지만 가는 길이 그렇게 편하지만은 않았다. 유온 족 자치령과 국경을 접하고 있는 소국 세라피드 왕국의 작은 마을에 도착해 작은 여관에서 휴식을 취하고 있을 때 의문의 암살자들이 모습을 드러냈다. 자칫 잘못됐으면 이스트가 죽을 뻔했지만 다행히 페드로가 잘 처리해 주었기에 어깨에 검상을 입는 것으로 끝낼 수 있었다.

하지만 암살자의 검에 독이 묻어 있었는지, 독을 해독하기 위해 우린 그곳에서 일주일 정도를 더 지체할 수밖에 없었다.

헤레나가 이스트를 치료하고 있을 때 난 조용히 여관에서 빠져나와 마을의 공터 중앙에 있는 우물이 있는 곳으로 갔다.

"이젠 모습을 드러내지 않겠는가?"

언제부터인가 우리의 뒤로 이상한 기운이 느껴지기 시작했다. 물론 확실한 것도 없었거니와 그 기운을 느낀 지 한 달이 지나가도록 녀석이 우리에게 해를 끼치고 있지 않았기에 단순히 우리의 뒤를 감시하고 있는 녀석이라 생각하며 내버려 두고 있었다. 하지만 암살자가 우리의 앞에 나타났기에 녀석을 처리하고 비밀리에 옛 가우레시스 왕국으로 가야겠다는 결심을 하고 그를 끌어내려 하는 것이다.

나의 말에 아무런 반응도 없었지만 난 어느 정도 녀석의 위치를 파악하고 있었다.

녀석은 언제나 우리와의 사이에 약 20미터 정도의 간격을 유지하고 있었다. 이 마을의 광장에서 녀석이 있었던 방향과 거리를 측정해 보면 상대의 위치를 알 수 있었다.

허리에 차고 있었던 블러드 소드를 뽑아 들고는 조용히 마나를 집중한 후 녀석이 반응을 하여 피하기 전에 블러드 애로우를 만들어 쏘았다.

"블러드 애로우!!"

나의 기술이 자신에게 날아오자 그는 빠른 스피드로 몸을 움직여 갔다. 물론 나의 눈에는 보이지 않았지만 녀석의 기척을 느낀 후이기 때문에 그런 정도는 문제가 되지 않았다.

"하앗!!"

블러드 애로우를 쏨과 동시에 그 뒤를 따라 빠른 속도로 뛰어간 난 기가 움직이고 있는 방향을 예측하고는 검을 휘둘렀고, 그 순간 무엇인가 강한 금속에 나의 검이 부딪치면서 푸른색의 불꽃이 사방으로 튀겼다.

불꽃이 튀면서 녀석의 형체를 파악할 수 있었던 난 왼손을 베어 피를 낸 후 그것을 녀석에게 뿌렸고, 나의 피로 녀석은 이제 나의 눈에서 벗어날 수 없게 되었다.

자신의 위치가 파악됐다는 것을 알았는지 녀석은 어둠 속에서 서서히 모습을 드러내기 시작했다. 붉은 로브에 후드를 깊게 눌러쓰고 있

는 자였는데, 녀석이 나타나는 모습을 보아하니 투명 마법을 사용했다
는 것을 알 수 있었다.

"하압!!"

마법사들을 상대로 거리를 둔다는 것은 위험한 짓이라는 것을 알고
있는 난 빠른 속도로 움직이고 있는 녀석에게 붙어 검을 휘둘렀는데,
그 녀석 또한 접근전에 꽤 실력이 있는지 알 수 없는 금속으로 만든 마
법 지팡이로 나의 검을 막아서며 빠르게 몸을 움직여 가고 있었다.

"텔레포트!"

녀석은 나의 공격이 점점 강해지자 버티지 못하고 낮은 저음에 어색
한 발음으로 텔레포트의 마법을 사용하여 나의 검을 피하려고 했다.

하지만 일단 그가 사용한 텔레포트 마법이 메모라이즈를 이용한 낮
은 서클의 마법이라는 것을 알고 있는 난 그의 이동 범위가 절대 먼 거
리가 될 수 없다고 생각하며 주위를 살폈고, 그 순간 후방의 이십 미터
정도 뒤에서 녀석의 기운이 나타났음을 알 수 있었기에 그대로 몸을
돌려 그곳을 향해 블러드 에로우를 날린 후 빠른 속도로 쇄도해 들어
갔다.

"실드!!"

녀석은 텔레포트를 쓴 후라 나의 블러드 에로우를 피할 수 없다고
생각하자 실드를 사용했고, 난 그 기회를 놓치지 않았다.

"하압!!"

"끅!!"

온몸의 마나를 일순간에 검에 집중시켜 실드를 향해 블러드 소드를
내질렀고, 그의 실드가 산산이 깨져 나가면서 마나가 깃든 검은 그의
가슴에 박혔다.

그는 신음 소리와 함께 금속의 지팡이를 놓치고는 두 손으로 가슴에
박힌 검을 빼내려고 했는데 난 그의 손을 보고 놀라지 않을 수 없었다.

"마물?"

녀석의 손은 흉측하리만큼 긴 손톱이 드러나 있었고, 손등에는 녹색
의 나뭇가지 비슷한 것이 삐져 나왔기 때문이다.

"끄어억!!"

녀석의 힘은 상상도 못할 만큼 굉장했다. 마나를 이용하여 최대한의
힘을 끌어내던 나의 검을 밀어내고 있었기 때문이다.

"진동검!!"

난 녀석의 가슴에 검을 박으며 치명상을 입혔다고 생각했지만, 만약
마물이라면 그 급소가 인간과 같지 않은 경우도 있었기 때문에 진동검
을 사용했다.

소드 브레이커 기술의 일종인 진동검이 시전되자 녀석의 몸은 초진
동에 의해 상처 부위에서부터 산산조각으로 살점과 피가 튀겨 나갔
다.

초록색의 피가 상처 부위에서부터 터져 나와 나의 몸을 흠뻑 적시고
있었지만 난 진동검을 계속 시전했고, 녀석의 손의 힘은 점점 떨어지는
것 같더니 이십 초 정도의 시간이 지나자 완전히 힘이 빠졌는지 늘어
졌고, 몸 역시 기울어져 가기 시작했다.

녀석이 땅으로 쓰러지는 것을 보며 난 완전히 녀석을 죽였다는 것을
깨닫고는 녀석의 가슴에 박혔던 검을 뽑았는데, 그 순간 초록색의 연기
같은 것이 녀석의 품에서 빠져나가더니 로브를 입고 있던 그의 몸이
사라져 가기 시작했다.

난 놀라며 녀석이 머리에 쓰고 있던 후드를 들췄지만 이미 그의 몸

은 완전히 사라진 후였고, 로브 안에는 말라 버린 나뭇가지만이 남아 있었다.

일단 녀석이 인간이 아닌 이상 그것이 녀석의 정체일 수도 있기 때문에 난 말라 버린 나뭇가지를 들고 갈 수밖에 없었는데, 나의 손에 닿자마자 나뭇가지는 먼지로 화해 사라져 버렸다.

"다크 솔루션?"

난 그자가 다크 솔루션 사람이 아닐까 생각하고 도리나에게 물어봤지만 그녀는 고개를 저으며 말했다.

"다크 솔루션에서 마물을 부하로 이용하고 있다는 정보는 들어온 적이 없어요."

"음……."

그렇다면 다크 솔루션 말고 또 다른 세력이 그들에 협조하고 있을까 생각을 해보았다. 마물들을 소환하여 부하로 쓸 수 있는 집단.

난 그 순간 하나의 집단이 생각이 났다.

'불사의 염원…….'

불사를 위해 수많은 인체 실험을 자행하고 있는 그들이라면 그 정도의 마물도 만들어낼 수 있지 않을까 하는 생각이 들었다.

그렇다면 불사의 염원과 다크 솔루션이 같은 조직이거나 협력하고 있는 조직일 수도 있었다.

다크 솔루션 하나만으로도 성공할 수 있을까 의심이 가는 지금의 상황에서 만약 불사의 염원이란 마법사들의 조직까지 그들과 협력 관계이거나 같은 조직일 경우 우리의 일은 더 어렵게 될 수도 있었다.

"도리나, 불사의 염원이란 조직을 아는가?"

나의 말에 그녀는 고개를 끄덕이며 말했다.

“예. 다크 솔루션을 조사하고 있을 때 우리와 몇 번 마주친 적이 있어요. 하지만 그들의 대한 정보는 가진 것이 없어요. 조직의 정보원은 단 한 명을 제외하고는 그들과 마주친 후 살아남은 사람이 없었거든요.”

“단 한 사람?”

“예. 그 사람도 얼마 지나지 않아 원인 모를 저주의 흑마법에 의해 죽고 말았기 때문에 그자들의 정체나 본거지에 대해선 전혀 아는 것이 없어요.”

지금까지 이곳으로 오면서 들어온 이야기를 미루어볼 때 도리나의 조직은 상당한 정보력을 가지고 있다는 것을 알 수 있는데, 그들로도 녀석들의 정체를 알 수 없었다는 것은 상당히 비밀스러운 조직일 수밖에 없었다.

이런 정도의 지식이라면 용병 길드에서도 그들에 대한 정보를 가지지 못한 것도 어느 정도 이해가 될 수 있었다.

도리나와 이야기를 하고 있을 때 방문이 열리면서 힘든 기색의 헤레나가 걸어나왔다.

“이스트의 상태는?”

“많이 좋아졌어요.”

다행히 독에 대한 지식이 꽤 있었던 페드로가 이스트가 당한 독이 무엇인지 알아내어 그 해독제를 만들 수 있었기에 이스트는 목숨을 구할 수 있었다.

하지만 이제부터 다크 솔루션의 압박이 더욱 거세어질 것이 분명할 터, 레비나와 레이드를 데리고 가다간 언제 그들에게 두 아이가 암살당할지 모르는 상황이었기에 난 결정을 내릴 수밖에 없었다.

"헤레나, 내가 편지를 써줄 테니 레비나, 레이드와 함께 로아냐드 제국의 리후드 백작의 영지로 가라."

"무슨 소리예요?"

"다크 솔루션의 암살자가 또 언제 나타날지 모르는 상황에서 두 아이를 데리고 다닐 수는 없다. 너도 그 정도는 알 수 있을 텐데?"

나의 말에 그녀는 어쩔 수 없다는 듯이 고개를 끄덕이며 말했다.

"어쩔 수 없군요. 지금의 상황이라면 전 짐이 될 테니까요. 알았어요."

"고맙다."

다음날 헤레나는 레이드, 레비나와 함께 마을을 빠져나갔다. 이미 마물 마법사를 포함하여 이 근처에 있던 다크 솔루션의 첩자들은 모두 찾아내 제거한 상태이기 때문에 헤레나와 아이들에게 닥칠 위험은 어느 정도 제거해 놓은 상태였다.

"블러드 아저씨……."

레비나는 헤레나와 함께 말 위에 올랐음에도 연신 고개를 뒤로 돌리며 그 큰 눈망울에 가득 습기를 담고 있었지만, 난 레비나를 위험 속에 방치할 수 없었기에 받아줄 수가 없었다.

"헤레나, 출발해라."

난 더 이상 레비나의 얼굴을 보기가 힘들었기에 헤레나에게 말하고 고개를 돌려 여관으로 들어갔다.

"으앙… 블러드 아저씨!!"

문을 열고 들어서는 나의 뒤로 레비나의 울음소리가 들려왔다. 나이에 비해 어른스럽기는 하지만 레비나는 아직 다섯 살밖에 되지 않았기에 가까운 사람과 떨어지는 것이 두려운 것 같았다. 그렇다고 아이를 데리고 갈 수 있는 길이 아니었기 때문에 냉혹하게 돌아설 수밖에 없었다.

내가 여관의 의자에 앉아 명상에 잠기자 나의 앞으로 도리나의 기운이 다가오는 것을 느낄 수 있었다.

"무슨 일인가?"

나의 말에 그녀는 조용히 앞에 있는 의자에 앉아서는 말했다.

"당신의 아이인가요?"

그녀는 레비나에 대해 물어보고 있었다.

"그렇소."

"의외이군요. 피로 물들여진 용병이라는 당신에게 딸이 있다니 말이에요."

그녀는 레비나가 나의 아이라는 게 의아한 듯했다. 물론 자식이 있는 사람이 살인을 하지 않는 것은 아니지만, 지금까지 나의 행로를 비추어본다면 아이가 있는 사람이라곤 생각되지 않았기 때문이리라.

그 후로 도리나는 나에게 아무것도 물어보지 않았다. 오랜 시간 나의 앞에 앉아 명상하고 있는 나를 지켜보고만 있을 뿐이었다.

이스트가 독에 중독된 지 이 주일 정도에 우린 다시 길을 떠날 수 있었다. 물론 독이 풀리는 데 걸린 시간은 일주일 정도였지만 그동안 체력이 많이 떨어진 상태였기 때문에 곧바로 움직일 수가 없었다.

일주일 정도 여관에서 휴식을 취하자 이스트는 어느 정도 체력을 되찾은 듯했지만 아직 완전한 상태를 가진 것은 아니었기에 마을에서 작은 짐마차를 구입한 후 여행을 떠나왔다.

다시 시작된 여행에선 암살자들의 공격이 없었다. 어쩌면 그 암살자들은 단순히 우리의 발길을 어느 정도 늦추기 위함일 수도 있을 것이다.

그렇게 본다면 우리가 가고자 하는 목적지에 함정이 있을 확률이 높았다. 다크 솔루션의 조직 역시 광대한 정보망을 가지고 있는 조직이기 때문이다.

내가 생각하고 있는 일은 도리나 역시 어느 정도 생각하고 있는지 다리아스 공국으로 곧장 가지 않고 다른 곳으로 향하고 있었다.

멘트라 왕국, 그녀의 말에 따르면 그곳에 그녀가 속해 있는 조직의 지부가 있는 모양이었다.

이 주일 정도 120개 중소 국가에 퍼져 있는 도로를 따라 여행한 후에 우린 멘트라 왕국에 도착할 수 있었다.

멘트라 왕국은 국경을 접하고 있는 페로인 왕국과 수백 년 동안을 앙숙으로 지내오고 있었고, 아직도 국경에서 소규모의 전투가 한 달에 두세 번은 일어나고 있는 곳이었다. 때문에 왕국으로 들어가는 국경에는 다른 주변국과는 달리 많은 수의 국경 경비대가 하는 입국자에 대한 신분증 검사가 철저했기에 우린 국경 수비소에서 신분증 검사를 받고 있는 다른 여행자들의 줄에 서서 기다릴 수밖에 없었다.

기다리고 있는 사람이 그렇게 많은 것은 아니지만 마차 안의 짐까지 샅샅이 조사하고 있었기에 우린 한 시간 정도 후에야 간신히 차례가 돌아올 수 있었다.

도리나는 마차의 마부석에 앉아 있다가 한 명의 기사가 대여섯 명의 병사를 이끌고 다가오자 미소를 지으며 말했다.

"오랜만이네요, 리튼 기사님."

"아! 이거 누군가 했더니 도리나 양이었군요."

도리나와 기사는 아는 사이인 듯했다.

"유온의 야만족의 땅으로 가셨다고 하는데, 일은 잘되셨는지 모르겠네요."

"리튼 기사님이 걱정해 주시니 몸 둘 바를 모르겠군요. 예, 일은 잘 끝냈어요."

"다행이군요. 계속 이야기를 하고 싶지만 통행 검사가 그리 시간이 남는 일이 아니라서 이만 헤어져야겠군요. 자, 들어가십시오."

"어머? 통행중 검사는 안 하시나요?"

미소 어린 도리나의 말에 리튼이란 기사는 껄껄거리며 웃더니 손을 내저으며 말했다.

"하하하, 그런 말 마십시오. 도리나 양에게 신분증 검사를 했다는 소리가 들린다면 다른 녀석들이 가만히 두지 않을 것은 뻔한 일입니까?"

"호호호. 설마요. 아무튼 들어가 볼게요. 언제 다른 기사 분들하고 저희 집에 놀러 오셔야죠. 유온으로 가기 전에도 오빠가 리튼님과 다른 친구 분들이 많이 찾아오시질 않아 섭섭해하던데."

"하하하, 그래야죠. 조만간 친구들과 함께 도리나 양의 댁으로 찾아가 뵙도록 하지요."

"예, 기다리고 있겠어요."

그 말과 함께 도리나가 살짝 윙크하자 리튼이란 기사는 미소를 지으며 우리 마차를 지나 다음 사람의 통행증 검사를 위해 걸어갔고, 페드로는 천천히 마차를 움직이기 시작했다.

"꽤 발이 넓으신 듯하군요."

"멘트라 왕국은 페로인 왕국과의 오랜 전쟁 때문에 다크 솔루션의 손길이 미치지 않는 곳이라 10년 전만 해도 이곳에 저희 조직의 총단이 있었답니다."

"그렇군요."

멘트라 왕국은 120개 중소 국가에서 상위 10개국에 들어갈 정도의 국가다. 국가의 주 수입원은 철광석과 금. 그 탓에 멘트라 왕국은 어느 국가보다도 많은 무기 제작소를 가지고 있고, 대륙에서 흘러 다니는 명검의 삼 분의 일가량은 이 왕국에서 나온다고 해도 과언이 아니었다.

보통의 중소 국가에서 일반 병사들이 사용하는 창의 경우에는 그 질이 현저히 떨어지는 철을 쓰고 있지만, 이 나라에서만큼은 병사들조차 질 좋은 창과 간단한 체인 메일로 무장을 하고 있었다.

첫 번째 검문소 외에도 국경 가까이에는 5개 정도의 검문소가 더 있었지만 국경 검문소보다는 간단하게 통과할 수 있었고, 그렇게 6시간 정도 마차를 몰고 들어갔을 때야 우린 멘트라 왕국의 왕도에 닿을 수 있었다.

멘트라 왕국의 왕도는 그 나라의 규모로 보면 국경과 너무 가까운 곳에 위치해 있다고 볼 수 있었지만, 왕도의 가운데로 흐르는 도리안 강이 왕도의 성을 스치듯이 흘러가고 있었기 때문에 국경에서 적이 침공해 들어왔다고 해도 왕도를 점령하는 것은 그리 쉬운 일이 아닌 듯 보였다.

강의 여러 곳에는 나무로 만든 다리가 세워져 있었다. 수백 년 동안 왕도로 머물렀던 이곳이지만 국경에 근접해 있는 관계로 적이 침범해 들어왔을 때 한 번에 쉽게 허물 수 있도록 왕도로 이어져 있는 다리는 모두 나무로 만들어져 있었다.

물론 이러한 나무 다리라 해도 왕도로 연결되어 있는 다리이니만큼 튼튼하게 만들어져 있었기에 마차 몇 대가 지나간다고 해도 무너질 염려는 없었다.

다리를 지나면서 왕도의 성벽 위를 보자 군데군데 강으로 침범해 오는 군대를 막기 위한 쇠뇌가 설치되어 있었다.

"왕도가 국경과 가까이 위치해서 위험하지 않을까 생각했는데, 이 정도면 10만의 병사라도 막을 수 있을 것 같군요?"

페드로의 물음에 도리나는 고개를 끄덕이며 말했다.

"예. 멘트라 왕국의 역사에서 페로인 왕국은 다섯 번 정도 국경을 넘어 왕도로 진격해 들어왔지만, 모두 왕도의 강과 저 쇠뇌에 의해 실패하고 말았지요. 철이 풍부하다 보니 활이나 쇠뇌가 많이 발달되어 있는 곳이 바로 멘트라 왕국이니까요."

왕도의 성문에 다다르자 또다시 성문 앞에서 검사를 하고 있었다. 마차 안의 이스트는 쉬고 싶은 마음이 역력한지 또다시 시작된 검문을 보며 한숨을 내쉬고 있었다.

"젠장. 이놈의 나라는 무슨 검문이 이렇게 많은 거야?"

"페로인 왕국 때문이지요. 철의 생산이 많기는 하지만 그에 반해 농토가 적은 멘트라 왕국과 철의 생산량은 적지만 국토의 대부분이 농지이거나 들판인 페로인 왕국 국민의 수가 세 배 이상 많지요. 자칫 왕도 안에 많은 수의 첩자가 들어와 성을 마비시킨다면 바로 전쟁의 패배로 직결하게 되니 검문이 많을 수밖에 없지요."

그녀의 말을 들으면서 이곳에 어째서 다크 솔루션의 손길이 미칠 수 없었는지 이해할 수 있었다. 일단은 멘트라 왕국 자체에서 철저한 검문 검색을 통해 왕도로 출입하게 할 뿐 아니라 오랜 시간 이곳에서 터를 잡아왔다면 왕도 상층부의 사람들과도 어느 정도 안면이 있을 것은 분명할 터, 그런 그들이 상층부를 장악하고 있는 이상 다크 솔루션이 왕국의 핵심 인물들에게 손을 뻗칠 수가 없었을 것이다.

왕성 안으로 들어서자 일반 평민들의 집이 늘어서 있으며 멀리 웅장하게 그 모습을 드러내고 있는 멘트라 왕국의 왕궁이 보이고 있었다.

막대한 양의 철 생산으로 인해 큰 부를 얻고 있는 나라였기에 민가의 주택 또한 다른 곳과는 달리 상당히 세련되어 있었다.

대로는 네 대의 마차가 한 번에 지나다닐 수 있을 정도로 컸고, 바닥에는 마차가 잘 다닐 수 있게 돌이 깔려져 있는지라 제국의 왕도와 비교하면 그 규모만 작을 뿐이지 거의 손색이 없다고 해도 과언이 아니었다.

우리가 타고 있는 작은 짐마차가 중소 국가들의 일반적인 형태였음에도 이곳에 일반적인 짐마차에 비해서 초라하기 그지없었다.

물론 간혹 보통의 짐마차가 지나기도 했지만 거의 대부분이 마차 바퀴의 축과 바퀴틀, 짐칸의 테두리가 강철판으로 보호되어 있는 한 단계 위의 마차들이었다.

보통의 국가에서 철은 거의 대부분이 군의 무기를 위해 사용되어지거나 하기 때문에 실생활에 반드시 필요한 물건을 제외하고는 이렇게 철을 사용하지 않는 것이 대부분이었기에 이곳에서 철이 얼마나 흔한 것인가를 말해 주고 있었다.

민가의 대로를 한참 지나자 왕궁의 주변에 위치해 있는 고급 주택의 모습이 드러났다. 모두 귀족들의 저택일 것이라 생각했지만 도리나의 말을 들어보면 각 주변 국가에 철을 수출하는 대상들이 이곳의 반 이상을 차지하고 있다 한다.

이곳에서 알려진 그녀의 가문 또한 철을 수출하는 대상의 집안이라

고 했는데, 막상 짐마차가 그녀의 집 앞에 다다르자 조금 놀라지 않을
수 없었다.

대륙에서 상인들은 그리 좋은 평가를 받지 못함에도 불구하고 도리
나의 저택은 여느 귀족들의 집 못지않게 크고 화려했기 때문이다.

저택의 문 앞에서 경비를 서고 있던 두 장정은 짐마차가 다가오자
의아한 얼굴로 쳐다보고 있었는데, 마부석에 도리나가 타고 있는 것을
보고는 놀라서 인사하며 말했다.

"아가씨, 오셨습니까?"

"예. 로렌 아저씨도 잘 지내셨나요?"

"하하하, 제가 하는 일이야 매일 저택 앞을 경비 서는 건데 무슨 일
이야 있겠습니까? 자, 안으로 들어가시지요."

그녀의 말에 너털웃음을 지은 로렌이라는 자는 철문 안에 서 있던
사람에게 연락을 했고, 잠시 후 저택의 철문이 열렸다.

철문 안으로 들어서자 저택의 정원이 눈에 들어왔는데, 대륙의 수많
은 정원수들은 물론 한쪽에는 형형색색의 꽃이 만발해 있는 곳이었다.

정원의 한가운데로 나 있는 벽돌길을 지나가자 저택의 문에서 십여
명의 하녀와 하인들이 나오더니 일렬로 줄을 섰고, 우린 그들의 앞에서
마차를 세운 후 내렸다.

그녀가 마차에서 내리자 하인들과 하녀들은 공손히 인사를 하며 맞
이했고, 그 가운데에 나무 지팡이를 짚은 노인이 그녀의 앞으로 걸어오
더니 말했다.

"여행은 어떠셨습니까, 아가씨?"

"그러저럭이요. 안튼 집사, 안으로 들어가세요. 몸도 안 좋으신데."

"허허, 아가씨가 오셨는데 안 나와볼 수 있겠습니까? 오랜 여행이

힘드셨을 테니 어서 안으로 드십시오. 저녁은 드셨습니까?”

“아직이요. 이분들은 저의 중요한 손님들이니 이분들과 함께 저녁을 먹을게요.”

“예.”

안튼 집사는 고개를 숙이며 대답을 하고는 천천히 우리들을 저택 안으로 안내했다.

저택 안으로 들어서자 도리나는 50대의 중년 남자와 포옹을 했는데, 그녀의 아버지인 듯했다.

그들의 옆에는 청년 세 명이 미소를 지으며 서 있었는데, 그중 한 사람의 몸에선 상당한 마나가 느껴지고 있었다.

겉보기에 검사의 몸으로 느껴지지 않았기에 마법사라는 것을 알 수 있었는데 아직 이십 대 중반 정도임에도 내가 놀랄 정도의 마나가 느껴지고 있었기에 상당한 서클의 소유자라는 것을 알 수 있었다.

도리나는 아버지와의 포옹이 끝난 후 우리들에게 자신들의 식구를 소개시켜 주었다.

“저희 가족들을 소개할게요. 이분은 저의 아버지.”

“네르젠드 가우레시스라고 합니다. 만나서 반갑소, 블러드 스톰 씨.”

네르젠드는 나에게 다가와서는 악수를 청했다. 나의 나이가 겉보기와는 달리 60이 넘어서고 있다는 것을 알고 있는 듯했다.

“블러드 스톰이라 합니다.”

네르젠드와의 인사가 끝난 후 다른 청년들도 소개를 받았는데, 그들은 모두 네르젠드의 아들로 첫째 게로드, 둘째 드리튼, 셋째 봐렌이었다. 내가 처음 마나를 통해 고서클의 마법사라고 알 수 있었던 남자는 셋째 봐렌이었다.

우리는 하녀들에게 안내받아 간단히 몸을 씻은 후 저택의 식당에서 저녁을 먹게 되었다.

이스트는 식당에 들어서자 꽤 시장했던지 우악스럽게 음식을 먹기 시작했고, 페드로는 예상외로 꽤 예의있게 식사를 하고 있었다. 네르젠드는 그런 페드로를 보며 상당히 의아하다는 얼굴을 하며 쳐다보고 있었다.

"아무래도 페드로 씨는 귀족 출신인 것 같군요."

갑작스런 네르젠드의 말에 페드로는 음식을 먹다가 흠칫 놀라는 듯한 표정을 지으며 조용히 네르젠드를 쳐다보았다.

"하하하, 이거 식사를 방해한 것 같군요. 페드로 씨가 식사하시는 것을 보니 그런 생각이 들어서 말입니다."

그 말에 페드로는 네르젠드에게 조용히 말했다.

"제국의 몰락 귀족 출신입니다."

"그렇군요."

네르젠드는 더 이상 그것에 대해서 말하지 않고는 다시 식사를 하기 시작했다. 페드로가 어느 정도 비밀이 있다고는 하지만 적어도 지금까지 내가 본 바로는 단순한 몰락 귀족 출신이 아니었다.

상당히 높은 가문의 귀족인 듯 몸가짐 하나하나에 철저한 교육을 받은 티가 나고 있었고, 그 외에도 상당한 양의 지식을 가지고 있었기 때문이다.

대륙에서 교육을 받는다는 것은 그리 쉬운 일이 아니었다. 평민들은 대개 대륙을 돌아다니는 은자들에게나 운 좋은면 몇 글자를 배울 뿐이었고, 몰락 귀족이라면 어느 정도 집안에서 예절 교육은 배웠겠지

만, 그가 가지고 있는 방대한 지식에 해당하는 교육은 받을 수가 없었
다.

하지만 나 역시 어느 정도 비밀을 가지고 있는 존재였기에 구태여
페드로의 비밀을 들추어내고 싶은 마음은 없었다.

식사가 계속되고 있을 때 네르젠드는 나를 보며 말했다.

"블러드 스톰 씨, 이곳에서 삼 일 정도만 머물러 주셨으면 합니다."

"삼 일이오?"

"예. 도라나의 얘기를 들어보니 암살자가 있었다는 말이 있어서 일
단은 왕성의 터에 사람들을 보내어 만약의 사태에 준비를 해둘 겁니다.
이곳에서 공국까지 약 일주일 정도의 기한이 걸리니 열흘 정도의 시간
이면 충분히 그쪽 주변을 청소할 수 있으리라 생각합니다."

"그렇게 하지요."

그렇게 저녁 식사를 마친 후 난 명상을 위해 정원으로 가는데, 그때
나의 뒤로 봐렌이 따라오는 것을 느낄 수 있었다.

정원의 나무 옆에서 발걸음을 멈춘 후 그에게 말했다.

"무슨 일인가?"

"블러드 스톰님께 서신을 하나 전해 드릴 것이 있어서 말입니다."

"서신?"

난 그의 말에 조금 놀라지 않을 수 없었다. 그를 통해 나에게 서신을
전해줄 사람이 누구인지 알 수 없기 때문이었다.

봐렌은 나에게 다가와서는 품에서 밀랍으로 봉인된 한 통의 편지를
건네주었는데, 밀랍의 봉인 위에 인장의 모습을 보고 다시 한 번 놀랄
수밖에 없었다.

일곱 개의 무화과 잎이 그려져 있는 표식, 바로 칠인회의 표식이었

기 때문이다.

"자네도 칠인회의 마법사인가?"

"예."

그의 대답에 난 그의 몸에서 느껴지는 거대한 마나에 대해서 어느 정도 이해할 수 있었다. 비밀 마법 조직 칠인회의 마법사들은 대륙 마법 길드보다 한 수 위라고 알려져 있었기 때문이다.

밀랍을 뜯어 편지를 꺼내자 서두에는 익숙한 이름이 쓰여 있었는데, 바로 유온의 땅에서 만난 마법사 루드그레인이었다.

그가 왜 나에게 봐렌을 통해서 서신을 전했는지 알 수 없었기에 난 편지를 읽어보았다.

안에 있는 내용은 보통의 인사말로 시작되었지만, 그 내용을 읽어보자 놀라지 않을 수 없었다. 레비나와 레이드를 데리고 간 헤레나가 실종되었다는 이야기였기 때문이다.

우리의 곁을 떠나 리후드 영지로 가는 헤레나 일행을 자신이 몇 명의 마법사를 보내 목적지까지 안전하게 갈 수 있도록 암암리에 보호하고 있었는데, 여관에서 머물던 그들이 갑작스럽게 사라졌다는 것이다.

"봐렌 군."

"예, 말씀하시지요."

"루드그레인을 가까운 시일 안에 만나고 싶은데 연락해 줄 수 있겠는가?"

"총회주님께서 총단에 남아 계시는 일이 드물기 때문에 만나는 것은 조금 어렵지만, 이야기를 나누게 해드릴 수는 있습니다."

"이야기를?"

"예. 칠인회 소속의 마법사들 중 외부로 나가는 이들은 통신 마법

구슬을 소지하게 되어 있으니 총회주께서도 가지고 계실 겁니다."

"부탁하네."

나의 말에 그는 고개를 끄덕이고는 주머니에서 하나의 구슬을 꺼내더니 조용히 마법 주문을 외우기 시작했다.

그 순간 푸른색의 빛이 구슬에서 새어 나오면서 한 사람의 모습이 드러났다.

―봐렌, 무슨 일인가?

"급한 일로 총회주님께 연락을 하고 싶은데 통신 암호를 부탁드립니다."

―총회주님과?

"예. 블러드 스톰님께서 총회주님과의 대화를 요청하셔서 말입니다."

―음… 알았네.

봐렌과 이야기를 나누던 자는 고개를 끄덕이고는 내가 알아들을 수 없는 언어로 말하기 시작했고, 봐렌은 그것을 듣고는 말했다.

"예, 알겠습니다. 그럼 나중에 뵙도록 하겠습니다."

―수고하게.

그의 말과 함께 통신 구슬의 화상이 사라지자 봐렌은 다시 천천히 주문을 외우기 시작했다. 얼마 지나지 않아 익숙한 얼굴의 소유자가 모습을 드러냈다.

―무슨 일인가?

"블러드 스톰님께서 대화를 원하고 계십니다."

―음… 알겠네. 바꿔주게.

루드그레인의 말에 봐렌은 구슬을 나에게 건네주었고, 난 통신 구슬을 받은 후 그를 보며 말했다.

"헤레나와 아이들이 실종되었다니 그것은 무슨 말이오?"

—당신들과 헤어진 후 불사의 염원이란 조직이 당신들에게 첩자를 보낼 것이라 생각하고 역추적을 위해 몇 명의 마법사들에게 당신의 뒤를 조용히 따르라 명령을 했었는데, 중간에 헤레나란 여인이 두 아이와 함께 다른 곳으로 가더군요.

그의 말에 난 고개를 끄덕이며 말했다.

"일이 있어 아이들이 같이 있으면 위험할 것 같아 보냈소."

—당신에게 도움받은 것도 있고 해서 마법사 몇 명에게 조용히 아이들을 보호하라고 명령했는데, 그것이 삼 일 정도 후에 여관에서 사라졌다는 보고가 들어왔소. 급히 칠인회의 인원들을 보내어 그 근처를 철저하게 수색하는 지시를 했지만, 어디로 사라졌는지 종적을 찾을 수가 없었소.

"음……."

도대체 누가 그 아이들을 납치해 갔는지 알 수 없었다. 칠인회의 마법사들이 있다는 것은 나 역시 모르고 있었던 일인데, 그렇다면 상당한 수준의 마법사들이란 뜻이었다.

그런 마법사들이 보호하고 있는데도 납치가 됐다면 그것은 단순한 집단이 아니었다. 분명 다크 솔루션의 일당이거나 불사의 염원의 마법사일 확률이 높은 것이다.

—계속 그 일대를 회 소속의 마법사들이 조사하고 있으니 소식이 오는 대로 말씀드리겠소.

"부탁하오."

난 그에게 부탁할 수밖에 없었다. 일단은 많은 수를 거느리고 있는 조직이 혼자인 나보다는 아이들을 찾기에 더 쉬울 수 있기 때문이다.

그와의 대화를 마치고 난 후 봐렌에게 구슬을 넘겨주고 나무 밑에서 명상에 잠겼다.

한참을 근처에 서 있던 봐렌은 뒤돌아 저택 안으로 들어갔다.

이렇게 명상에 잠겨 있다고는 하지만 난 가슴속으로 답답하기 그지없었다. 이럴 줄 알았으면 차라리 이곳에 아이들을 맡겨두었던 것이 나을 뻔했다.

다크 솔루션이나 불사의 염원에게 잡혀갔다면 일단 적으로 판명되어 있는 우리를 겨냥하며 인질극을 벌일 수 있기 때문이다.

만약 레비나의 목에 칼을 들이대고 항복을 요구한다면 난 항복할 수밖에 없을 것이다. 지금 나에겐 어떠한 자의 목숨보다, 아니, 나 자신의 목숨보다 소중한 사람이 바로 나의 딸 레비나였기 때문이다.

옛 왕궁의 던전에 관한 여러 가지 사항들은 네르젠드를 통해 들을 수 있었다.

그날 밤 네르젠드가 도리나를 시켜 비밀스럽게 우리를 불러 지하에 있는 비밀 장소로 들어갔는데, 그곳에는 네르젠드 말고도 세 아들 역시 함께 자리하고 있었다.

"어서 오시오."

지하 밀방은 일루션 마법이 걸려 있는 오래된 그림 뒤로 통로가 나 있었다. 그곳을 통해 들어가자 작은 방 안에 몇 개의 의자와 함께 탁자가 놓여져 있었고, 탁자의 끝에는 네르젠드가 우리를 보며 반갑게 인사하고 있었다. 그의 세 아들 역시 일어나서는 나를 향해 가볍게 고개 숙여 인사를 하고는 자리에 앉았다.

네르젠드가 앉아 있는 뒤쪽에는 두 마리의 드래곤이 한 개의 왕관을 바라보고 있는 가문의 문장이 새겨져 있었는데, 아마 가우레시스 왕가의 문장일 것이다.

우리들이 자리에 앉자 네르젠드는 몇 개의 양피지를 건네주며 말했다.

"옛 왕가의 터에 있는 지하 던전의 지도입니다. 다행히 던전의 지도는 구할 수 있었습니다만, 그곳에 있는 마법 트랩이나 여러 가지 함정은 전혀 알지 못하고 있습니다."

양피지에 그려져 있는 지하 던전은 상당한 미로였다. 만약 이 지도가 없었다면 목적지로 찾아가는 것조차 어려울 정도였다.

네르젠드는 중앙의 한부분을 가리키면서 나를 보며 말했다.

"정확하게는 알 수 없지만, 이곳이 소울 브레이커가 놓여 있었던 봉인지라 생각합니다. 이곳에서 몇 가지 의식을 행하면 블러드 스톰 씨께서 가지고 계신 소울 브레이커의 에고를 깨울 수 있다고 생각합니다."

"음……."

이스트는 그 미로의 지도만 봐도 질린다는 얼굴을 하고 있었고, 페르도의 경우에는 어느 정도 던전에 관한 지식이 있는지 한참을 지도를 쳐다보고 있다가 나를 보며 말했다.

"던전 탐험가의 도움이 없다면 한 발자국도 나서기 곤란한 곳이군요."

그 말에 나 역시 고개를 끄덕일 수밖에 없었다.

"에드워드 트리스탄에겐 이 지도를 보여주셨습니까?"

그 말에 네르젠드는 고개를 저으며 말했다.

"아닙니다. 에드워드 씨와는 당일 옛 왕가의 터에서 만나기로 했고, 다크 솔루션의 조직이 이 사실을 알고 있다면 에드워드 씨를 노릴 수 있기 때문에 일단은 비밀로 하고 있습니다."

조심성있는 태도였지만 어느 정도 그 중요성을 알기 때문에 그들의 행동을 이해할 수 있었다. 그는 나의 질문에 대답을 해준 후 옆에 있는 자신의 아들들을 보았는데, 세 명의 아들 중 한 명이 자리에서 일어나 말했다.

"이번 왕가의 지하 던전까지의 길은 제가 안내하도록 하겠습니다."

그는 전에 정원에서 나에게 루드그레인의 서한을 전했던 봐렌이었다. 봐렌이란 자의 능력은 어느 정도 알 수 있었기 때문에 그가 우리를 안내한다는 것에 반대하고 싶은 생각은 없었다. 위험한 길이 될 수도 있기 때문에 싸울 수 있는 능력이 없는 안내자는 우리의 방해가 될 염려가 있었기 때문이다.

네르젠드에게 몇 가지 사항과 조사 자료를 지하 비밀 방에서 받은 우리는 이틀 후 봐렌과 도리나의 안내를 받으며 공국으로 향했다. 다행히 공국으로 가는 길에는 우리의 방해 요소가 될 것이 나타나지 않았기에 여행은 순조로울 수 있었지만, 여행 내내 나의 마음은 편치 않았다.

봐렌에게 몇 번 루드그레인에게서 소식이 오지 않았느냐 물어보았지만 그에게선 아무런 대답이 없었다.

어디로 사라졌는지조차 알지 못하는 지금 답답하기 그지없었다.

물론 이스트와 페드로에겐 아무런 이야기도 하지 않았다. 그들에게 이 사실을 알린다고 변하는 일도 없었거니와 차라리 모르는 편이 아이

들을 납치한 녀석들이 나타났을 때 혼자 움직이기 편할 것이란 생각이
들었기 때문이다.

만약 두 사람이 레비나와 레이드가 납치되었다는 것을 알게 된다면
분명 그 아이들을 찾기 위해 움직일 테고, 그렇게 된다면 다크 솔루션
의 정보망에 걸려 오히려 역효과가 날 수 있었기 때문이다.

움직이는 것은 칠인회의 마법사들만으로도 충분하다. 내가 그 아이
들을 찾아 나선다고 해도 변하는 것은 없었다.

마음속으로는 답답하고 급하기 그지없었지만, 이런 때일수록 마음
을 차분히 가라앉히지 않는다면 더욱 위험해진다는 것을 알고 있는 나
로서는 몇 번 봐렌에게 소식을 물어보는 것 외에는 그 아이들을 찾기
위한 아무런 일도 하지 않기로 했다.

봐렌의 안내를 받으며 여행한 우린 다리아스 공국에 도착할 수 있었
다. 하지만 공국에 도착했다고 끝나는 것은 아니었다.

공국이 점령한 아센 왕국의 영토는 옛 가우레시스 왕국 영토의 절반,
하지만 우리가 목적하고 있는 옛 왕국의 터는 아직도 아센 왕국의 영
토에 있었다.

한창 공국과 전쟁을 하고 있는 아센 왕국의 국경에는 상당한 병력의
군대가 방어하고 있기 때문에 다리아스 공국에서 아센 왕국으로 넘어
가는 것은 상당한 모험일 수도 있었다.

하지만 우리를 불러낸 가우레시스 임시 왕국이 그 정도의 배려도 하
지 않았으리라고는 생각하지 않았다.

우린 공국에 도착하자마자 임시 왕국의 왕성인 빈센트 성에 도착할
수 있었다.

빈센트 성은 옛 가우레시스 왕국이 영토를 확장하면서 천도를 한 후

에 남아 있는 성이었기에 성의 웅장함은 다른 도시들의 성과는 다른 모습을 하고 있었다.

다리아스 공국 역시 현재의 위치로 옮기기 전 이 빈센트 성을 공국의 왕성으로 삼고 있었다고 하니 빈센트 성은 두 나라의 왕을 맞이한, 아니, 임시 왕국까지 세 나라의 왕을 기거하게 한 고성인 것이다.

오랜 역사를 가진 고성답게 여기저기 오랜 세월의 흔적이 남아 있었지만 워낙 튼튼하게 지어진 성이었기에 견고함은 그대로 남아 있었다.

다리아스 공국 내에 존재하기 때문인지 성의 정문인 남문에는 보통 왕성의 경비 숫자보다 적은 대여섯 명의 병사들이 경비를 서고 있었다.

나라를 잃고 타국에 임시 왕국을 세운다는 것은 조금 진이 빠지는 일이기도 할 텐데 병사들의 눈에는 그러한 생각이 비쳐지고 있지 않았다.

상당한 훈련과 정신 교육을 받았는지 한 치의 흐트러짐 없이 성안으로 들어가고 나가는 사람들에게 위압감을 보여주고 있었다.

우린 성의 정문을 지나 안으로 들어갈 수 있었다.

빈센트 성은 모두 동서남북 네 개의 블록으로 나뉘어지고 있다고 한다.

물론 이 성의 중심에는 왕궁이 존재하고 있으며 그것을 축으로 성의 북부는 귀족들의 저택이나 부호들의 저택, 성의 남부는 일반 평민들이 살고 있는 주택가, 성의 동부는 성에 관련된 관리들이나 병사들이 살고 있는 주택가이며, 성의 서부는 외지에서 온 사람들, 즉 상인들이나 여행자들을 위한 시설이 만들어져 있었다.

빈센트 시의 잡화점이나 식당 같은 것은 왕궁을 제외한 네 군데의 블록에 다 존재하고 있었지만 여행에 필요한 물품이나 시장, 주점 같은 것은 서부의 블록 외에는 시설을 짓지 못하게 하고 있다고 한다.

현재 귀족들의 저택이 있는 주택가의 블록은 나머지 세 개의 블록에 비해 그 크기가 작다고 한다. 아직 왕국이 그 영토를 찾지 못하고 있는 형편이었기에 귀족들의 숫자는 그리 많지 않고, 귀족들의 힘도 그렇게 강하지 않다고 한다. 이런 이유로 북부의 저택을 가지고 있는 이들은 큰 부호들일 뿐 귀족들은 아니었다.

우린 남문에서 왕국으로 일직선으로 뚫려 있는 대로를 향해 말을 몰아갔다.

빈센트 시의 내성 주변은 약 5미터 정도 폭의 해자가 파여져 있었기에 내성으로 진입하기 위해선 내성에서 내려주는 다리를 건너야 했다.

다리가 내려지는 내성 문 쪽의 초소에는 이십여 명 정도의 병사와 기사들이 지키고 있었고, 성 정문의 성벽 위에는 네 개의 초소에서 각기 하나씩의 쇠뇌대가 만들어져 있어 철저하게 경비를 서고 있었다.

우리 일행이 내성 문으로 다가서자 성문에서 한 명의 기사와 다섯 명 정도의 병사들이 앞으로 나와 우리를 막으며 말했다.

"신분증을 제시하시오."

기사의 말에 봐렌은 미소를 지으며 말에서 내려서는 그에게 한 개의 패를 건네주었는데, 그 패를 받자 기사의 표정이 바뀌면서 놀라는 표정으로 말했다.

"봐렌 왕자님께 인사드립니다."

기사가 정중하게 인사하자 뒤에 있던 병사들도 모두 무릎을 꿇고 인사를 했는데, 봐렌은 기사에게 다가가 그를 손수 일으켜 주며 말했다.

"아직 왕국을 되찾지 못했는데 제가 어찌 왕자의 예를 받을 수 있겠습니까, 기사님."

"아닙니다. 저희들에게 가우레시스 왕가는 영원한 주군입니다. 왕가의 땅을 미흡한 저희들이 아직 되찾지 못했다고 하나 가우레시스 왕가를 향한 저희 기사들의 충성은 영원할 것입니다."

"그렇게 말씀해 주시니 감사할 따름입니다. 자, 일어나시지요."

"예."

기사는 봐렌의 말에 자리에서 일어나 뒤에 있던 병사들에게 지시를 했고, 병사들 중 한 명이 성벽을 향해 작은 피리와 함께 몇 가지 수신호를 보내자 성으로 들어서기 위한 다리가 천천히 내려오기 시작했다.

만약을 위해 성의 다리를 내릴 때 몇 가지 암호를 정해 적의 침입을 막기 위한 방법이었다.

성의 다리가 완전히 내려지자 봐렌은 다시 말에 올라 우리를 이끌고 내성으로 들어갔고, 기사와 병사들은 봐렌이 문으로 들어갈 때까지 정중하게 예의를 차리고 있었다.

"고마운 분들입니다. 몰락한 왕가에 대한 충성을 아직도 잊지 않고 있으니 말입니다."

"그렇군요."

봐렌은 말을 타고 가면서 미소를 지으며 나에게 말했고, 나 역시 고개를 끄덕여 주었다. 120개의 중소 국가는 그 역사가 짧은 왕국이 몇 곳이 있었다.

그곳은 모두 폭정과 내란으로 왕조가 바뀐 국가들이었는데, 그런 나라의 기사들은 왕조가 바뀌면 바뀌어진 왕가에 충성해 전에 있었던 왕국은 잊혀지는 역사를 가지고 있었다.

이에 반해 가우레시스 왕가에 대한 기사들의 충성이 오랜 시간이 지나면서도 아직 남아 있는 것을 보면 백성들의 왕가에 대한 평가가 그렇게 나쁘지는 않은 모양이었다.

성문의 앞을 지키고 있던 기사의 나이를 본다면 적어도 2대나 3대 후의 가우레시스 왕가의 기사 가문 후예일 텐데도 충성이 사라지지 않은 것을 보면 말이다.

내성 안에는 모두 일곱 개의 궁전이 있었는데, 우린 왕이 정무를 보고 있는 중궁으로 말을 몰아갔다.

중궁의 앞에선 이십여 명의 기사들이 이 열로 지키고 서 있었는데, 그들 중 한 명이 봐렌에게 다가와서는 고개를 숙이며 인사를 했다.

50대 정도의 나이로 미루어보아 이 대째 기사의 후예인 듯했다.

"봐렌 왕자님께 데일라드 가문의 미텐이 인사드립니다."

"봐렌입니다."

국가가 없는 나라의 왕족인 봐렌은 데일라드 가문의 기사인 미텐와 인사에 웃어른을 대하듯이 공손히 인사를 하며 그를 일으켜 주었고, 미텐이란 기사는 자리에 일어나서는 정중하게 그를 안내하며 중궁으로 들어갔다.

중궁 안에는 복도의 곳곳에 풀 플레이트 아머에 할버드를 들고 있는 기사들이 경비를 서고 있었는데, 모두 미텐을 보며 경례를 하는 것으로 보아 아마 미텐이란 기사가 이 왕궁 기사들의 총책임자인 듯했다.

미텐의 안내를 받으며 계단을 통해 몇 층 오르자 드디어 거대한 대전이 드러났다. 대전 안으로 들어서자 중앙의 큰 왕좌에 백발왕이 엄숙하게 자리를 지키고 있었다. 그의 주변에는 상당한 수준의 마법사들 두 명이 서 있었다. 그들 로브의 가슴에 일곱 개의 무화과 잎 문장이 있는 것으로 보아 칠인회 소속의 마법사들인 듯했다.

봐렌은 천천히 중앙에 깔려져 있는 붉은색의 카펫을 따라 걸어가더니 백발왕의 앞으로 가서는 무릎을 꿇으며 정중하게 인사를 했다.

"네르젠드 가우레시스의 삼남 봐렌 가우레시스, 폐하께 인사드립니다."

봐렌의 인사에 백발의 노왕은 고개를 끄덕이며 그 인사를 받고는 우리를 돌아보았고, 우리 역시 무릎을 꿇으며 왕에 대한 예를 취하며 우리의 소개를 했다.

간단한 소개가 끝나자 노왕이 자리에서 일어났고, 그의 옆에 있던 마법사 중 한 명이 다가와서는 노왕을 부축을 해주었다.

노왕은 부축을 받으며 천천히 봐렌의 곁으로 와서는 미소를 지으며 말했다.

"일어나거라."

"예."

왕의 명령에 봐렌은 자리에서 일어났는데, 그 모습을 보며 노왕은 봐렌을 끌어안고 말했다.

"어서 오너라, 봐렌."

"할아버지."

봐렌은 할아버지인 노왕의 품에 안기고는 미소를 지었다. 노왕은 잠시 후 봐렌에게서 떨어져서는 다시 도리나의 곁으로 가서 그녀를 껴안아주며 미소를 지었다.

간단히 인사가 끝난 후 우린 왕과 함께 정무실을 빠져나와 소회의장에 도착할 수 있었다.

우리의 앞에 있는 노왕, 그가 바로 가우레시스 왕국의 일곱 왕자 중 유일하게 살아남은 도라스 왕자라는 것을 알 수 있었다.

아이러니하게도 몸이 허약하다는 이유로 서궁에 유폐되어 얼굴이 드러나지 않아 살아남게 된 유일한 왕자.

이미 일흔이 넘은 나이임에도 아직도 정정하게 살아 있는 것을 보면 사람의 운명이란 알 수 없는 일 같았다.

회의장에 모인 기사들은 모두 미텐이란 기사보다 나이가 어리게 보였기 때문에 일 세대의 기사들은 모두 명을 다했다는 것을 짐작할 수 있었다.

가우레시스 임시 왕국의 도라스 왕 주위에는 정무실에서 만난 두 명의 마법사가 양쪽에서 보호하고 있었으며, 그의 주위로 미텐을 비롯한 다섯 명의 기사들이 자리에 앉아 있었다.

또 한쪽에는 가우레시스의 기사나 신하로는 보이지 않는 중년 남자가 여행복 차림을 하고 앉아 있었는데, 몸에서 풍겨 나오는 기운으로 보아 상당한 실력의 소유자인 듯했다.

그 기운 때문에 그의 정체에 대해서 궁금하지 않을 수 없었는데, 나의 마음을 아는지 봐렌이 일어나 그자를 소개시켜 주었다.

"블러드 스톰님, 이분이 바로 모험왕이라고 하는 에드워드 트리스탄님입니다."

봐렌은 이곳에서는 왕자의 신분을 누릴 수 있음에도 나에게 존대를 해주며 트리스탄을 소개해 주었기에 난 고개를 숙이며 인사를 하고는 에드워드를 보며 나의 소개를 했다.

"블러드 스톰이라 합니다."

"에드워드 트리스탄이라고 합니다."

간단히 인사를 한 후 난 조용히 자리에 앉았다. 에드워드란 자는 나를 보며 상당히 놀랍다는 표정을 짓고 있었지만 그것에 대해 신경 쓸 필요는 없다고 생각했다.

도라스 왕은 잠시 회의장에 있는 사람들을 훑어보고는 말했다.

"본 왕이 여러분들을 부른 것은 이제 가우레시스 왕국의 재건을 위한 첫 번째 작업을 하기 위해서입니다."

그렇게 말한 도라스 왕은 나를 보고 미소를 지으며 말했다.

"블러드 스톰, 본 왕에게 검을 보여주지 않겠소?"

그 말에 난 고개를 끄덕이며 허리에 차 있는 블러드 소드를 검집째 풀러 근처에 있던 기사에게 건네주었고, 그 기사는 나에게 검을 받아 공손히 도라스 왕에게 건네주었다.

도라스 왕은 기사에게서 검을 받아 들더니 천천히 검을 검집에서 빼었고, 블러드 소드의 핏빛 검신이 천천히 드러나기 시작했다.

"여러분들도 아시겠지만 이것이 바로 소울 브레이커, 대마도사 라지 베헤루님께서 직접 가우레시스 왕가의 지하 던젼에 봉인한 그 검이오."

"오……."

좌중에 있던 사람들은 어느 정도 블러드 소드에서 풍기는 기운을 느꼈는지 탄성을 자아내고 있었고, 특히 모험왕이라는 에드워드는 상당한 관심을 가지는 듯했다.

"블러드 스톰, 에드워드에게 검을 한번 감정해 보고자 하는데 괜찮겠고?"

이곳에서라면 제일 높은 신분을 가지고 있음에도 도라스 왕은 나에 대한 예의를 저버리지 않고 물었고 난 공손히 고개를 숙이며 허락했다.

"예, 폐하."

왕은 다시 기사에게 검을 건네주었고, 기사는 에드워드에게 검을 건네주었다. 기사에게서 블러드 소드를 받은 그는 상당히 흥분한 얼굴로 천천히 검의 손잡이부터 시작하여 검신의 끝 부분까지 샅샅이 살펴보며 무엇인가를 생각하는 듯한 표정을 지었고, 얼마 지나지 않아 또다시 탄성을 내지르며 검을 검집에 넣어 다시 기사에게 건네주었다.

"에드워드, 감정을 말해 보겠소이까?"

"예, 폐하."

에드워드는 공손히 고개를 숙이고는 좌중을 한번 훑어보더니 말했다.

"저 검에 대한 저의 감정을 말씀드리도록 하겠습니다. 먼저 저 검이 만들어진 것은 대략 마도왕국 시대라고 생각합니다. 검의 손잡이와 검신이 이어지는 부분의 조합은 과거 마도왕국 시대에서만 볼 수 있는 조합 방법입니다. 물론 마도왕국의 멸망 후에도 어느 정도 저런 방법으로 제작된 검이 보이고 있으나 검과 검이 맞부딪쳤을 때 검의 주인이 받는 충격을 어느 정도 해소해 주는 장치는 마도왕국 시대 외에는 생각할 수 없습니다. 검의 재료는 마계에서만이 발견된다는 다크 스톤으로 만들어진 듯합니다. 검신 자체가 붉게 변한 것은 검은색의 다크 스톤이 수많은 세월 동안 상상치도 못할 피를 머금게 되어 만들어졌기 때문이라 생각합니다. 현재에는 과연 저 검 안에 에고가 봉인되어 있는지 알 수 없지만 분명 저 검은 마검이며, 상당한 마력이 어떠한 이유로 봉인되어 있다는 것은 확실합니다."

에드워드의 감정을 들으며 도라스 왕은 천천히 고개를 끄덕이고는 손짓을 했고, 기사는 검을 나에게 건네주었다.

내가 검을 돌려받자 왕은 좌중을 향해 말했다.

"50년이 넘는 세월 동안 우린 우리의 조국을 되찾기 위해 수많은 일을 해왔고, 드디어 그 일이 다크 솔루션이라는 악의 집단 때문에 일어난 일이라는 것을 알 수 있었소. 하지만 다크 솔루션은 오성신의 고귀한 뜻을 저버리며 마계의 마족들과 손을 잡고 있소이다. 그들은 열두 명의 고위 마족들과 함께 존재하고 있기에 우리의 작은 힘으로선 그들을 물리칠 방법이 없었소이다. 하지만 마족을 물리칠 수 있는 마검 소울 브레이커가 봉인에서 풀려난다면 다크 솔루션을 붕괴시키는 데 가장 문제점인 열두 명의 고위 마족들을 죽일 수 있으며, 그들만 물리친다면 50년간 조국의 건국을 준비한 우리 가우레시스의 민중은 그들을 물리치고 다시 나라를 세울 것이오."

그렇게 말한 도라스 왕은 노구를 일으켜서는 우리를 보며 공손히 절을 하기 시작했고, 그 모습에 우린 놀라지 않을 수 없었다.

"폐하!"

좌중에 있던 신하들과 사람들은 노왕의 행동에 놀라지 않을 수 없었다. 나라가 망하기는 했지만 그는 그래도 왕이란 신분을 가진 인물이며, 이곳에 있는 사람들은 그를 모두 왕으로 대우하고 있는데 그런 그가 이런 행동을 보일 줄은 생각지 못했기 때문이다.

그만큼 우리가 해야 할 일이 노왕에게 중요한 일인 것이다.

도라스 왕, 희미해져 가는 그의 기운을 느끼며 생명의 불이 꺼져 가고 있음을 알 수 있었다. 나라를 되찾는다 해도 그것은 근시일 안에 이루어지는 것은 아니다.

　그는 자신의 왕위에 대한 욕심 때문이 아닌 진정으로 가우레시스 왕국의 건국을 믿고 그를 따르는 자들을 위하여 고개를 숙이고 있는 것이다.

　바렌 왕자와 도리나 역시 도라스 왕의 행동을 보며 똑같이 고개를 숙이며 공손히 절을 했고, 그의 옆에 있던 신하들도 우리들을 향해 절을 하고 있었다.

　어떻게 이런 인물들이 스스로 상전에게나 할 것 같은 예의를 취하며 부탁하는 것을 거절할 수 있단 말인가?

　에드워드는 자리에서 일어나 고개를 숙이고는 말했다.

　"이 에드워드, 힘은 없으나 폐하의 일에 도움이 되고자 노력하도록 하겠습니다."

　나 역시 정중히 무릎을 꿇고 도라스 왕에게 예의를 취했고, 나에 이어 페드로와 이스트 역시 똑같은 예를 취하며 그들이 보이고 있는 관대한 예의의 청을 받아주었다.

　우리들의 행동에 도라스 왕은 노안에 미소를 띠며 고맙다는 인사를 했다.

　빈세트 성에선 이미 던전으로 가기 위한 준비를 모두 끝낸 상태였다. 에드워드는 처음에는 단순한 모험으로 생각하며 이 일을 참여하려 하고 있었지만, 이 일이 단순한 모험으로 끝날 일이 아니라는 생각에 만반의 준비를 하기 위해 기사들에게 필요한 물품과 사항을 숙지시켜 주었고, 우린 모험에 관해선 에드워드 이상의 지식이 없었기 때문에 그의 지시 사항을 숙지하며 시간을 보내야만 했다.

　드디어 블러드 소드, 그들이 말하는 소울 블레이커의 봉인을 풀기 위한 여행이 시작되었다.

던전을 찾아가기 위해 아센 왕국의 국경을 넘는 것이 힘들 것이라 생각했었다.

건국 시에 왕가를 배반한 귀족들에게 많은 영지를 넘겨준 탓에 이곳에서 귀족과 평민의 빈부 차는 공국에 비해 서너 배 이상 차이가 나고 있었다.

그만큼 귀족들의 수탈이 다른 왕국보다 심하다고 할 수 있었기에 평민들은 대부분 사라진 가우레시스 왕가를 그리고 있어 아센 왕국 국경의 병사들 중 일부는 이미 왕가의 재건을 위해 비밀리에 조직을 돕고 있었기에 아센 왕국의 국경을 넘는 것은 그리 어렵지 않았다.

나라 간의 무역을 하는 대상으로 변장하여 아센 왕국을 통과한 우리는 얼마 지나지 않아 가우레시스 왕국의 터에 도착할 수 있었다.

과거 번성했을 때의 가우레시스 왕국은 주변 국가에서도 손꼽힐 정도로 웅장하다고 알려져 있었지만 전쟁과 함께 왕도는 불타 버렸기에 왕도가 있던 곳은 폐허가 된 왕국과 함께 작은 마을이 존재하고 있을 뿐이었다.

이곳에 있는 평민들은 모두 처참하게 헐벗은 민중이었기에 봐렌과 도라나의 표정은 그리 좋지 못했다.

나라가 무너져 가면서 군대로 인한 차출로 젊은 장정들이 거의 보이지 않는 것은 물론이요, 상당한 수탈이 이루어졌는지 마을에 남아 있는 아이들이나 노인, 여자들은 모두 제대로 끼니를 잇지 못한 듯 피폐하게 말라 있었기 때문이다.

또 젊은 여자들의 모습 역시 그리 많이 보이지 않았는데, 대부분 귀족들에 의해 시녀나 첩으로 끌려가 젊은 여성들도 없는 것이었다.

　　귀족들은 자신들의 이득만을 위해 살아가며, 그 탄압 속에서 다수의
사람들이 부당한 대우를 받고 있는 것이다.
　　우린 스스로를 멸망으로 몰고 가는 아센 왕국의 귀족들을 생각하며
무너진 왕국의 터로 향했다.

〈4권에서 계속〉